Las maldiciones

Claudia Piñeiro

Las maldiciones

ALFAGUARA

Papel certificado por el Forest Stewardship Council®

Primera edición: octubre de 2017

© 2017, Claudia Piñeiro
c/o Schavelzon Graham Agencia Literaria
www.schavelzongraham.com
© 2017, Penguin Random House Grupo Editorial, S. A.
Humberto I 555, Buenos Aires
© 2017, Penguin Random House Grupo Editorial, S. A. U.
Travessera de Gràcia, 47-49. 08021 Barcelona

© Diseño: Penguin Random House Grupo Editorial, inspirado en un diseño original de Enric Satué

Printed in Spain – Impreso en España

ISBN: 978-84-204-2960-1
Depósito legal: B-17020-2017

Maquetación: MT Color & Diseño, S. L.
Impreso en Unigraf, Móstoles (Madrid)

A L 2 9 6 0 1

Penguin
Random House
Grupo Editorial

A Ricardo,
esta novela más que ninguna otra

Nota: Los personajes de *Las maldiciones* sólo existen en la ficción. Cualquier parecido con la realidad es mera coincidencia. Ni el escritor más talentoso podría superar la imaginación de algunos asesores de imagen y jefes de campaña.

*Erdosain fijó un segundo los ojos en el
semblante romboidal del otro, luego,
sonriendo burlonamente, dijo:
—¿Sabe que usted se parece a Lenin?
Y antes de que el Astrólogo pudiera
contestarle, salió.*

ROBERTO ARLT, *Los siete locos*

Sí... pero Lenin sabía dónde iba.

ROBERTO ARLT, *Los lanzallamas*

*No hay razones para dudar de la eficiencia
de ciertas prácticas mágicas. Pero al mismo tiempo
se observa que la eficacia de la magia implica la
creencia en ella, y que esta se presenta en tres aspectos
complementarios: en primer lugar, la creencia del
hechicero en la eficacia de sus técnicas; luego, la del
enfermo que aquel cuida o de la víctima que persigue
en el poder del hechicero mismo; finalmente la confianza y las exigencias de la opinión colectiva...*

CLAUDE LÉVI-STRAUSS,
«El hechicero y su magia»

1

Cada hombre, cada mujer, carga con su propia maldición. Hay quienes dedican toda su vida a desbaratarla, a vencerla; son los que se creen capaces de burlarse de ella, poderosos, y así pelean del primer día al último en una batalla absurda, desigual, inútil. Por otro lado están aquellos que no luchan contra su maldición sino que conviven con ella, los que aprenden a llevarla de paseo, como una mochila, intentando que pese lo menos posible; la observan de reojo, la controlan sin combatirla, saben que está ahí, de principio a fin, y aunque se preocupan por que no se ensañe con ellos, le prestan la mínima atención. Pero hay una tercera categoría, la privilegiada, la que integran los que ni siquiera son conscientes de que esa maldición existe. Román Sabaté es uno de esos privilegiados. Por más que, como todos, también esté maldecido, lo desconoce, y eso lo hace libre. A Román ni se le cruza por la cabeza que su vida esté condicionada por maldición alguna; es ignorante y, por lo tanto, sabio.

Sin embargo, Román hoy siente náuseas y un fuerte dolor en la boca del estómago. No advierte una relación entre ese dolor y una maldición. Busca su origen en lo que lo rodea. Mira a su alrededor. Huele. Cree que ese malestar que se le instaló en medio de las costillas lo provoca el lugar donde está, a la espera de que salga su ómnibus. Desestima el cansancio y los nervios; no son los que hacen que se sienta mal, menos aún la culpa. Tampoco el miedo. El bar de la terminal de Retiro le resulta un sitio horrendo. Busca otra palabra y no la encuentra; sabe muy bien quién la usa cada dos o tres frases. O solía usarla, se corrige. No quiere recordar esa palabra justo en este momento. Él no la usa, nunca la usó, preferiría no hacerlo ahora pero descarta cualquier otro sinónimo y se le impone a pesar del esfuerzo por evitarla: horrendo. La luz de tubo le lastima los ojos irritados de poco sueño, esa luz blanca y fría se le clava como una aguja justo en el lagrimal izquierdo. Las sillas de caño negro no ayudan; enclenques de tanto que deben de haberlas arrastrado de un lado a otro sobre el mosaico gris, con la cuerina rota que deja ver una goma espuma vieja, sucia, inflada, que se derrama deforme en cada tajo. El olor a comida se mezcla con el de un producto de limpieza indefinido pero potente que llega desde el baño, y el resultado de ese encuentro de olores es peor que el que cada uno de ellos podría producir por separado. Un aparato de televisión de última generación, instalado en un soporte gris que cuelga en un ángulo, casi del techo, está sintonizado en un canal de noticias, sin voz. Román sospecha que ese televisor, que desentona por su modernidad con el resto del mobiliario, debe de estar allí desde el último Mundial de Fútbol. Recuerda dónde vio la mayoría de aquellos partidos, en un LED de 60 pulgadas con HD que parecía un microcine, rodeado de sushi que él no comía ni come, y del equipo. Equipo, otra palabra que quisiera evitar.

Toma la botella y sirve gaseosa en los dos vasos. Estuvo otras veces en bares así, en terminales así, pero fue hace mucho tiempo. Es joven, no llega a los treinta, por lo que cinco o seis años, para él, es mucho tiempo. Se da cuenta de pronto, ahí, en esa terminal, de cuánto hace que sólo viaja en avión, en coche privado si no había combinación disponible o el tramo era corto, en barco cuando tenía que ir a Colonia o Montevideo a mover dinero en alguna cuenta en la que estaba autorizado, y hasta en helicóptero. En ómnibus no, nunca más. O sí, aquella vez de Cariló que tampoco quiere recordar. Pero ése fue un regreso no previsto —había ido en auto, tendría que haber vuelto en auto—. Y en los viajes de regreso no se hace tiempo en el bar de la terminal, el viajero que vuelve apenas pasa y sigue de largo. Antes sí, antes estuvo muchas veces en lugares como éste, en bares como éste. Cuando iba con sus amigos de vacaciones, cuando vino por primera vez a Buenos Aires, cuando todavía regresaba a Santa Fe a visitar a sus padres. Aquella vez que se lanzó a Mendoza a buscar a Carolina, la novia que cada tanto se le aparece en sueños o cree ver en alguna esquina, cruzando apurada, con una panza de nueve meses. Estuvo muchas veces en sitios así, pero nunca con un niño de apenas tres años que se cae de sueño a esa hora de la noche. Un niño que, vencido de cansancio, apoyó la cabeza sobre la mesa de fórmica sin otra almohada que la parte más mullida de su pequeño brazo, y dormita. Un niño que no da ningún trabajo y que no tiene la culpa de nada, cómo podría tenerla.

¿Habrá hecho bien en no decirle ni siquiera a la China adónde está yendo y por qué? Se lo pregunta desde que llegó a ese bar. Tal vez a ella sí. Todavía está a tiempo. La necesita. Toma el celular, busca su nombre entre los contactos, mira su foto y duda una vez más si llamarla o no. Se la queda mirando hasta que se convence de que ese impulso, ese deseo de hablar con ella ahora, es irracional, casi una locura. De inmediato no sólo desestima el llamado sino que además abre el aparato y le quita el chip y la batería; no está seguro de que eso funcione pero es el procedimiento que le dijeron que debía llevar a cabo cuando no quisiera ser rastreado. Es parte del «protocolo». Él nunca lo aplicó, sin embargo está seguro de que si lo entrenaron para que llegado el caso lo hiciera es porque funciona.

13

El mozo trae la cuenta. Román no recuerda si la pidió o no, pero el mozo está allí con el ticket extendido en el aire, y al rato lo baja, lo coloca debajo de la botella de gaseosa a medio tomar, mira hacia el televisor y dice:

—Todos mentirosos.

Román levanta la vista y se encuentra con lo que suponía: la cara en primer plano de Fernando Rovira. Sabía que tenía que ser él, no porque fuera el único mentiroso o aquel a quien mejor le cae el adjetivo, sino porque en el último tiempo no pierde oportunidad de aparecer en cada noticiero y canal informativo con algún punto de audiencia. Y porque Fernando Rovira se ha convertido en su karma. No le hace falta escuchar lo que dice, ni siquiera le haría falta confirmarlo leyendo el zócalo que se despliega ahora en la pantalla: «Rovira insiste en dividir la provincia de Buenos Aires antes de las próximas elecciones». La actitud que muestra le indica varias cosas. La primera: que el esclarecimiento del asesinato de su mujer, Lucrecia Bonara, que hasta unos meses atrás había sido la prioridad en cada nota apenas le ponían un micrófono delante, cedió su lugar a otras cuestiones. La segunda: que la división de la provincia y llegar a ser el gobernador de la mitad que más le gusta es lo único que le quita el sueño. La tercera, y más trascendente para Román: que Rovira aún no está enterado de que él lo abandonó y en qué circunstancias. La entrevista está a punto de terminar y Román Sabaté se pregunta si al menos el periodista le habrá preguntado por la muerte de Bonara, por el avance de la investigación, por las hipótesis vigentes y los sospechosos probables. O si también para los medios ese asesinato, un año después de cometido, habrá dejado de ser un tema que merezca minutos de aire porque entraron en agenda otros. Como la división de Buenos Aires. El mozo insiste:

—Todos mentirosos.

Y como para confirmarlo levanta el control remoto que guarda en su bolsillo, apunta al televisor y sube el volumen. Rovira se está despidiendo, la nota casi termina:

—No vamos por *una* Buenos Aires sustentable. Vamos por *dos* Buenos Aires sustentables a cambio de una Buenos Aires imposible. Muchas gracias.

—Chanta —dice el mozo.

—¿Papá? —pregunta Joaquín, que de espaldas al televisor levanta la cabeza y mira a Román, confundido, como si no estuviera despierto del todo.

—¿Qué mierda es «sustentable», me querés decir? —pregunta el mozo.

—Si yo supiera... —Román deja el dinero en la mesa y se levanta—. Vamos —le dice a Joaquín—. Ya sale nuestro ómnibus.

El nene, sin bajarse de la silla, le estira los brazos para que lo alce. Román se calza la mochila; llevan poca ropa, pero la que llevan —más un par de libros, el sobre con la foto y algunos papeles que no pudo definir si convenía destruirlos antes de irse o conservarlos al menos un tiempo— le pesa en la espalda. Lo que más le incomoda, de cualquier modo, es la punta de la escalera de un camión de bomberos, el único juguete de Joaquín que traen con ellos. De madera, una serie de piezas sueltas que él mismo le ayudó a armar y luego pintaron juntos. Le gustó que el chico señalara ese camión cuando le dijo que sólo podía elegir un juguete para llevar «de paseo». Román se acomoda hasta que siente el peso de la mochila repartido a un lado y otro de la columna. Entonces, recuperado el equilibrio, mira a Joaquín —que sigue con los brazos extendidos—, le sonríe, por fin lo alza y dice:

—Vamos, campeón.

Salen del bar. De ese bar horrendo. En la pantalla, a sus espaldas, reaparece Fernando Rovira. Ni Román ni

Joaquín pueden verlo ya. Ignorándolo, se dirigen abrazados a la plataforma que le indicaron cuando sacó los boletos. Es probable que en el camino Joaquín vuelva a dormirse sobre su hombro. Sin bajar ni al niño ni la mochila, Román se ubica en la cola, donde ya esperan algunos pasajeros. Tiene los tickets y los documentos de los dos en el bolsillo del jean. Sin embargo, recién allí, frente a esa noche cerrada apenas iluminada por los focos de los ómnibus que ingresan a la terminal, se pregunta por primera vez si para viajar en micro de larga distancia dentro del país con un niño menor de edad será necesario llevar algún tipo de permiso. La pregunta irrumpe como un relámpago, una aguja que se le clava como se le clavó la luz de ese bar en el lagrimal. No se le ocurrió pensarlo antes. No tiene una respuesta. La tendrá en pocos minutos, en cuanto el ómnibus llegue y él intente subir con Joaquín.

Ojalá que no necesite permiso. Si lo necesitara, lo que planeó habrá sido en vano. Un detalle pasado por alto que podría arruinarlo todo.

O no. Se tiene fe.

En serio que se tiene fe.

Y si no, será cuestión de barajar y dar de nuevo.

Para él, no sería la primera vez.

2

Alguien puede llegar a la política por muchos motivos. Unos más legítimos, otros menos. También por error, por desidia, por no saber decir que no. Por estar en el lugar preciso, en el momento preciso. O en el lugar equivocado, en el momento equivocado. Porque de algo hay que vivir, y ése sí que era para mí un motivo legítimo en aquel entonces, cinco años atrás: los pocos pesos con los que había llegado a Buenos Aires no iban a alcanzarme más que para vivir, con lo justo, a lo sumo un par de meses.

Enseguida me di cuenta de que hay demasiados personajes que, mejor o peor, viven de la política. «¿Me podrás conseguir un monotributo ahora que estás adentro?», fue uno de los primeros pedidos que recibí en cuanto entré a trabajar en un partido. Y desde ese mismo día supe que los pedidos nunca cesarían. Yo no sabía qué significaba «conseguir un monotributo», ni qué «después vemos lo del retorno». Un mundo nuevo. Y todo porque una mañana, sin pensarlo demasiado, acompañé a Sebastián Petit, el amigo con quien compartía el cuarto de la pensión, a una entrevista de trabajo. Así es como llegué yo a la política. O mejor dicho a los políticos. A la política, debo reconocer, no creo haberme ni acercado.

La entrevista era en las oficinas de Pragma, el partido que había fundado unos años atrás Fernando Rovira, un emprendedor inmobiliario de la zona norte del Gran Buenos Aires que luego de un crecimiento económico vertiginoso gracias a loteos, barrios cerrados y algunos negocios financieros armó un partido vecinal «cansado de la vieja política que pone palos en la rueda a los que queremos trabajar por este país». Se presentó como candidato a intendente y arrasó. El carisma que les faltaba a sus competidores a él le sobraba. Le sacó más de cuarenta puntos al que quedó en segundo lugar. Su éxito atrajo la atención de empresarios, políticos independientes, medios y otros operadores que lo ayudaron, cada uno a su manera, a fundar Pragma, «lo importante es el hacer, para hacer un país mejor». Sebastián estaba convencido de que Fernando Rovira podía representar un verdadero cambio. Un político cuya carta de presentación era nada menos que el éxito indiscutible que obtuvo en cada proyecto que había emprendido, tanto en el ámbito privado como en el público. *Rara avis* en el mundo de la política: sin militancia previa, sin condicionamientos ideológicos, sin pertenencia a los grandes núcleos económicos ni a las familias más influyentes del país. Un emprendedor que supo rodearse de los mejores y más capacitados colaboradores.

Sebastián lo admiraba; yo apenas le conocía la cara de haberlo visto en televisión. Mi amigo estudiaba Ciencias Políticas, una carrera que le daba una gran preparación teórica y de la que hacía alarde. Sin embargo, en las vísperas de aquella entrevista, sus argumentos sonaban más emocionales que racionales. Me llenó la cabeza durante toda la noche con la gran oportunidad que sería para él entrar a trabajar en una agrupación política que apostaba a «la excelencia». La palabra excelencia, repetida una y otra vez en su monólogo entusiasta, me irritaba. Quizás porque la subrayaba al pronunciarla como si ahí estuviera la clave de todo. Cerraba un poquito los ojos al decirla, modulaba las sílabas y punteaba el silabeo con el dedo índice tal como lo haría un director de orquesta. Ex-ce-len-cia. Yo lo escuchaba tirado en mi cama mientras él iba y venía por el cuarto que compartíamos. Hablaba sin parar, gesticulaba, por momentos parecía poseído.

Nos habíamos conocido en unas vacaciones en Mendoza tiempo atrás, los dos estábamos solos y compartimos varias noches en un refugio de montaña, en Uspallata. Yo había ido siguiendo a Carolina, esa novia que aún hoy recuerdo, no porque hubiera estado muy enamorado de ella sino porque gran parte de lo que me pasó en estos años me remitió a aquello que dije y terminó con nuestra relación: «No estoy convencido de querer ser padre, ni ahora ni nunca». Lo dije, me dejó, salí a buscarla. Pensé que ella estaba exagerando, que se había tomado demasiado en serio una conversación que había empezado casi como un chiste. Incluso me convencí de que estaba sobreactuando para terminar en una de esas reconciliaciones novelescas que tanto le gustaban. Estaba seguro de que hablaríamos y todo seguiría como hasta entonces. La encontré en Mendoza, en casa de sus abuelos, la besé, nos abrazamos, pero al rato ella volvió con el mismo tema y con mayor insistencia aún. Me sentí abrumado, no podía creer que la discusión volviera a empezar como si no nos hubiéramos besado un minuto antes de la manera en que lo hicimos. No hubo forma de salir del malentendido —si es que lo era—; aunque yo no quería terminar esa relación tampoco podía decir algo distinto a lo que ya había dicho. Podía, sí, evitar el tema, reírme, intentar hablar de otra cosa, besarla una vez más, cientos de veces más, seguirle el juego mientras se tratara de una puesta en escena. Pero Carolina volvía irremediablemente a la paternidad, a los hijos, y en ese punto, por más que lo deseara, no podía mentirle. Yo no estaba seguro de querer ser padre, ni ese día ni en el futuro. No era una decisión tomada ni una cuestión de principios inamovibles sino que ni siquiera me lo habría planteado si ella no hubiera puesto el tema en discusión. Ser padre o no serlo estaba, en aquel momento, fuera de mi mundo. Teníamos poco más de veinte años, ninguno de mis amigos estaba pensando en tener hijos. A esa edad salíamos, estudiábamos, nos emborrachábamos, algunos empezábamos a trabajar, fantaseábamos con que pronto nos iríamos a vivir solos, con que viajaríamos por el mundo o que nos ganaríamos la mejor y más linda chica de los alrededores. Incluso hablábamos de lo que sería estar enamorados. ¿Pero ser padres? Mis amigos y yo, nunca. Al menos ninguno lo había mencionado, más allá del temor a una paternidad no buscada por un embarazo fuera de todo cálculo. Ella sí, Carolina hablaba de eso y me obligaba a mí a tomar posición en asuntos que no estaba preparado aún para plantearme. Aquella tarde en Mendoza, después de besarnos hasta quedarnos sin aliento, me dijo que entendía mis inseguridades pero que, por el contrario, ella estaba convencida de que no quería avanzar en una relación con alguien «que me condena a no ser madre». ¿Yo la condenaba a eso? No me reconocía en su descripción. Habíamos terminado la escuela secundaria y ninguno de los dos había avanzado en una carrera universitaria más que cursando alguna materia a los ponchazos y sin demasiado compromiso. «Padre.» «Madre.» Eso no éramos nosotros. Éramos apenas dos pibes saliendo de la adolescencia.

Me equivoqué, *yo* era así, Carolina no. Y me dejó.

Ante su terminante negativa a considerar cualquier tipo de reconciliación, pensé que no podía volverme a mi casa al día siguiente de haberme ido sin que eso me costara largas explicaciones a mis padres y a mis amigos. Así que me quedé unos días haciendo tiempo por la zona. Fui a la terminal, miré qué colectivos estaban próximos a salir, elegí uno, me lo tomé y me fui a Uspallata. Sebastián estaba allí desde hacía dos o tres días. Él también había viajado sin compañía, según me dijo, porque luego de un año de intenso estudio y excesivo trabajo necesitaba estar lejos y solo. Mucho después de aquel primer encuentro supe que, antes de viajar, Sebastián había tenido un período en el que se encontraba muy mal de ánimo y que esas vacaciones eran parte de su esfuerzo por salir de ese estado al que nunca le puso nombre. Y que tenía pocos amigos, le costaba conservar las relaciones que lograba hacer porque terminaba cansando a los que tenía cerca con su excesiva energía o con su más cerrada oscuridad. En Uspallata, todavía sabíamos poco el uno del otro, lo poco que uno puede saber de alguien con quien se encuentra al pie de la montaña y comparte un refugio. Sin embargo, ese tipo de situaciones confunden las relaciones, hermanan falsamente por su intensidad y concentración en tiempo y espacio. La cosa habría quedado allí, habríamos dicho «nos vemos», «nos escribimos», o «nos hablamos», y seguramente no habríamos hecho ninguna de las tres cosas, si no fuera porque poco antes de despedirnos le comenté mi idea de irme a vivir a Buenos Aires. Era una idea peregrina, un deseo dicho en voz alta que no tenía fecha cierta; sería en algún momento, no sabía cuándo. Sebastián enseguida me ofreció un lugar en el cuarto al que se había mudado cuando se fue de la casa de sus padres, apenas había recibido su primer sueldo. Y me apuró para que le diera una respuesta rápida. «No te pierdas la oportunidad, que tengo varios candidatos en suspenso», me advirtió varias veces. Parecía muy sincero, insistió hasta el cansancio; me anotó los datos exactos para que la invitación no fuera tan sólo una expresión amable. A los dos nos vendría bien compartir gastos y, después de todo, si nos habíamos sentido casi hermanos en un refugio de montaña, por qué no en Buenos Aires. Por qué sí en Buenos Aires, debería haberme planteado. Pero al poco tiempo allí estábamos, dos personas que nada teníamos que ver una con la otra, compartiendo un espacio más pequeño que el refugio en Uspallata y por un plazo no sólo mayor sino indefinido.

Aquella noche, la noche anterior a la entrevista en Pragma, él iba y venía por el cuarto de la pensión. Daba pasos largos de una pared a la otra, parecía que saltaba de tanta energía. Y mientras tanto marcaba las sílabas ex-ce-len-cia agitando su dedo índice. En mi casa habitualmente se hablaba poco de política, aunque sí era tema excluyente cuando venía a visitarnos mi tío Adolfo, el hermano de mi padre, unos cuantos años mayor que él. Adolfo había sido concejal por la Unión Cívica Radical en dos oportunidades, en San Nicolás, su pueblo, su ciudad. «Concejal elegido democráticamente», como le gustaba aclarar. «Si no hice carrera política es porque me divorcié demasiado pronto y en la UCR, se sabe, ningún divorciado hace carrera. Por eso se quedan con quien están por más que tengan un matrimonio de mierda.» Y según contó mi tío, una y mil veces, él tenía un matrimonio que lo estaba matando, secando de a poco. Era seguir con una mujer que a esa altura detestaba y planchar su vida o planchar la carrera política. «Yo lo sabía, pero no sirvo para putear cada mañana cuando me levanto y cada noche cuando me acuesto, y mi matrimonio era eso: una puteada en continuado.» Así que se divorció. «Error estratégico desde el punto de vista de la carrera política, aunque gané en salud. Si sos radical podés tener manceba, amante, dos familias, ponerle un piso a tu chica si te da el cuero, ir de putas, pero divorciarte, nunca. Los peronistas sí, a un peronista la mujer le tira la ropa por la ventana, le cambia la cerradura, lo deja en bolas en la calle en medio de la noche, lo putea en la tele, le hace un juicio donde se ventilan cosas humillantes, y no pasa nada. En cambio si sos radical, estás frito. Podés hacer lo que quieras, pero bien guardadito.» Cada visita, en algún momento, Adolfo volvía irremediablemente sobre su frustrada carrera política, en especial cuando veía que un correligionario al que consideraba mucho menos capaz que él obtenía un puesto destacado. «Yo no pasé de concejal y mirá adónde llegó este paparulo...» «Hiciste bien, Adolfo», le contestaba mi padre, y al rato se ponían a pulir algún mueble. Los dos tenían mueblería, mi abuelo había sido carpintero y les había enseñado el oficio. Mi tío se había quedado en San Nicolás y mi padre había puesto una mueblería propia en Santa Fe, de donde era mi madre. Con los años compraban a terceros la mayor parte de los muebles que vendían y sólo se reservaban para seguir haciendo con sus propias manos los que más les gustaban. Pero la tradición familiar de trabajar la madera se había cortado en esa generación. Adolfo no tenía hijos y, aunque yo podía hacer algún trabajo simple de carpintería y hasta lo disfrutaba como pasatiempo, no imaginaba que mi destino fuera heredar la mueblería de mi padre. Mi madre tampoco especulaba con ese futuro para mí sino todo lo contrario; era la más soñadora de la familia y alentaba para su único hijo los proyectos que ella nunca pudo concretar. Al menos hasta aquel episodio en la ruta de Santa Fe a Entre Ríos que la dejó algo temerosa, retraída. No sé si a mi papá le interesaba tanto lo que Adolfo contaba de los entuertos políticos como escucharlo, sentir su voz firme, su entonación entusiasta, casi vehemente, convencido siempre a rajatabla de lo que decía. Porque ese hermano había sido para él como un padre desde que su madre quedó viuda, cuando apenas tenían quince y ocho años. A la semana siguiente del entierro, Adolfo se había hecho cargo del negocio familiar y a partir de entonces los había mantenido. Era su hermano, su padre postizo, su ídolo, su superhéroe a pesar de que los dos ya estaban grandes y la vida les había pasado por encima. Así que cuando venía Adolfo, dos o tres veces por año, mi papá le dedicaba todo su tiempo y atención. Y la mayor parte de su visita consistía en escucharlo hablar de política. Mi madre le tenía mucho aprecio, quién podría no apreciarlo, aunque no compartía la admiración incondicional de mi padre. Esa distancia le había permitido descubrir que la mayoría de las frases que Adolfo repetía en cada visita como máximas las había robado a algún dirigente radical con más historia que él. Generalmente eran robadas a Raúl Alfonsín, a quien mi tío aseguraba haber salvado en el atentado de San Nicolás en el 91, al cubrirlo apenas salió el disparo. «Yo fui el primero que me tiré encima de Raúl, después fueron cayendo arriba los otros.» Usaba las frases del ex presidente como propias. Alguna vez en que el plagio le pareció casi indignante, mi madre se lo marcó y Adolfo le respondió sin inmutarse: «Sí, claro, me lo escuchó decir en la última convención del partido y lo adoptó. Un orgullo, imagínate, no le voy a andar pidiendo el crédito». Así que para mí, Adolfo era el autor de: «Sigan a las ideas, no sigan a los hombres», «Tenemos libertad pero nos falta igualdad», «Si la política fuera sólo el arte de lo posible sería el arte de la resignación», «No vamos a pagar la deuda con el hambre del pueblo», y hasta «Con la democracia se come, con la democracia se educa, con la democracia se cura». Mi madre, con los años, le tenía cada vez menos paciencia. «Y la de "A vos sí que te va bien, gordito", ¿también es tuya?», le preguntó con ironía en una comida de Nochebuena. «No, Raquel, ¿sabés que ésa no?», contestó Adolfo, que puesto a elegir se quedaba con lo mejor. En aquellas visitas de mi tío a nuestra casa de Santa Fe yo daba vueltas alrededor de la mueblería tratando de descifrar lo que decía, pero nunca terminaba de entender del todo. No podría reconstruir más frases que esas robadas a otros y dichas a repetición. Lo que sí recuerdo son palabras sueltas que aparecían una y otra vez: comité, igualdad, libertad, soberanía popular, socialdemocracia, correligionario. Y el «Adelante radicales, adelante sin cesar», que mi tío, después de cantar, usaba para hacer una broma: sin cesar, no sin César, que César no tiene la culpa. Y se reía como un chico. Podría jurar que «excelencia» no le escuché decir nunca. «Así les fue», me contestó Sebastián bastante tiempo después, cuando ya los dos pertenecíamos a Pragma, en medio de una discusión en la que me quejé del aburrimiento que me producía su letanía pragmática y le conté de mi tío Adolfo y sus discursos tan distintos a los de él. Es al único integrante del partido a quien le hablé alguna vez de mi tío. A Rovira no se lo mencioné nunca, ni a ningún otro. Como si Adolfo Sabaté y Pragma no pertenecieran al mismo mundo y yo, por el bien de todos, tratara de que siguiera siendo así. Mientras pudiera.

Debo reconocer que, más allá de la letanía de Sebastián en la noche anterior a la entrevista, su entusiasmo me daba cierta envidia. Tal vez haya sido eso lo que me animó a ir. A mí, desde que había llegado de Santa Fe, nada me había producido tanta excitación. Ni siquiera una mujer. Había quedado golpeado después de lo de Carolina, aturdido, asustado de que sólo se pudiera salir con una chica si uno estaba seguro de que quería ser padre; no me iba a enamorar otra vez rápidamente. «¿Sabés qué? ¿Por qué no venís conmigo?», me dijo Sebastián. «¿Adónde?» «A la entrevista de mañana en Pragma.» «¿Querés que te acompañe?» «Quiero que te postules vos. Es una convocatoria amplia, algo tenés que saber hacer que pueda ser útil. ¿O no?» Me quedé en silencio, dudando de si el «algo tenés que saber hacer que pueda ser útil» era apenas una descripción o una ironía. Antes de que me quejara, Sebastián insistió: «Vení, si no tenés nada que perder». «Sí, claro, no tengo nada que perder», contesté, y por fin nos fuimos a dormir.

Llegamos a la entrevista a las ocho en punto como indicaba la convocatoria y ya había unas cien personas delante de nosotros. «¿Una entrevista de trabajo para entrar a un partido político? Cómo cambió todo, Román, ¿cuándo fue que cambió todo tanto?, ¿dónde estaba yo?», me preguntó mi tío cuando le conté, unas semanas después. Aunque en Pragma no hablaba de él, a él sí tuve que contarle de Pragma. Se había enterado por mi padre de que yo estaba trabajando allí. Si él no insistía, yo trataba de ahorrarle detalles que pudieran sacarlo de quicio, como los de la entrevista de ingreso. Había hombres y mujeres, todos más o menos de nuestra edad, todos con una actitud positiva, segura, casi aguerrida. «Puta que va a estar dura la cosa», se quejó Sebastián. Aunque no parecía preocupado, él no tenía dudas de que uno de los diez lugares en disputa sería suyo. «Si estuvieran en juego uno o dos puestos, tendría cierto temor; siendo diez las vacantes, no puedo quedar afuera de ninguna manera, esta gente sabe elegir.» Sebastián había insistido en prestarme un saco, pero no lo acepté. Sí acepté una camisa blanca que me puse con el único jean que tenía y que por suerte estaba recién sacado de la lavandería. También acepté un par de mocasines náuticos un talle más chico de los que uso y que me dejaron una ampolla en el talón que aún hoy recuerdo. La única opción a los mocasines, descartadas unas ojotas negras y unas alpargatas gastadas, era un par de zapatillas de correr que mi compañero de cuarto juzgó absolutamente inadecuadas. «Acá nadie tiene que correr a nadie», dijo. Sebastián se había puesto un pantalón gris, un saco azul, una camisa rayada celeste y blanca, zapatos con cordones, y llevaba en el bolsillo una corbata que había doblado con cuidado. «Ahí veo cómo viene la mano, porque si caés de corbata y nadie lleva puesta una te puede jugar en contra», me había advertido mientras apurábamos un café en el bar de la esquina de la pensión.

La recién inaugurada nueva sede del partido de Rovira estaba donde Palermo conserva su nombre pero en esencia es otro barrio: Chacarita, Villa Urquiza, Belgrano, difícil saberlo con exactitud. A poco de mudarme aprendí que, ante la duda, en Buenos Aires todo cae dentro del genérico «Palermo». Un edificio reciclado, pintado de un color morado que estaba muy de moda en la ciudad, y que bien podía confundirse con un hotel boutique. La cola se hacía en la vereda, no en la misma mano en la que estaba Pragma sino enfrente, cruzando la calle. Al principio no le di importancia, pensé que tal vez lo hacían para no afear la entrada y por el mínimo espacio de paso que dejaban libres dos enormes maceteros y varias motos de marca estacionadas en la puerta. Sin embargo, a medida que pasaba el tiempo, empecé a sentirme en una cámara Gesell y tuve la sensación de que desde las ventanas del primer piso, cada tanto, alguien corría la cortina para mirarnos. Varios jóvenes que ya pertenecían al «equipo» salieron a repartir unos formularios para que completáramos en la espera. Le propuse a Sebastián que se apoyara en mi espalda para escribir más cómodo y que cuando terminara cambiáramos posiciones, pero le pareció una idea poco sensata. «Estos tipos se fijan en todo. Cualquier actitud, cualquier gesto, les sirve para sacar conclusiones acerca de los postulantes. Y nosotros no somos de los que aceptan que alguien se le apoye en la espalda para escribir, ¿o sí?», me preguntó. Arqueé las cejas haciendo un gesto de duda, mientras recordaba cuántas veces había usado el método con mis amigos de Santa Fe. Pero no hizo falta seguir con ese asunto porque Sebastián enseguida cambió de tema: «No daba para corbata ni ahí, ¿viste?», me dijo después de observarlos, vestidos con pantalón y camisa de marca, impecables aunque con un estudiado look casual. Junto con los formularios, repartían lapiceras con el logo de Pragma y la firma de Fernando Rovira de puño y letra. Yo no pude completar «estudios universitarios o terciarios terminados», ni «estudios universitarios o terciarios en curso». Forzando el significado de «en curso» iba a anotar alguna de las carreras en las que me había inscripto después de terminar el secundario y en las que nunca rendí un final ni lo pensaba rendir. Pero no me decidí a tomarme ese trabajo, si yo estaba ahí de casualidad, casi para darle el gusto a Sebastián. De qué valía el esfuerzo de mentir una carrera que nunca iba a completar para acceder a un puesto que nunca iba a conseguir. Casi como un chiste, puse en «Otros conocimientos»: carpintero, chofer y *personal trainer*. Y entregué el formulario antes que ningún otro postulante de la fila.

Pensamos que luego alguien nos entrevistaría, pero no fue así. Eso desilusionó a Sebastián, que me confesó que hacía una semana venía preparando un monólogo «excelente» para la ocasión, dispuesto a largarlo de corrido apenas tuviera oportunidad. Yo lo veía trabajar todas las noches hasta tarde, hacer cuadros sinópticos, marcar textos con resaltador, hablar en voz alta, saltar, maldecir porque la señal de internet fallaba una vez más. Sin embargo, no sospeché que todo eso era para preparar el ingreso a Pragma. «Te juro que ese *speech* me hubiera hecho entrar de taquito», se lamentó. Nos hicieron pasar a un salón en la planta baja, nos dieron un desayuno a todos, nos agradecieron que hubiéramos ido y el interés por formar parte del equipo de Pragma, y por último nos dijeron que en cuanto estuviera tomada la decisión quienes fueran los diez elegidos iban a recibir el llamado para incorporarse a la brevedad. Sebastián estaba emocionado, miraba el lugar con deseo auténtico, parecía un chico en un parque de diversiones, se movía de un lado al otro, tenía puesta una sonrisa que le había visto sólo una tarde en Uspallata después de que nos tomamos a medias un Malbec que estaba absolutamente fuera de mi presupuesto. Y a pesar de que no pudo lucirse con su monólogo, cada vez que podía se acercaba a hablar con alguno de los integrantes del equipo de Pragma que nos acompañaban, como si ya fuera uno de ellos.

Cuando unos días después llamaron y dijeron que me presentara al día siguiente Sebastián quedó en estado de shock. Yo había atendido el llamado y me reprochó que no hubiera preguntado si él también estaba entre los seleccionados. «Tal vez van llamando de a uno y no se dieron cuenta de que los dos estamos en el mismo teléfono», dije, y con esa excusa logré calmarlo un rato. «Sí, esperemos un poco, seguro vuelven a llamar», aceptó él. Pero el teléfono no volvió a sonar. A medida que pasaban las horas empecé a conocer a Sebastián como no lo había conocido hasta ese día: la cara se le fue poniendo rígida, tamborileaba frenéticamente los dedos sobre la mesa, caminaba de un lado al otro del cuarto con la vista clavada en sus zapatos, por momentos se quedaba mirando una pared, perdido, al rato lanzaba un grito o una puteada. Hasta dio un puñetazo contra la puerta de entrada que me sobresaltó.

«¿Qué mierda pusiste en el formulario que hizo que te eligieran a vos y no a mí?», se atrevió a preguntarme avanzada la noche de insomnio, con un tono que no disimulaba su enojo. «No tengo idea, Sebastián», le contesté. Se quedó con la vista fija en mí, como si estuviera decidiendo el lugar de la cara donde pegarme. «Si querés no me presento mañana, si para mí...», intenté decir como último recurso para evitar que todo terminara muy mal. Él me interrumpió: «Mañana vas, trabajás mejor que nadie, te hacés amigo de todos y conseguís que me contraten a mí, como sea». Cualquiera en mi lugar lo hubiera mandado al cuerno por su prepotencia. Pero aunque lo que había dicho parecía una orden, yo me daba cuenta de que se trataba del pedido desesperado de alguien que necesitaba ayuda. Para Sebastián Petit entrar a trabajar a Pragma no era sólo conseguir un trabajo. Y antes de que yo dijera nada, agregó:

«¿Te das cuenta de que se me va la vida en esto, no?»

«Sí, me doy cuenta. Claro que me doy cuenta. Quedate tranquilo, lo voy a conseguir», le prometí.

Y así fue.

3

Había conocido a Román Sabaté unos cinco años atrás, al poco tiempo de su llegada a Buenos Aires. Aunque en aquella época yo no sabía quién era ni de dónde venía. Y no fueron más que algunos encuentros ocasionales gracias a mi trabajo de movilera para TvNoticias. En la puerta de la casa del entonces ex intendente de San Isidro, Fernando Rovira, en la sede de Pragma en Palermo, en las oficinas de su gurú asesor Arturo Sylvestre en Puerto Madero, o en cualquiera de los lugares que Rovira frecuentaba —restaurantes, gimnasio, oficinas de aliados y de enemigos que cambiaban de una categoría a otra según las circunstancias—. El móvil iba a donde ellos estaban. Y allí iba yo, con el móvil. Román era para mí, en aquellos días que hoy me parecen tan lejanos, apenas alguien de la comitiva de Fernando Rovira, un integrante del elenco estable, uno más del equipo. Tímido y con poca intervención mediática, habría pasado totalmente inadvertido si no hubiera sido por un detalle: era el más lindo de todos ellos, incluido Rovira, un cuarentón buen mozo a quien muchas mujeres consideraban el político más sexy de la Argentina. Dos morochos de ojos verdes, de más de un metro noventa de estatura. Y digo lindo en un caso y sexy en otro porque para «lindo» no se necesita poder y para «sexy» sí.

Empecé a conocerlo mejor recién hace tres años, cuando arranqué con la escritura de un libro que me había encargado Salvatierra Editores, una editorial de capitales españoles, o eso decían, que se había instalado hacía unos meses en el país y buscaba «proyectos de alto impacto». Había conseguido el contacto con ellos gracias a Iván, un ex novio que aparecía cada tanto y me invitaba a tomar un café como para confirmar que no me había suicidado, ni me suicidaría, después de que me dejara por mi mejor amiga. Mi ex insistió para que los fuera a ver, dijo que la gente de Salvatierra era muy abierta a recibir propuestas, aunque las sometía a un «comité editorial». Eso me quitó entusiasmo, había intentado llevar propuestas a otras editoriales y cuando aparecía la figura del comité generalmente era para asignar la responsabilidad de un informe negativo a alguien sin nombre propio. Fui de todos modos y, para mi sorpresa, conocía a mi interlocutor: Eladio Cantón, un periodista y crítico literario a quien no veía desde hacía unos años. Había sido la estrella de los suplementos culturales en los noventa hasta que publicó una reseña donde destrozaba el libro de uno de los hijos del dueño del diario, se quedó sin su puesto y, sospecho, sin posibilidades de que lo contrataran en ningún otro medio de importancia. «Qué querés, China, ese libro era bosta, estaba escrito con los pies. Y para colmo el título: *Subir al Everest es mi rock and roll y mi destino*, ¿qué libro resiste ese título? Ni con la firma de Mick Jagger. Yo propuse que no lo reseñáramos pero el tipo estaba encaprichado, insistieron, tuve que firmar yo, no iba a mandar a otro compañero al muere». Así que Eladio Cantón, que no transó en aquel episodio y estuvo un par de años sin trabajo fijo, había aprendido la lección y era ahora la cara visible de una editorial dedicada a hacer negocios. «Es muy distinto, acá hago un trabajo profesional, no engaño a nadie, no digo que un libro que es malo es la octava maravilla porque lo escribió un amigo o alguien a quien le debo algo. Yo publico textos razonablemente bien escritos, correctos, interesantes, no pretendo que ganen concursos literarios, ni busco autores que hagan carrera para el Nobel. Busco libros que la gente quiera leer. Si es no ficción, mejor. La ficción está muy prostituida. Hay mucha cosa que no sirve, no sólo mal escrita, inconducente, de mirarse el propio ombligo y que no dice nada. Un pedo en el agua. En cambio la no ficción te garantiza un tema, y si hay un tema el lector tiene de dónde agarrarse. Vas a la librería, mirás la solapa, te gusta el tema, bien, no te gusta, elegís otro. Ahí no hay engaño. Cuando adjetivan al autor o a su prosa, generalmente sí. Nadie te va a poner en una contratapa "no es gran cosa, pero se deja leer". Y la mayoría de la ficción que se publica hoy es eso, por más adjetivo que le pongan, textos que se dejan leer, punto. El tema es el tema. Tan sencillo como eso. Vos traeme un libro con un tema que la gente quiera leer y cerramos trato.» Me parecía raro estar escuchando al mismo Eladio Cantón que había tenido discusiones inacabables y hasta violentas con otros críticos sobre qué es la literatura y qué no. «Es que no entendiste, China, yo no publico literatura, publico libros. Si querés un día nos tomamos un café y discutimos largo y tendido qué es la literatura. ¿O vos eras la que odiaba el café y sólo tomaba té? Ojo, *pour la gallerie*. A mí acá traeme un libro. Con eso me vas a hacer feliz.»

Después de dos o tres intentos que no lo convencieron, le llevé a Cantón el libro que lo hizo feliz: *La maldición de Alsina*. «Título tentativo», advirtió, aunque marcó con resaltador amarillo la palabra maldición porque le pareció muy «ganchera». Me había cruzado con esa historia mientras hacía un móvil en La Plata, y desde aquella época me había quedado dando vueltas en la cabeza. No tenía más que el tema: la imposibilidad real e histórica para cualquiera que haya sido gobernador de la provincia de Buenos Aires de llegar a ser presidente de la República Argentina. Y dos o tres frases. Eso era todo, pero ya tendría más. Cantón me pidió un índice provisorio del libro, con una breve descripción de qué iría en cada capítulo. Incluí varios dedicados a la investigación a fondo de la maldición, de la bruja llamada «la Tolosana» —supuesta responsable del embrujo—, de los funcionarios perjudicados a partir de su hechizo; entrevistas con ex gobernadores y políticos influyentes de la provincia; varios capítulos dedicados a los proyectos de división presentados hasta el momento con testimonio de sus autores; y al menos un tercio del libro dedicado a Fernando Rovira y su empecinamiento por dividir Buenos Aires en dos nuevas provincias, proyecto que parecía cada vez con más posibilidades de concretarse. En mi presentación a Cantón y como tesis de escritura, yo sostenía, arbitrariamente y sin más fundamento que querer que mi editor me contratara el libro, que el proyecto de división de la provincia de Buenos Aires propuesto por Rovira se basaba menos en cuestiones técnicas, demográficas, institucionales, económicas o políticas y más en su temor a la famosa maldición tolosana. Y ésa fue la línea que más le interesó a Cantón, donde vio definitivamente «la veta», y allí fuimos. «Maldición, superstición, mito, bruja, magia, políticos condenados por un hechizo, hocus pocus, todo eso garpa, China.» Y haciendo gala de antiguos conocimientos, me mandó a leer «El hechicero y su magia», de Claude Lévi-Strauss, indicación que no sé si le agradecí lo suficiente.

Más allá de los otros entrevistados y la investigación en sí misma, a medida que delineaba el proyecto iba quedando claro que el libro se apoyaría en gran medida sobre Fernando Rovira. Así que lo primero que hice fue tramitar pedidos de entrevista con él, que se declaró halagado aunque muy ocupado, con un virtual colapso de su agenda, y propuso a Román Sabaté como la voz autorizada para responder a mis consultas. No era la mejor opción, necesitaba hablar con Rovira en persona, pero entretanto lo conseguía no estaba mal juntarse a charlar con un chico tan lindo. En esas reuniones, más

33

allá del proyecto, me dedicaba a indagar sobre su jefe. Si quería abonar la teoría de que su empecinamiento en dividir la provincia estaba relacionado con la maldición de Alsina y no con aspectos más racionales, tenía que encontrar algo en su historia familiar, en sus relaciones primarias, en su infancia, en aquello que ocultaba de su pasado, que me permitiera trazar el vínculo. Nunca encontré en entrevistas viejas, publicaciones ni archivos de audio o de TV nada acerca de sus primeros años de vida ni de su familia. Ni siquiera de sus padres. Eso me dio cierta desconfianza, pero luego hice una lista de «Padres Impresentables de Políticos» y me di cuenta de que no era un caso tan extraño. Más de uno habría dado lo que fuera por que sus progenitores no aparecieran en la prensa. Por otra parte, me tenía que hacer cargo de que mi propia historia, llena de secretos familiares, me ponía sensible al extremo a la hora de buscar antepasados ocultos. Al margen de mis dificultades, había investigado exhaustivamente acerca de la vida de Fernando Rovira antes de empezar a conversar con Román y, aun así, quedaban huecos insalvables, ausencias, vínculos, años perdidos por completo que no aparecían en ninguna parte. Aunque el líder de Pragma —como bautizó al partido que había creado, «Lo importante es el hacer»— me mintiera, aunque yo no pudiera dar por cierta ninguna de sus respuestas, aunque el hecho de informarle que estaba escribiendo no sólo sobre su proyecto sino sobre él pusiera en peligro mi trabajo, tenía que intentar sacarle a Rovira —o a Román— material necesario para completar los capítulos prometidos. El tema lo tenía, pero a pesar de la opinión de Cantón, estaba convencida de que el lector buscaría algo más, lo que busca siempre: que alguien le cuente la historia que espera. Una historia urgente, necesaria. Si lo lograba, escribiría un mejor libro. Si no lo lograba, un libro mediocre, uno de los tantos de no ficción que se publican cada año y que, aunque no bien salen parece que van a hacer explotar el mercado, no logran agotar la primera edición. Insistí en que al menos necesitaría reunirme dos o tres veces con Fernando Rovira en persona. Para mi sorpresa, Rovira no sólo no se negó sino que se sintió orgulloso de que alguien «se interese tanto en mí». Así me lo dijo. Y aunque la vanidad es condición *sine qua non* de cualquier político que quiera llegar a los puestos más altos, creo que lo que lo decidió a darme esa información y su tiempo fue la ventaja evidente de sentir que así me tenía de su lado, tratar de convertirme en uno más de «su equipo», y de esa manera poder controlar la pluma que escribiría sobre él y su proyecto más emblemático. O creer que podía controlarla. Yo jamás le habría abierto el juego a Fernando Rovira. ¿Él no lo sospechaba? ¿De verdad creía que sí? ¿De verdad creía que yo no publicaría nada que él no quisiera? Tal vez la técnica a la que apostaba era indirecta: no opinar expresamente, no censurar a priori, sino que el hecho de ponerse de mi lado operara sobre mi conciencia y cierto prurito me hiciera autocensurarme antes de abordar algunos puntos de su vida y de su proyecto que yo aún desconocía pero que sin dudas tenían que aparecer. Como aparecen siempre. Generar un vínculo en el que él no se involucrara de verdad y yo sí, una estrategia de manipulación que a Rovira, como a tantos políticos, le salía muy naturalmente. Y dentro de esa estrategia, poner a Román Sabaté fue muy astuto. O lo habría sido, si todo no hubiera terminado patas para arriba.

En ese tiempo en que me reunía con Román —al principio una vez por mes, luego más seguido, finalmente cuando teníamos ganas y con cualquier excusa— supe más de él que del propio Rovira. No sólo porque aunque con cierta reticencia también conversáramos acerca de nosotros, sino porque lo veía moverse, atender el teléfono, contestarle a Rovira, transmitirles sus mensajes a otros, sonrojarse, mentirme las respuestas a las preguntas que le hacía sobre asuntos que tenía orden de no develar, preparar un almuerzo para los dos en la cocina de la casa de su jefe como si fuera propia, jugar en el jardín con el hijo de Rovira. Una tarde me metí por el pasillo incorrecto, abrí una puerta que resultó ser la del cuarto del chico y adentro estaba Román haciéndolo dormir en la cuna; le golpeaba la espalda suavemente al ritmo de la canción que tarareaba. Cuando me vio no se detuvo, me hizo una seña con el dedo índice sobre la boca como para que no hiciera ruido, pero no me pidió que me fuera, así que me quedé allí, mirándolos, hasta que el niño se durmió y Román lo tapó, apagó la luz y salió de la habitación conmigo. Me sorprendió menos lo que hacía que el hecho de que no manifestara ningún pudor por ser descubierto en una tarea de tanta intimidad. Llegué a pensar que el verdadero libro, el que valía la pena escribir, era la biografía de ese muchacho que había venido de Santa Fe sin un plan definido, a ver qué encontraba en Buenos Aires, y había terminado trabajando para Pragma casi de casualidad. «Vueltas de la vida», me respondía cada vez que le preguntaba por qué alguien como él había terminado junto a Fernando Rovira. Tardó mucho en contarme cuáles eran esas vueltas. Un muchacho que nunca antes se había interesado demasiado por la política termina convertido, en poco tiempo, en la mano derecha de uno de los hombres públicos con más posibilidades de crecimiento del país, cuyos próximos pasos son, si el electorado lo acompaña, convertirse en gobernador y luego en presidente de la Argentina. Pero Cantón jamás compraría la biografía de Román Sabaté, eso estaba claro. Al menos no la habría comprado en aquel entonces. Una persona común, que uno sospecha puede terminar siendo el héroe de alguna historia que aún no llega a definirse. Que a lo mejor, incluso, no se defina nunca. No habría habido forma de convencer a mi editor de que lograría hacerle sentir al lector el mismo interés en él que sentía yo. El mismo interés que habrá tenido Rovira cuando lo tomó y lo convirtió en su hombre de confianza, alguien que parecía de la familia ante los ojos de todos nosotros. Incluso en el aspecto físico, perfectamente podrían pasar por hermanos, o primos. Padre e hijo no, porque no daba la diferencia de edad entre ellos. O daba demasiado justo. En muchas entrevistas me quedaba observando a Román, casi sin escuchar lo que decía, preguntándome eso: cuál había sido la verdadera cuestión, racional o no, que había consolidado esa relación estrecha e incondicional que se percibía entre ellos dos. Y cada vez que me quedaba así, perdida, mirándolo en busca de esa respuesta o alguna otra, concluía irremediablemente lo mismo: que un día o una noche, más tarde o más temprano, me encontraría en una cama, desnuda, con Román Sabaté.

Sin embargo, a pesar de las numerosas citas, de nuestras largas conversaciones, de cuánto lo observaba y del deseo, terminé de conocerlo, de verdad, hace un poco más de un año, el día que mataron a Lucrecia Bonara, la mujer de Fernando Rovira. Me había tocado cubrir el crimen para TvNoticias, donde seguía siendo movilera por décima temporada. El trabajo en el móvil, que tanto había disfrutado en un comienzo, estaba empezando a agobiarme. Lo que verdaderamente me atraía era el libro que venía escribiendo. Pero nadie puede vivir de los derechos de un libro, ni siquiera de un libro que haga feliz a Eladio Cantón y contrate Salvatierra Editores. Sobre todo si el libro aún no está listo. La televisión me garantizaba un mejor ingreso; también más estrés, enojos, dolores de cabeza, tener que pensar qué atuendo me pondría, peinarme y maquillarme aunque fueran las cinco de la mañana. En cambio, uno puede escribir un libro en pantuflas, al menos si no tiene que ir a entrevistar a Román Sabaté y se sueña cada tanto desnuda junto a él. A pesar del hartazgo de pararme frente a un móvil cada mañana, no podía suspender ese ingreso y depender de un libro en proceso por el que ni siquiera me habían pagado anticipo. Cantón me había dado el visto bueno, me había dicho que avanzara, que querían ver el material, había aprobado el índice propuesto y hasta me había conseguido en una librería de viejo una antigua edición de *Antropología estructural* de Lévi-Strauss. Pero no había aclarado que por el momento era todo gratis y a mi riesgo. Y cuando empecé a escribir aún no habían matado a la mujer de Fernando Rovira, lo que sin dudas aumentó el interés de la editorial. «¿Para cuándo está el primer borrador del libro, China? ¿No podemos relacionar esta muerte con la maldición de Alsina?», me preguntó Cantón con el cadáver de Lucrecia Bonara todavía caliente mientras yo estaba cubriendo el hecho en la puerta de la casa de los Rovira. «¿O te suena muy forzado?» «Te vas a ir directo al infierno, Cantón», contesté y le corté.

Yo escribía *La maldición de Alsina* en ratos robados al descanso, a la alegría, al escaso sexo ocasional con algún amigo bien predispuesto, a mis fantasías desnudas y no consumadas con Román. Y mientras tanto seguía trabajando de movilera como lo venía haciendo desde hacía tantos años. Para colmo, en los últimos meses me habían agregado la tarea de escribir una columna que salía en el sitio de noticias del canal —«a vos que te gusta escribir», había dicho mi jefe pretendiendo elogiarme—. Eran apenas unas líneas sobre el tema del día pero que me condenaban a contestar algunos de los comentarios de los televidentes, por lo que irremediablemente debía leerlos y enterarme de cuánta gente necesita descargar su ira más rabiosa e inútil en este tipo de intercambio. Por otra parte, sabía que no había posibilidad de progreso dentro del noticiero, ni en ningún otro programa del canal de noticias para el que trabajaba. Cada vez que se hizo una vacante y pedí que me asignaran al piso, una excusa o una mejor candidata me cortaron el camino. Las respuestas, por la positiva o por la negativa, siempre me dejaban afuera. Que vos sos infinitamente mejor que fulana pero ella hace rato largo viene pidiendo el lugar, que nadie entra desde el móvil con tu contundencia, que la recién llegada es pariente del dueño del canal. Lo que fuera, excusas, alabanzas que terminaban descalificando. Un día una compañera se atrevió a decirme lo que nadie antes había podido: que mi jefe sostenía que yo no daba bien en los primeros planos porque había un problema con mis ojos, con mi mirada. «China, a vos no te dicen "la China" de casualidad, te lo dicen por esos ojitos rasgados que tenés, medio cerraditos, como si estuvieran irritados, ¿no? Lindos, a mí me gustan, aunque chinitos. Bueno, Perales dice que con esos ojos no das bien en cámara, que para móvil está bien porque compensás con la actitud, pero para piso la gente te mira y se duerme.» «¿La gente me mira y se duerme? Mirá, bueno saberlo», me limité a contestar y, más allá del golpe que me dio, le agradecí íntimamente la sinceridad con la que me evitaba seguir apostando a algo que nunca me sería dado, al menos mientras Perales o alguien como Perales estuviera a cargo. Había imaginado distintos motivos por los cuales yo no lograba entrar al piso, pero lo de los ojos rasgados no se me había cruzado por la cabeza. «Perales es un esteta, se fija mucho en esas cosas. ¿No viste que a Laura tampoco la saca del móvil porque es muy morocha? Dice que en piso da demasiado oscura.» Increíble. Dar oscura en piso también fue un concepto que me tomó por sorpresa. Los madrugones, las esperas bajo la lluvia, el maltrato de algunos personajes a los que tenía que hacer guardia, las pretensiones estéticas de mi jefe. «Mientras mida, hay que salir a buscar su declaración donde sea, a la hora que sea», me lo había dicho Perales el primer día que entré a trabajar. Y no hizo falta que lo repitiera. El hartazgo al que había llegado años después, sin embargo, se neutralizaba con ciertas gratificaciones que nunca le conté a nadie en el canal, como si se tratara de un sueño del que uno no quiere que lo despierten: una familia de La Plata que había perdido todo en la última inundación y me mandaba un pan dulce cada fin de año; la chica abusada en una fiesta vip de Puerto Madero —a la que nadie escuchaba hasta que la cubrimos— y tres años después me hizo llegar la participación de su casamiento; el padre del nene que se cayó a un pozo, al que le hicimos el aguante la noche entera hasta que lograron rescatar al chico, y le puso mi nombre —Valentina— a su segunda hija, que nació al poco tiempo. Esa gente y los amigos que me fui haciendo a lo largo de la vida fueron conformando la familia que no tengo, o la familia que me negó mi madre, que siempre sostuvo que éramos ella y yo solas en el mundo: «No busques, no vas a encontrar». Hasta que un día se murió y no me quedó lazo familiar que me atara a nada, ni siquiera a ella.

Esas pequeñas perlas en mi trabajo compensaban la infinidad de horas invertidas en sacarle una declaración a personajes como Fernando Rovira. Claro que no era lo mismo ir a su casa a buscar una declaración por una nueva alianza política, la denuncia de un adversario o la sanción de una ley propuesta por el bloque de Pragma que cubrir el asesinato de su mujer. La muerte tiene la certeza que nunca tendrá la política: hay un cadáver. Las circunstancias de la muerte son otra cosa. En las circunstancias se desvanecen todas las certezas. Lucrecia Bonara estaba muerta, de eso no había dudas. Había salido con su camioneta a una reunión en la fundación que Rovira le había armado para «darle un papel adecuado al lugar que le tocó ocupar». Había sido una de las tantas sugerencias de su asesor de imagen y jefe de campaña, Arturo Sylvestre, quien lo declaró así textualmente, casi con orgullo, en un reportaje que le hicieron para un diario español. Bonara no era ni ex modelo ni actriz, como tantas otras mujeres de políticos, no pertenecía a ese colectivo. Si las mujeres que se casan con futbolistas como ascenso social se llaman botineras, ¿cómo deberían llamarse las que hacen lo mismo con políticos? ¿Qué elemento sería el equivalente a los botines para el caso? No se me ocurre otro que el poder, pero el poder es abstracto, no posee un elemento. O sí, el dinero. Y no dinero de billetera, sino el que pueden cargar en bolsos aún más grandes que los que llevan botines. O transferir a cuentas inhallables. O invertir en empresas fantasmas. Ya inventaré un nombre. Lo cierto es que Bonara no parecía eso. Tampoco habían militado juntos. De hecho, Rovira no registraba militancia en ningún partido, si bien al inicio de su carrera declaraba tener raíces peronistas —igual que dijeron tantos otros que sin antecedentes ni ideología un día se lanzaron a la política—, apuesto que por indicación de Arturo Sylvestre. Así como no se conocía gran cosa del pasado de Fernando Rovira, menos se conocía del de Lucrecia Bonara. Era una chica agradable, si bien bonita poco llamativa, por la que nadie se habría dado vuelta en la calle al verla pasar. Aunque varios habrían aceptado gustosos salir con ella si un amigo se la hubiera presentado. Callada, con una mirada apagada. Sólo ante la advertencia de prestarle atención uno podía darse cuenta de su belleza disimulada. Se habían conocido porque ella trabajaba en un banco donde Rovira tenía una caja de seguridad. Un trabajo nada reprochable pero sin trascendencia, según el criterio de Sylvestre, que la mandó a darle «un sentido mayor» a su vida. No podían hacerla progresar en el lugar donde estaba; por más contactos que movieran no era lógico pretender que la designaran directora de un banco extranjero bajo el pretexto de haber sido encargada de las cajas de seguridad. Así que les debe de haber parecido mejor buscar por otro lado.

Su ocupación en la fundación consistía en una reunión fija, todos los martes a las once de la mañana, a la que Bonara se prestaba con gusto, como si ella se hubiera convencido de que el rol que le proponían era un hándicap para su vida a la sombra de Rovira. La mujer iba manejando, no solía usar chofer para poder hablar por teléfono desde el auto sin testigos —eso supuse yo, y me lo confirmó después Román a regañadientes—. Detrás la seguía un coche de la custodia, ese día a cargo de Rogelio Vargas, el jefe de seguridad de Pragma. Algo preventivo, pensado más para espantar curiosos que por temor a algún incidente. Rovira, aunque denunció alguna vez que había sido amenazado, se movía con bastante libertad también. La camioneta avanzó por Avenida del Libertador y al llegar al semáforo de Austria una moto se puso a la altura de la ventanilla de Bonara, a un metro de distancia hacia la izquierda. El hombre le sonrió, le dijo algo y le hizo gesto de que bajara el vidrio. Ella, a esta altura de su vida junto a Rovira, ya estaba acostumbrada a que le hablaran por la calle, así que le devolvió la sonrisa y bajó el vidrio para escuchar lo que intentaba decirle. El hombre entonces sacó una pistola —según el informe de la policía que se redactó esa tarde, una 9 milímetros—, le apuntó al ojo derecho y disparó. La bala entró por la cavidad ocular, le atravesó el cerebro, perforó el cráneo y salió del otro lado. La moto huyó sin demasiada dificultad, mezclándose entre los autos que iban con dirección norte. Su custodia prefirió atenderla a ella en lugar de salir tras el asesino, y aunque avisó inmediatamente a la policía no dieron con él. Para cuando llegó la ambulancia Lucrecia Bonara ya estaba muerta. Cadáver, hasta allí la certeza. Lo demás, especulaciones. Se descartó rápidamente el robo porque no lo hubo. E inmediatamente las alternativas manejadas pasaron de crimen pasional —hipótesis que cuando se trata de personajes conocidos todos manejan en voz baja a la vez que especulan con el altísimo rating que una noticia de ese tipo provocaría— a la venganza o el ajuste de cuentas.

Fernando Rovira y Román Sabaté estaban en Montevideo, tan pronto les avisaron volvieron en un avión privado. Yo me encontraba frente al edificio de Pragma, donde también vivían Rovira y su familia, cuando bajaron del auto que los condujo desde el aeropuerto. Fernando Rovira se detuvo un instante ante las cámaras que lo esperaban. Román quedó parado detrás de él, en evidente estado de shock. «Estoy devastado», dijo el político. Hizo una pausa, carraspeó como si tuviera que evitar un nudo en la garganta y siguió: «Pero el dolor que siento no me va a impedir llegar a la verdad. Mi equipo está trabajando sobre una ley que afecta demasiados intereses. Dividir la provincia de Buenos Aires en dos será el fin de negocios corruptos que algunos no están dispuestos a perder. Duele esta muerte, ya lo creo que duele. Aunque si creen que me van a detener, están equivocados». Me impresionó lo rápido de la conclusión, la certeza con que lo dijo, la eliminación de otras posibilidades, pero sobre todo el corrimiento del foco del asunto: no importaba tanto el asesinato de su mujer como que no lo iban a detener. ¿De qué intereses hablaba? ¿Qué tanto podían perder unos u otros si se divide una provincia? Busqué una respuesta en la mirada de Román; sus ojos no estaban allí, se habían ido a otro sitio, perdidos, rojos, era evidente que había llorado, pero lo que más me llamó la atención fue la manera en que temblaba, un temblor que no era de miedo sino de dolor, de una angustia profunda, sincera. Rovira en cambio no transmitía ningún sentimiento, eso estaba claro; pensé que tal vez estaba medicado para soportar la situación. Declaró: «Estoy devastado», sin embargo el devastado era Román, no él. Tal vez ni siquiera había tomado nada. La gente tan poderosa como Fernando Rovira suele sentirse intocable aun cuando unas horas antes hayan matado a alguien tan cercano como su esposa. La gente como Román Sabaté o como yo, no; sabemos bien que somos vulnerables y el miedo es un alerta que nos ayuda a protegernos, a salir de la zona de peligro. Cuando se puede. Fernando Rovira no sentía miedo, tampoco tristeza. Más bien se mostraba enojado e implacable con quienes sospechaba habían matado a su mujer. En esa disyuntiva estaba yo, yendo del dolor de Román al enojo de Rovira, cuando se produjo la revelación de la falsedad de las circunstancias. Un compañero de otro canal le preguntó qué era lo más difícil que tenía por delante. Rovira lo pensó un instante y dijo: «Hablar con mi hijo, abrir esa puerta, entrar a mi casa y explicarle que mataron a su madre, cómo y por qué». Una compañera de otro canal dijo a mi lado: «Qué horror, por Dios». A la movilera de la TV Pública que estaba en la ronda frente a mí se le llenaron los ojos de lágrimas. Se produjo un silencio. Rovira se puso las manos sobre la cara, se apretó los ojos un instante. «Permiso», dijo por fin, abrió la puerta de su casa y entró. Román se quedó inmóvil, en blanco, como si no supiera el camino. Alguien de la comitiva que los rodeaba lo tomó del brazo y lo guió adentro de la casa. No se cruzaron nuestras miradas en ningún momento; no es que él hubiera evitado mirarme, simplemente Román no estaba presente en su propio cuerpo. La puerta de entrada se cerró y yo quedé allí, incómoda, con la sensación de que algo de lo que acababa de ver no encajaba. Mi compañero de móvil me chistó para que reaccionara, me puse frente a su cámara para hacer el cierre de la nota. «Acabamos de ver a Fernando Rovira entrando en su casa, a enfrentarse con eso que tanto le preocupa: decirle a su hijo de dos años que acaban de matar a su mamá, y...» Quise continuar pero no pude. «Perdón», dije, «volvemos a ustedes en el estudio». Los televidentes deben de haber pensado que me había emocionado como se habían emocionado mis colegas. No fue eso lo que me interrumpió sino que cuando quise completar la frase que acababa de oírle decir a Rovira me di cuenta de qué era lo que me producía esa incomodidad extraña: no le creía. Había estado muchas veces dentro de esa casa y sólo lo había visto relacionarse con su hijo para las fotos. El que de verdad hablaba con ese chico era Román. El que lo llevaba y lo traía, el que lo bañaba, el que le enseñaba a jugar a la pelota, el que se acercaba si lo oía llorar, o lo dormía tarareando una canción y dándole golpes suaves en la espalda. Ni siquiera su madre. Román cargaba con todo lo que correspondía a Fernando Rovira y su jefe no podía o no quería hacer. A Román le tocaría decirle a ese niño que su madre estaba muerta, no a Rovira. Ése era su temor, eso era lo que vi en los ojos de Román, lo que lo espantaba, lo que le impedía atravesar esa puerta. Pero la verdadera mentira de Rovira no estaba sólo allí, me di cuenta de eso cuando ya fuera de cámara quise evocar otra vez lo que había dicho el político: «Decirle que mataron a su mamá, cómo y por qué». ¿«Cómo», a un chico de dos años? ¿«Por qué», explicándole la teoría de que son los intereses que se oponen a la división de la provincia a un chico de dos años? Inverosímil. A un chico de dos años se lo abraza, cuanto mucho se le da una versión del estilo: «Mamá se fue al cielo». Y poco más. Si los «por qué» y los «cómo» ni nosotros los adultos somos capaces de entenderlos.

El cadáver estaba, pero las circunstancias de la muerte de Lucrecia Bonara no encajaban.

Al menos para mí, algo fallaba en ese discurso. Y era evidente que para Román Sabaté, también.

4

Apuntes para La maldición de Alsina
Por Valentina Sureda

1. La maldición de Alsina
El gobernador Adolfo Alsina no llegó a presidente de la Nación. Y de Dardo Rocha en adelante nunca un gobernador de la provincia de Buenos Aires pudo ser presidente de la República por voto popular.

Adolfo Alsina trabajaba y se preparaba para ser presidente en 1880, pero no pudo serlo porque en diciembre de 1877 murió de una enfermedad renal (¿CÁNCER?). De ahí el nombre del fenómeno: «La maldición de Alsina». El gobernador y fallido presidente les legó su apellido a maldiciones que vendrían detrás de la suya.

La maldición de la Tolosana convalidó y dio mayor fuerza al supuesto conjuro contra los gobernadores bonaerenses. Según el mito, en 1882, año de la fundación de La Plata, una bruja de la localidad de Tolosa maldijo a la ciudad que acababa de nacer por decreto.

BUSCAR MÁS INFORMACIÓN. ¡¡¡TIENE QUE HABER!!! ¿QUIÉN ERA LA TOLOSANA? ¿REALMENTE EXISTIÓ? CONSEGUIR EJEMPLAR DEL PERIÓDICO ALTER EGO EN EL MUSEO DARDO ROCHA.

Hay distintas versiones de por qué lo hizo.

La versión conspirativa dice que fue contratada por el presidente de la Nación, Julio Argentino Roca, en feroz interna con el gobernador bonaerense, Juan José Dardo Rocha, para que lo maldijera.

ROCA VS. ROCHA: ENEMIGOS CON DIFERENCIA DE UNA SOLA LETRA Y PARA COLMO MUDA.

El fin era lograr que Rocha no llegara a ser el próximo presidente como habían acordado tiempo atrás cuando Roca aún lo necesitaba. A esa altura, le convenía mucho más que el próximo presidente fuera su concuñado Miguel Ángel Juárez Celman. Y lo consiguió.

A JUÁREZ CELMAN LE CAERÁ LUEGO LA MALDICIÓN DE LOS PRESIDENTES CORDOBESES: NINGÚN PRESIDENTE CORDOBÉS TERMINÓ SU MANDATO.

La versión romántica dice que no hizo falta que nadie contratara a la mujer sino que lo que la movió a hacerlo fue su íntima amistad con el presidente. Ella sabía lo que Roca quería y se dispuso a complacerlo. Versión bastante poco probable a juzgar por lo que se sabe acerca de la vida privada del presidente en aquella época.

La versión sociopolítica, la más ajustada a los pocos datos históricos existentes, es la que dice que quien trajo a la Tolosana fue un grupo de gente de a pie que participó del acto, ciudadanos comunes que no estaban invitados al banquete oficial reservado a funcionarios y la elite del momento, y que tampoco pudieron comer el asado previsto para el pueblo porque la carne se encontraba en mal estado.

Si sumamos a la circunstancia desagradable de la carne podrida el hecho de que estos ciudadanos, cuando debían tomar el tren en Tolosa para el regreso a la ciudad, no pudieron subir porque no había lugar para ellos, entenderemos por qué su malhumor. Seguramente arengados por infiltrados del mismo Roca, explotaron en insultos y enojos que se canalizaron de distinto modo. Uno de esos modos fue ir a buscar a la Tolosana para que maldijera la piedra fundacional de la recién nacida ciudad de La Plata.

ALGUNOS AUTORES DICEN QUE QUIEN MANDÓ PUDRIR ESA CARNE FUE ROCA. NUESTRA HISTORIA POBLADA DE POLÍTICOS QUE SE PUDREN LA CARNE UNOS A OTROS. Y LOS QUE NO COMEN, SOMOS SIEMPRE NOSOTROS.

Lo cierto es que cualquiera haya sido el motivo que llevó esa noche a la Tolosana a la Plaza Moreno, los hechos que siguieron fueron los siguientes:

Llegó junto a un grupo de enfurecidos, se pararon sobre la piedra fundacional de la ciudad y, en medio de un extraño rito, robaron las botellas de vino y champagne que habían sido sepultadas debajo de la piedra para que fueran desenterradas un siglo más tarde cuando se festejara el Centenario. La bruja bebió del vino robado —dicen que despreció el champagne—, giró tres veces en sentido contrario a las agujas del reloj, echó distintos conjuros, maldiciones y maleficios. Y por fin cerró el rito orinando sobre la piedra de fundación de la ciudad. Orinó a patas abiertas, como orina una mujer. Sosteniendo el vestido para que no se salpicara, doblando levemente las rodillas y sacando la cola hacia atrás, haciendo equilibrio con la bombacha a media asta. Luego invitó a la gente que la acompañaba a que diera vueltas a la piedra fundacional tal como lo había hecho ella.

La maldición quedó así consumada.

Sin embargo, en los detalles del hecho mismo también hay distintas versiones según el punto de vista sea conspirativo, romántico o sociopolítico. ¿Sólo se llevaron vino, champagne y monedas de oro? Cuando se festejó el Centenario de la fundación, en 1982, y se levantó la lápida de acuerdo con lo previsto, tampoco estaban allí documentos fundamentales: el Acta Fundacional, el Plano original del trazado de la ciudad, el Mensaje de Dardo Rocha a la posteridad. Se suponía que esos documentos estaban guardados debajo de la piedra. ¿Se los llevó la Tolosana? ¿Era ése el verdadero botín? ¿Qué mensaje y qué vicisitudes quería contarles Dardo Rocha a las generaciones futuras y Roca (o algún otro) se ocupó de impedirlo? Las monedas de oro, ¿eran simples monedas o medallas masónicas?

Si a la historia de la Tolosana se le quisiera agregar además un sino trágico, cabe señalar lo que dicen sólo los que se atreven: *Dardo Rocha eligió como día de la fundación el 19 de noviembre porque era el cumpleaños de uno de sus hijos, Dardo Ponciano, niño que murió pocos meses después de aquel conjuro, por falso crup.*

La maldición de Alsina sumó así un nuevo nombre: La maldición del sillón de Dardo Rocha.

UNA CIUDAD QUE NACE POR DECRETO.
CARNE PODRIDA.
UNA BRUJA.
HAMBRE Y BRONCA.
MUERTE.
LA POLÍTICA CONCEBIDA COMO UN ACTO DE MAGIA.

«(...) un individuo consciente de ser objeto de un maleficio está íntimamente persuadido, por las más solemnes tradiciones de su grupo, de que se encuentra condenado; parientes y amigos comparten esta actitud. A partir de ese momento, la comunidad se retrae: se aleja del maldito, se conduce ante él como si se tratase, no sólo ya de un muerto sino también de una fuente de peligro para todo el entorno; en cada ocasión y en todas sus conductas, el cuerpo social sugiere la muerte a la desdichada víctima, que no pretende ya escapar a lo que considera su destino ineluctable». Claude Lévi-Strauss, «El hechicero y su magia», Antropología estructural.
GRACIAS, ELADIO CANTÓN.

Maldecir puede maldecir cualquiera: hombres y mujeres, públicos o anónimos. Seguramente no conocemos todas las maldiciones proferidas, hay otras, debe haberlas. Esas que se dicen en secreto, en noches cerradas, en voz baja, entre dientes, sin testigos. Las que le dice un padre a un hijo. Un amante a su amado. Un amigo a quien cree que lo defraudó. A veces hasta sin mala intención. Incluso creyendo que se hace un bien. Las otras maldiciones.

¿Cuál será la maldición con la que carga Román Sabaté? ¿Cuál la mía? La mía está un poco más clara. ¿Qué habrá dicho exactamente mi madre alguna tarde mirándome en la cuna y sabiendo que tendría que criarme sola? Nos pasamos la vida tratando de descifrar esto, la maldición con la que nacemos, el mandato, el karma, el pecado original, el sino trágico, el trauma de origen o como cada uno quiera llamarlo. No para cumplir ese mandato sino para huir de él. O para elegir a quién echarle la culpa de nuestros males.

5

Amanece en la ruta, piensa Román en cuanto la primera luz asoma en el horizonte y la frase, cantada en su cabeza, lo lleva directo a su madre. No durmió en toda la noche, cómo hacerlo, no puede detener la vorágine de sentimientos y especulaciones que se le desató adentro apenas unas horas antes. Joaquín por suerte sí durmió, a upa de él, tapado con su campera. Siente el calor del cuerpo del chico en el abdomen y los muslos. Mira por la ventanilla: campo, algunas vacas, un camino de árboles que debe de llevar al casco de una estancia que no se alcanza a ver desde la ruta, un puesto de venta de quesos sin quesos, vacío —sólo tablones y el cartel: QUESO DE CAMPO, esperando que llegue la mercadería y quien la venda—. Después de aquel accidente su madre estuvo semanas en terapia intensiva, semanas durante las cuales sólo la visitaban su padre y él. Le hablaban, la acariciaban, le leían un cuento. Y le hacían escuchar «Amanece en la ruta», de Sueter, un conjunto que Román no habría conocido si no fuera por ella. Siempre esa canción. Y su extraña letra: un accidente automovilístico, alguien que espera lastimado y al borde de la muerte. Hacía muchos años Román le había preguntado por qué le gustaba tanto esa canción. Su madre le explicó que le emocionaba que hubiera podido ser escrita. «Si el autor la escribió, es que sobrevivió». *Me he dormido viajando y he soñado tan intenso...* Román recordó la anécdota en cuanto llegó al hospital, su padre y él se convencieron de que esa canción que hablaba de un accidente de autos y de un sobreviviente en el amanecer de una ruta cualquiera iba a hacer volver a su madre de la inconsciencia. Tal vez lo hizo. Más allá de la foto que acaba de encontrar y que lleva en su mochila —no termina de entender de qué manera eso cambia y cuánto lo que creía que sucedió aquel día—, es imposible saber de verdad por qué ella al fin abrió los ojos, los reconoció, dijo sus nombres y, con el tiempo, del fatal episodio en la ruta de Santa Fe a Paraná —accidente o lo que haya sido— no le quedó más secuela que una leve renguera que disimula bastante bien. Incluso pudo volver a jugar al tenis con sus amigas. Le queda, sí, la amnesia de aquellos días y cierta melancolía; los médicos dijeron que es normal, incluso que no recupere el hecho traumático, que nunca logre evocarlo. No recuerda nada desde unas horas antes de subirse al auto, ni siquiera por qué salió hacia Paraná. O lo que recuerda no tiene sentido. *Me he dormido viajando y he soñado tan intenso.* Un viajero agonizante adentro de un auto, después de un accidente como el que tuvo ella. ¿Habrá sido así? *Dónde voy, dónde estoy, quién soy yo, qué hora es, dónde estaré.* Las mismas preguntas de aquella canción podría hacerse hoy Román Sabaté, viajando en ese micro que lo aleja de Buenos Aires. Y de Pragma.

La voz del cantante original de aquella canción que sabe de memoria es reemplazada en su cabeza por la voz de su madre. *Si afuera no es noche, tampoco es de día*, canta ella, ... *no hay tristezas, tan sólo alegrías en mi corazón.* Mira a Joaquín y se pregunta si ese niño estaría allí, sentado sobre su regazo, si su madre no se hubiera accidentado aquella tarde. No tiene respuesta. No quiere forzarse a encontrarla. Recuerda el llamado en medio de la agitada reunión con Fernando Rovira, cuando Román se disponía a presentarle su renuncia. Su padre, quebrado, diciendo: «Se nos va mamá». Y él que no entendía, que escuchaba del accidente, del traumatismo, del riesgo de vida, de las falencias del hospital. Su capacidad de comprensión casi al límite, bloqueado. Y Rovira que entonces tomó el teléfono, que escuchó a su padre, luego al médico. Que después cortó y organizó una cosa detrás de la otra: el avión sanitario, el traslado a la mejor clínica de Buenos Aires, el tratamiento con el más prestigioso neurólogo del país, la rehabilitación y absolutamente toda la medicación necesaria, estudios y demás gastos pagados por él. Pero ahora Román sabe que a su madre no la salvaron Fernando Rovira y su dinero, aunque le falte confirmar sus sospechas. En el fondo, lo supo siempre. Sólo que cada vez está más convencido. Sin embargo, aquel episodio, como el efecto de la mariposa que aletea en un continente y desencadena una serie de eventos en otro, es lo que hace que hoy Román esté allí, en ese ómnibus, con Joaquín dormido en su regazo, viendo cómo amanece en una ruta que —aunque conozca el próximo destino— no sabe a dónde terminará llevándolo.

Él, como en la canción, se pregunta qué hora es. No usa reloj y el teléfono sin su batería le impide chequearla mirando la pantalla como lo hace habitualmente. Por la luz del sol que apenas despunta y lo poco que distingue al costado de la ruta, calcula que en poco más de una hora habrá llegado a San Nicolás. No podía decidir adónde refugiarse, todo parecía inapropiado. Ir a lo de la China era una locura —y demasiado cerca de Pragma—. A sus amigos de la infancia no podía exponerlos a tanto riesgo ni pedirles semejante favor teniendo en cuenta que desde hace tiempo no los ve más que una vez al año. Sus padres se pondrían tan nerviosos que no dejarían de hacer cosas inadecuadas y en lugar de ayudarlo lo perjudicarían irremediablemente. La casa de su tío Adolfo en San Nicolás le pareció la opción menos mala. Vive solo, es confiable, no va a ser la primera vez que «guarde» a alguien —durante la dictadura escondió en su mueblería a una familia entera hasta que lograron hacerlos pasar al Uruguay y de ahí quién sabe a dónde—. Tenía otra ventaja, tal vez una ilusión: alguno de los viejos contactos políticos de

Adolfo podría ayudarlo a encontrar la salida que él no le veía a este desastre mayúsculo. No le avisó. No le avisó a nadie. No volvió a usar el celular y no lo usará. Llevar un celular encendido es como cargar un rastreador personal. Lo sabe por el bendito protocolo de seguridad de Pragma, aunque no haya sido pensado para un caso como éste. También sabe que Rovira tiene los contactos necesarios para ordenar su rastreo. En la Justicia o en los servicios de inteligencia. Y si no quisiera recurrir ni a la Justicia ni a los servicios —por derecha o por izquierda— cuenta en las compañías telefónicas con aliados a los que les sería muy sencillo conseguir la información que quiera: a quién llamó, cuándo, desde qué lugar. En estos años junto a Rovira lo ha visto hacer manipulaciones de este tipo no sólo en su beneficio sino en el de sus amigos. O hasta en el de sus enemigos si de eso sacaba algún provecho. Como conseguir que borraran todos los llamados de los listados de una compañía telefónica los cinco días anteriores y posteriores a la muerte de un ex presidente de la Nación. Para que nadie pudiera seguir el recorrido de los celulares de quienes tuvieron que viajar a determinados países a mover plata de cuentas que, una vez conocida la noticia de su muerte, tendrían limitaciones e incluso podrían quedar bloqueadas. «Un favor para sus herederos y testaferros», le había dicho entonces Rovira. Aunque en la política esos favores tienen por regla una contrapartida. Y uno tan grande, sin dudas, la habrá tenido. O la tendrá.

No fue la única vez que vio usar ese método. A Román nunca le conformó el informe que presentó Rogelio Vargas, el jefe de seguridad de Pragma, acerca del sicario que confesó haber matado a Lucrecia Bonara por encargo. ¿Encargo de quién? Vargas atribuyó la responsabilidad del hecho a «mafias que se oponían a la división de la provincia de Buenos Aires». Incluso el mismo día del asesinato, apenas Román y su jefe bajaron del avión, Vargas les había planteado con énfasis la misma hipótesis. Pero no señaló entonces ni en su informe posterior datos concretos acerca de quiénes componían esas mafias, lugares de reunión, vinculaciones ni otras precisiones más que el nombre de aquel sicario que supuestamente disparó el arma y, a su vez, terminó muerto en un calabozo —en confuso episodio— mientras esperaba ser juzgado. A Román nunca le cerró esa versión conveniente que le ponía punto final al tema, y que Fernando Rovira y los medios aceptaron casi sin objeción. Fingió ante uno de los contactos en la compañía de telefonía celular con la que trabajaba Pragma que se comunicaba por pedido de su jefe —como tantas otras veces lo hizo— para informarse «cómo iba ese asunto de los llamados de pésame». Así le había escuchado decir unos días antes a Vargas, cuando se apartó del grupo en el que estaban los dos al recibir un llamado y, desde ese momento, la frase le quedó dando vueltas en la cabeza. «Los llamados de pésame». Sospecha que Vargas, a pedido de Rovira, hizo borrar las llamadas de los días anteriores y posteriores al asesinato. El contacto, de algún modo, se lo confirmó. Le dijo que estaba «okey okey», y que para extremar recaudos habían aplicado el mismo sistema a todos los llamados, «como hicimos la otra vez, por si salta». Es decir que cualquier usuario de esa compañía que pidiera un detalle de sus comunicaciones de los días anteriores y posteriores a la muerte de Bonara se encontraría con que no hubo llamadas entrantes ni salientes a su número. Como no las hubo los días anteriores y posteriores a la muerte de aquel ex presidente en ningún teléfono de esa empresa. Tal vez nadie se quejó, ni en un caso ni en el otro, porque la falta de llamadas supuso un menor gasto a la hora de pagar la factura. Pero si lo hizo, la compañía le habrá respondido que fue un «error de sistema». El error de sistema cura todos los males.

Joaquín se mueve, aunque todavía no se despierta. Por la ventanilla, Román intuye en medio de la niebla el perfil de la ciudad que ya no está lejos. Tiene que encontrar una forma de comunicarse con la China sin dejar rastros. Por él, y sobre todo por ella. No sería bueno que Rovira sospechara que lo está ayudando a huir. Llamarla es una locura, pero necesita que le dé una mano, no va a poder solo con todo. No tiene otras personas en las que pueda confiar, y menos aún que puedan manejar una situación como ésta. Sólo la China y su tío. Sebastián Petit le produce una sensación ambivalente. Sería bueno contar con una ayuda dentro de Pragma, es inteligente, eficiente, resuelve lo que sea, pero por más que su ex compañero de cuarto le manifestó todos estos años su aprecio incondicional, él siente reparos. Y ante la duda, se alejó de Sebastián. Una cosa es el aprecio, incluso el cariño, y otra la confianza. Román le tiene afecto, aunque no termina de entenderlo ni de saber quién es en realidad. Si hay algo que está claro es que Sebastián Petit es un tipo raro, una mezcla de friki con yuppie. Al principio parecía muy agradecido porque Román había conseguido que él también entrara en Pragma, pero con el tiempo adquirió una actitud altanera, algo soberbia, tratando de demostrar cuánto más preparado estaba él para la tarea que fuese. «Te lo digo de onda, porque te quiero», decía cuando lo criticaba con algún comentario «sincero», desde la ropa que usaba hasta la forma en que se dirigía a la prensa o su participación en alguna reunión de equipo en la que coincidían. Y cada vez que irremediablemente Fernando Rovira elegía a Román y no a él para asignarle alguna tarea de importancia, abonaba en su compañero de cuarto un resentimiento que le fue difícil ignorar. Seguramente Sebastián era consciente de ese sentimiento y le avergonzaba, porque después de cada uno de esos episodios se le aparecía con algún regalo: un vinilo, entradas para el show de la banda de moda, una remera de entrenamiento. Hasta que Rovira puso a Sebastián en el equipo de trabajo del proyecto de ley de división de la provincia de Buenos Aires y a su amigo se le notó un cambio, pareció, por fin, estar más allá de competencias y miserias menores. «Ahora sí entré a las grandes ligas», le dijo, un mundo que lo atrapó y del que ya no querría salir, ni aun terminado su trabajo específico. Investigaba día y noche, entrevistaba gente, se encerraba días enteros en bibliotecas. Nadie le había pedido tanto. Era como si estuviera en un trance y nada pudiera hacerlo regresar al aquí y ahora. Desde entonces su actitud, más que altanera o resentida, pasó a ser esquiva, extraña, se escapaba cuando Román intentaba acercarse en algún pasillo, tapaba los papeles en los que escribía cuando alguien pasaba cerca de él, hablaba por teléfono con palabras clave que parecían pertenecer a un código secreto: caos, cruz, diagonal, masones, triple seis. Román alguna vez hasta pensó que su amigo tenía algún problema psiquiátrico. De lo que se tratara, afecto, soberbia, resentimiento o desequilibrio, y por más complicadas que fueran las circunstancias en que Román se encontrara, Sebastián Petit no parecía alguien a quien pudiera recurrir para que lo protegiera de Fernando Rovira.

Llegan a la terminal. Román alza primero a Joaquín y luego se ocupa de su mochila. Recorre las calles que lo llevan hasta la mueblería de su tío, que es además el lugar donde vive: la casa familiar que fue de sus abuelos está detrás del negocio y del taller de carpintería. La ciudad empieza a despertar. Eso le preocupa y lo apura, sin embargo cree que a esa hora no se cruzará con nadie que pueda reconocerlo. Confía en su suerte, sigue confiando. No habría hecho lo que hizo si al menos no confiara en que es afortunado. Pero a la suerte hay que ayudarla, dice su madre, así que tomó recaudos. No cree que puedan reconocerlo porque su familia sea pionera en la ciudad, ni porque él mismo haya pasado varios veranos allí, sino porque aparece en la televisión cada tanto y eso lo catapultó a la fama sin escalas. Es consciente de que hoy tiene «portación de cara», algo que le juega en contra dadas las circunstancias. Por eso se calzó un par de anteojos negros y una gorra con visera que le dieron en algún evento, que manoteó de su oficina cuando escapó la noche anterior.

Antes de tocar el timbre se queda mirando la vidriera del negocio de su tío. MUEBLERÍA SABATÉ. Muebles tan distintos a los que vio todos estos últimos años en Pragma, en la casa de Rovira, en las oficinas de Arturo Sylvestre, en el loft de Zanetti —el empresario que más aporta a Pragma y las distintas campañas en las que participa Fernando Rovira—, en las casas de los seguidores más consecuentes de su propio partido. Muebles que se compran en Las Cañitas, en San Isidro o en Palermo Soho. Se había olvidado de estos otros, muy parecidos a los que había en su casa de Santa Fe. Muebles de madera, marrones, lustrados, simples, una mesa y cuatro sillas, un sillón de dos cuerpos tapizado con pana sintética color arena o con ecocuero. Le gustaría meterse ahí, tirarse en ese sillón, hacerse el dormido y que su madre venga a sacarle los zapatos, tratando de no despertarlo, preocupada por que no ensucie el tapizado. El aroma a madera recién lustrada, el penetrante olor del producto con que su padre pegaba las telas, los restos de viruta en el aire que le irritaban la vista y lo hacían estornudar, todo eso se le aparece a su alrededor aunque él sigue allí, detrás del vidrio. La evocación es tan potente que Román Sabaté ya se siente adentro. Y se da cuenta, ahora, frente a esa vidriera, de que añora aquello que tuvo. Pero sobre todo aquello que él fue. ¿Sigue siendo quien fue? Está por tocar el timbre, justo antes de hacerlo su tío abre la puerta alarmado por ese intruso de anteojos negros y gorra que esconde su cara, alguien que se paró frente a su vidriera una mañana tan temprano y allí sigue, con dudosa actitud que no alcanza a atenuar el niño que lleva consigo. Román advierte su cara de asombro y se apura a mostrarle quién es.

—Hola, tío.

—¡Me vas a matar de un susto, Román! —le dice Adolfo, y avanza para abrazarlo.

Pero el abrazo queda inconcluso porque el niño alzado le impide completarlo. Román baja a Joaquín —a pesar de sus quejas— y los presenta.

—Joaquín, éste es mi tío Adolfo. Adolfo, éste es Joaquín.

El hombre se agacha y le revuelve el pelo a modo de saludo.

—Hola, Joaquín.

El niño, entre dormido y temeroso, se pega a la pierna de Román. Adolfo mira a su sobrino esperando una explicación. Román no se anda con rodeos, no hay tiempo.

—Necesito que me guardes unos días, tío. Que nos guardes. A los dos. Nadie tiene que saber que estamos acá.

—¿Ni tus viejos?

—Ni mis viejos.

Adolfo se queda mirándolo sin decir nada, evaluando la situación de tener que ocultarle algo así a su propio hermano. Román se da cuenta.

—Va a ser mejor para ellos que no sepan.

—¿Qué cagadón te mandaste, nene?

—Es largo... pero ya te voy a contar.

Pasa un vecino y los saluda. Román agacha la cabeza para que no lo reconozca. Adolfo toma conciencia del peligro de que aún estén en la calle.

—Vení, vení, pasá. Metete rápido adentro. Mejor que nadie los vea. En estos pueblos chicos todos saben todo. Vení, entren —dice, y avanza por el pasillo indicándoles el camino—. Les hago un desayuno y cuando tengan la panza llena me contás. ¿Te parece?

—Me parece —miente, no sabe cuándo estará en condiciones de revelar su historia.

—Pónganse cómodos —Adolfo señala un sillón pasado de moda aunque impecable, ubicado frente a un televisor.

—Gracias —dice Román, y para su propia sorpresa se le llenan los ojos de lágrimas.

Su tío lo advierte, se acerca y lo acaricia en el hombro. Es una caricia fuerte, casi una palmada. No hace mucho más que ese gesto un poco bruto, de afecto reprimido, para que su sobrino no se quiebre delante del chico que sigue prendido a su pierna. Román se saca la mochila, la apoya en el suelo, busca el camión de bomberos y se lo da a Joaquín. El nene empieza a entrar en confianza con el lugar, los personajes y las circunstancias.

—Me recuerda uno de esos juguetes que te armábamos con tu papá cuando eras chico.

—Es lo más parecido a esos juguetes que encontré. Lo armé yo y lo pintamos con Joaquín.

Adolfo espera que él siga contando sin preguntar nada. Pero Román vuelve al silencio reconcentrado, mientras su tío va y viene por la cocina preparando el desayuno aunque sin dejar de mirarlo cada tanto de reojo. Finalmente Adolfo se decide y pregunta en voz baja, como para que Joaquín no escuche.

—¿Es tu hijo?

Román mira al niño y no contesta.

—¿Es un Sabaté? —insiste Adolfo.

Román se queda pensando como si de verdad no supiera la respuesta.

O no la quisiera pronunciar. Por un momento parece que va a hablar, se prepara para ello, y otra vez se detiene.

—¿Es un Sabaté, nene? —vuelve a preguntar su tío.

—No, no es un Sabaté —responde por fin él—. Se llama Joaquín Rovira.

Adolfo rápidamente entiende el riesgo que implica esa respuesta y está por decirlo. Antes de hacerlo Román agrega:

—Pero sí, es mi hijo.

—Que lo parió —dice Adolfo.

Suspira, y se sienta para no caerse redondo al piso.

6

Apenas entré a Pragma debería haber sospechado que me habían elegido por alguna circunstancia que no estaba detallada en mi pobre currículum. No conocía al resto de los muchos postulantes que se presentaron aquel día. Pero al menos conocía a uno, Sebastián Petit. Y era evidente a los ojos de cualquiera que él estaba mucho más capacitado que yo para hacer carrera dentro de un partido político como ése. Sin embargo, tuve la arrogancia de pensar que de verdad habían descubierto en mí un potencial que yo todavía no advertía. Me eligieron, son los que saben, no hice preguntas.

Las dos primeras semanas nos encerraron en una estancia cerca de Luján para que hiciéramos el «Pragma *training*». Y dos días antes de terminarlo me dijeron que yo era el elegido para integrar el GAP: Grupo de Amigos de Pragma. Me explicaron que GAP era un seleccionado de jóvenes destacados. Y que ese grupo se conformaba, a lo largo de la corta historia del partido, mediante una meticulosa selección de integrantes de acuerdo con determinada característica personal que, en mi caso, nunca me fue revelada. Al menos no oficialmente y hasta mucho después, cuando quedó evidenciada de manera irrefutable por más que Rovira lo negara una y otra vez. Incluso la noche en que por fin me dijo cuál era el papel que me tenía reservado también mintió: «No te elegí pensando en esto, yo no sabía entonces, fue el azar. Pero agradezco que te cruzaras en nuestro camino». Los demás candidatos que hacían el entrenamiento conmigo seguirían en el partido aunque sin integrar el GAP. Sin embargo, más allá del lugar al que fueran asignados, poco a poco dejé de tener contacto con todos los que estuvieron en Luján aquellos días. Algunos ni siquiera llegaron mucho más allá de esas primeras dos semanas. O porque no resistieron la presión de las jornadas tan largas y renunciaron, o porque los invitaron amigablemente a buscar otros horizontes sin demasiadas explicaciones. Unos pocos fueron asignados a lugares alejados, ninguno al edificio de la sede central de Pragma. Cuando un tiempo después logré que entrara Sebastián, nadie mencionó que tuviera que hacer un entrenamiento de ningún tipo y por su currículum, después de soportar algunos meses ocupándose de tareas menores, lo pusieron a trabajar en el equipo de desarrollo de nuevas políticas públicas, donde se destacó casi inmediatamente. A pesar de que tendría que esperar un poco más para «entrar a las grandes ligas» y ocuparse de la división de la provincia de Buenos Aires. Hoy estoy convencido de que en aquella búsqueda de la que participé sólo iban a la caza de una persona, que resulté ser yo. Unos pocos de los que estaban allí competían efectivamente conmigo y los demás no fueron más que la pantalla que ayudaba a simular. Ya no tengo dudas de que en la selección participó el mismo Fernando Rovira, desde el inicio, al principio espiándonos detrás de las cortinas del primer piso y luego recibiendo información detallada de cada actividad que hacíamos en Luján.

Hasta elegirme a mí, personalmente.

En el entrenamiento recibí muchas indicaciones, demasiadas; llegó un momento en el que a pesar de escucharlas con atención no podía retenerlas. Todas eran enunciadas con tono amigable, tuteándonos, aun las que eran dadas por escrito. Pero sin dudas se trataba de órdenes. Y fueron muy contundentes en advertirme en privado que no debía mencionar el GAP ni dentro ni fuera de Pragma. El problema es que yo sirvo para guardar secretos ajenos pero no los relacionados conmigo, a menos que crea que contarle eso a alguien, como me pasó después, lo pusiera en peligro. Contar qué puesto había obtenido en aquella selección no me parecía algo que necesitara ser ocultado. Yo lo sentía un logro, quería compartir la buena nueva con alguien que la supiera valorar. Durante la vida escolar, había sido elegido mejor compañero en varias oportunidades, había ganado algunos trofeos deportivos, pero nunca fui designado mejor alumno, ni nunca escolté la bandera. Y esta elección tenía más que ver con eso, con ser «el mejor». Algo que nunca estuvo en mis cálculos. Por primera vez me elegían entre un grupo de pares por condiciones superiores al resto, aunque no pudiera saber cuáles eran. Me moría por contarlo. A Sebastián no se lo podía decir para no generar más rispideces entre los dos; aún no lo habían incorporado y no quería aumentar el malestar, así que me mantenía muy atento a esas pequeñas envidias que podían ser evitadas. Mis padres estaban tan ansiosos por que retomara los estudios universitarios que temía que si les contaba más que alegrarse se preocuparían de que hubiera aceptado un trabajo tan demandante. Elegí contárselo a mi tío, él era sin dudas el más indicado, iba a entender. Seguía relacionado con la política y con la vida de comité, comprendería rápidamente de qué le estaba hablando; no le gustaba el partido que había elegido para trabajar, pero aceptaría una decisión que no era ideológica sino laboral. Me había ido a vivir solo a Buenos Aires y tenía que conseguir un empleo. Eso era Pragma para mí, una oportunidad de trabajo. Lo llamé el primer fin de semana libre después del entrenamiento. «¿GAP?», dijo asombrado, «¿como el de Allende?». «¿Qué Allende?», pregunté. «Salvador, nene, Salvador Allende, el presidente de Chile. No el Bisonte, ése es Alende, con una sola ele. Claro, vos sos tan joven que ni debés haber oído hablar del GAP.» Asentí. Lo cierto es que ya había pasado los veinte, luego de vanos intentos universitarios había declarado mi educación formal concluida, y me dirigía a ser una pequeña bestia que nunca había oído hablar no sólo del GAP chileno sino de ningún Allende, con una ele o con dos. No me atreví a decírselo. Él siguió: «Era la guardia de seguridad del presidente, se vivían épocas duras y había que rodearlo bien, no se podía confiar en el ejército o en los carabineros. GAP quería decir: Grupo de Amigos Personales. Yo no puedo creer que le hayan puesto el mismo nombre, si no tienen nada que ver estos tipos con políticos como Allende, qué cara rotas». «No creo, tío, tiene que ser una casualidad. Y si se lo pusieron por algo, debe de haber sido por el buzo.» «¿Qué buzo?» «Hay una marca de buzos norteamericana, Gap, buzos, jeans, remeras.» Mi tío tardó un instante en entender el chiste, pero ni bien cayó se rió a carcajadas. Quería hablar y la risa se lo impedía. «Tenés razón, nene, éstos es más fácil que se lo hayan puesto por el buzo que por la guardia de Allende. ¡Cuánta razón! ¡Y cuánto vacío ideológico! Perdón, perdón, son tu gente, me excedí. Igual, ojo, vacío ideológico de todos, no sólo de tu partido», se disculpó. «No es mi partido, es mi trabajo.» «Sí, sí, Román, está claro. Mirá, yo sé que cualquier trabajo es digno, y te felicito porque hayas sido elegido uno de los mejores. Cómo no me voy a alegrar por eso. Pero en cuanto encuentres otra cosa, tratá de salirte de ahí. Hay tanto para hacer en otros lados... buscá... con tiempo. Intentá...» «Lo intento, tío.» «¿Me lo prometés?» «Te lo prometo», dije. Sin embargo, no cumplí.

Durante aquellas jornadas en aquel primer «retiro» nos entrenaron física e intelectualmente. Y nos hicieron infinidad de estudios médicos y psicológicos. Electrocardiogramas, ecografías y análisis de sangre se mezclaban a diario en las primeras horas de la mañana con test de Rorschach, diferentes mediciones de coeficiente intelectual y algunos otros cuestionarios con los que no sé a qué conclusiones pretendían llegar. Hasta nos estudiaron la letra y nos hicieron una carta astral. O, en mi caso, eso creyeron. Porque se pusieron tan reiterativos con que llamáramos a nuestras casas para pedir la hora exacta de nacimiento que miré la pantalla del teléfono del compañero que estaba a mi lado, vi que eran las tres y cinco de la tarde, y eso dije, que había nacido a esa hora, para que no insistieran más. Así que seguramente los planetas que según ellos rigen mi destino son los que rigen el destino de algún otro. En los entrenamientos físicos siempre me destacaba, era el que corría más ligero, el que menos se cansaba, el que tenía mayor resistencia. Eso me garantizó mi primer puesto concreto dentro de Pragma: *personal trainer* de Fernando Rovira. Un puesto que conservé hasta el día que huí. A pesar de que me fueron asignando tareas de mucha más responsabilidad y mayor carga horaria, nunca dejé de entrenar físicamente cada mañana con Rovira. No le pusieron ese nombre a mi puesto; incluso cuando me lo anunciaron me advirtieron que no sería eso, un *personal trainer,* me dijeron que efectivamente estaba asignado al cuidado personal de Fernando Rovira pero que sería algo así como «su secretario más privado». Me indicaron que Rovira necesitaba alguien de su extrema confianza que lo acompañara desde que se levantaba hasta que se fuera a dormir, y como la actividad física matutina era una rutina tan importante para él, la mejor alternativa era que yo mismo lo guiara. «Vos parecés capacitado para hacerlo. Sería una picardía meter una persona más entre ustedes», me dijeron. «A Rovira no le gusta tener tanta gente dando vueltas alrededor de él y su mujer.» Ésa fue la primera vez que oí hablar de la mujer de Rovira. Seguramente era un hecho público que él estaba casado y con quién, pero a diferencia de mi amigo Petit, yo no le había seguido la trayectoria a ningún integrante de Pragma hasta ese momento, ni siquiera al número uno. La mención pasó de largo, sin que sospechara ni por un instante el papel que Lucrecia Bonara tendría en mi historia.

Así que pertenecía al GAP pero no podía decirlo. Y era *personal trainer* de Rovira pero no debía llamarme a mí mismo de ese modo. Fue otro de mis primeros aprendizajes acerca de la política: respetar sus eufemismos, nunca llamar a las cosas por su nombre. Sobre todo si vas a dar una noticia que pueda influir negativamente en el voto o aun en la imagen positiva del candidato en cuestión.

«Además cada día irás incorporando tareas, en cuanto Rovira confirme la confianza que pusimos en vos.» Así resultó. Aunque para eso faltaba tiempo. Mientras tanto, allí en Luján, además de estudiarnos de distintos modos y de darnos instrucciones que en realidad eran órdenes, nos hacían resolver supuestos «casos». Ellos decían «*cases*», en inglés. Recuerdo uno, el último. Tal vez por mi protagonismo en su resolución. Entonces sospeché que quizás fue mi participación en ese caso lo que los decidió por mí, e incluso sentí que los había engañado. Sin embargo, el engañado, siempre, fui yo. Nos dijeron que era un *case* que usaban en Harvard para evaluar a sus estudiantes de la escuela de negocios. Me di por vencido no bien lo anunciaron, nada más lejos de mí que Harvard y que una escuela de negocios. Lo leí con desgano, pero a medida que iba avanzando me di cuenta de que ya conocía lo que planteaba. El caso era más o menos el siguiente: «Es un día de tormenta, vas por la ruta en tu auto que sólo tiene lugar para un acompañante, te detiene el semáforo y en la parada de ómnibus ves que esperan una mujer anciana, uno de tus mejores amigos y la chica más linda que hayas visto en tu vida. Sabés que tendrán que seguir esperando un tiempo porque hay un paro de colectivos que recién levantarán en dos horas. ¿A quién subís en el auto? ¿A la anciana que

66

se está por pescar una neumonía, a tu mejor amigo o a la mujer de tus sueños?». Nos dieron media hora para resolverlo y volver con la respuesta adecuada. Sabíamos que responder bien no era sólo eso sino competir con los otros integrantes del grupo: responder correctamente pero encontrar una mejor solución que los demás. Presentamos las respuestas por escrito y luego de leerlas en silencio el coordinador nos dio la palabra uno a uno para que explicáramos nuestra posición. Era evidente que iba dejando las que consideraba las mejores respuestas para el final. La mayoría eligió subir a la anciana: no podían cargar con la responsabilidad de que una mujer mayor muriera de neumonía. Para este grupo, todo lo demás, amistad o deseo, era irrelevante frente a la posibilidad de que la anciana enfermara e incluso muriera. Los que eligieron esa opción lo decían sin dudarlo, y no se permitían ni siquiera evaluar otra alternativa que los alejara del «deber ser». Fueron terminantes, y eso es lo que el coordinador juzgó peor aún que la respuesta: su falta de flexibilidad. Parece que en la política hay que dejar de lado muchas veces el «deber ser». Otros compañeros eligieron al amigo, esgrimiendo que la amistad es un valor que tiene que estar por delante de todo. Era el grupo «pum para arriba». El coordinador elogió que fueran más flexibles que los anteriores, pero advirtió que dejar a la anciana con neumonía tampoco era muy recomendable. Las respuestas que indicaban subir a todos y que se apretaran, o que preguntaban si no podía ser un dato falso que el auto sólo tuviera dos asientos fueron impugnadas sin mayores comentarios, dando a entender que ni siquiera los merecían. Por fin quedamos cuatro finalistas. Uno de ellos tenía la actitud de seguro ganador. Estaba sentado a mi lado. Me dijo: «Gané yo, lo siento, es que lo vi resolver en una película de Bruce Willis. A menos que hayamos empatado». Mientras me hablaba, el coordinador leyó la respuesta de los otros dos: «Levantar a la mujer más linda del mundo y que el mejor amigo se ocupe de cuidar a la anciana, si es tan buen amigo lo va a entender». El coordinador valoró la valentía de esta respuesta, «su pasión», dijo, pero estimó también los perjuicios que traería esa decisión, sobre todo si la anciana enfermaba. Aclaró que sin dudas mejoraba las opciones anteriores porque era flexible y contemplaba en alguna medida la situación de la mujer mayor que quedaba a cargo de otro, aunque de todos modos estaba lejos de ser la mejor opción. El supuesto ganador sonrió y esperó que me nombraran. Pero lo nombraron a él. El hecho de que su respuesta fuera leída antes que la mía lo descolocó, llegó a decir «no, no, tiene que haber un error». No se atrevió a revelar al grupo que él sabía la respuesta porque la había visto en una película de Bruce Willis. Así que se contuvo, escuchó los halagos a la suya y seguramente se concentró en qué hacer para despreciar la mía. Su propuesta era darle el auto al amigo para que se llevara a la anciana y esperar con la chica, bajo la lluvia, en la parada, a que llegara el próximo ómnibus. «Es ésa», me dijo otra vez por lo bajo en cuanto el coordinador terminó de leerla, «es la de Bruce, se está equivocando». Por fin leyeron mi opción: «Preguntarles a la anciana y a la chica si alguna de las dos se anima a ir manejando con esa tormenta, y si se animan, darles el auto a ellas y esperar en la parada con el amigo. Por supuesto, pedirles el número de teléfono, para luego ir a buscar el auto y, éste es el punto, poder invitar a salir a la chica en mejores circunstancias climáticas». «¿Por qué suponés que la chica o la anciana saben manejar?», preguntó mi compañero alzando la voz. «¿Y por qué no? De la misma manera que vos suponés que el amigo sabe hacerlo», contesté, y el coordinador se limitó a aplaudir. Atrás de él aplaudieron todos, por imitación más que por convencimiento. Luego dio un pequeño cierre donde destacó que yo no sólo hubiera roto con la consigna, «a quién subirías con vos», sino además con los estereotipos, «los votantes hoy valoran mucho el discurso que tiene en cuenta cuestiones de género». No dijo que mi respuesta valiera por lo que proponía sino porque el votante valoraba lo que proponía.

Eso también se me marcó a fuego como otra máxima de Pragma: decirle al votante lo que el votante quiere oír. Una frase que escuché repetir muchas veces más, casi a diario.

Aquella noche, durante la cena, tuve la sensación de que las pocas mujeres que integraban el grupo me miraban con más cariño que días anteriores, alguna hasta parecía verme por primera vez. Me creían un ganador, cuando yo era un fraude. Había visto la película de Bruce Willis. Con Carolina, mi novia mendocina. Y fue ella la que dijo: «¿Y este nabo por qué en lugar de darle el auto al amigo no se lo da a la chica o a la vieja?». Y yo le respondí: «No sabrán manejar». Ella me miró mal. «¿Por qué asumís que el amigo sabe manejar y la chica y la vieja no? ¿Vos también sos machista como Bruce Willis?» Así que si esa noche en Luján mis compañeras me veían con mejores ojos no era gracias a mí, sino a otra mujer.

Una semana después estaba trabajando para Rovira. Y ya no dejaría de hacerlo por los siguientes cinco años. Era «su secretario más privado», miembro secreto del GAP. Cada día que pasó desde entonces estuve más cerca de él y su familia. Tan cerca, demasiado. Hasta el punto en que todo se confundió y casi me terminan convenciendo de que yo era un miembro de ella.

Pero no, Rovira y yo nunca fuimos ni seremos familia.

A pesar de Joaquín.

7

Suena la alarma de su teléfono por tercera vez. Ya no puede volver a posponerla. Y lo que tiene por delante la entusiasma. Si no fuera por la resaca de la noche anterior, la China ya estaría bañada, vestida y perfumada. Ese malestar producto del alcohol y de la juerga la ayuda a evitar preguntarse si Román Sabaté se merece tanta dedicación y esfuerzo después de que la dejó plantada. Porque, al menos bajo parámetros femeninos, él la dejó plantada. Sin considerar, para no echar más leña al fuego, que este último tiempo estuvo un poco raro, muy raro, con la cabeza en cualquier parte. Pero igual de lindo. Muy lindo. Eso sí. La última vez que se vieron, en medio de la reunión y sin que viniera a cuento de nada, Román la llevó de la mano al cruce del pasillo que va de las oficinas de Pragma a las habitaciones donde desde hace tiempo vive con Fernando Rovira y su familia. Alguna vez le dijo que en ese lugar exacto —un poco más cerca de la pared que da al patio, frente a un estante donde se apoya *El mudo*, una escultura de Juan Carlos Distéfano que a ella siempre le pareció un lujo artístico inmerecido para la sede de un partido político como Pragma - «Lo importante es el hacer»—, es donde se encuentra el único «punto ciego» del edificio. Así lo llamó. El lugar preciso que Román —y tal vez muy pocos más— sabe que escapa a las lentes de las decenas de cámaras instaladas en el inmueble. Y a los micrófonos. La paradoja de *El mudo* en un sitio de ciegos y sordos. Las cámaras apuntan a la estatua con voluntad de primerísimo primer plano y se olvidan de sus alrededores.

Allí, en el punto ciego, él se le acercó más de lo prudente, buscó su oído y dijo en voz muy baja: «Necesito verte afuera de esto». Luego se separó, pero apenas lo suficiente como para mirarla a los ojos. Ella sintió un cosquilleo entre las piernas que aún recuerda y, mientras todavía lo sentía, le sostuvo la mirada esperando que él dijera algo más. La China, en ese preciso lugar e instante, con punto ciego o sin punto ciego, pudo percibir con claridad la tensión entre su cuerpo y el de Román Sabaté. Porque, de eso estaba segura, no sólo era ella quien lo sentía, él también estaba conmovido. A la China le habría gustado alargar ese momento, estirarlo hasta que alguno de los dos no diera más y, al fin, se lanzara desenfrenado sobre el otro. Pero entonces alguien avanzó por el pasillo, Román giró para disimular y de inmediato se dirigió hacia las oficinas. Ella lo alcanzó cuando él ya estaba adentro de la suya, la que usaban para reunirse: «Cuando quieras», dijo la China antes de entrar detrás de él a terminar la tarea de ese día —se había propuesto revisar unos documentos que había pedido especialmente hacía unas semanas para agregar detalles a sus notas al pie—. A pesar del amague, Román no se quedó con ella, dijo que tenía algo urgente, que la seguían el próximo miércoles. «El próximo miércoles», repitió ella y le guiñó un ojo. Claro que después de lo que había sucedido, de la electricidad entre sus cuerpos, del «necesito verte afuera de esto», la China dio por sentado que el «nos vemos el próximo miércoles» era una frase hecha para ocultar lo que acababan de acordar hacía un instante en el punto ciego. Si él había dicho que la quería ver fuera de allí, se verían antes de la siguiente cita formal, la llamaría cualquiera de esas noches, saldrían, hablarían, tomarían algo juntos, tal vez cenarían y, si la tensión que ella sintió esa tarde mientras se mantenían la mirada conservaba su intensidad, por fin se revolcarían en una cama. Lo pensaba para sí y volvía a sentir el mismo hormigueo entre las piernas. Sin embargo, los días pasaron y allí estaba ella una semana después, sin haber visto a Román Sabaté en ese tiempo, bañándose, vistiéndose y maquillándose no para salir con él sino para cumplir con la cita pautada, y hablar de la maldición de Alsina, la división de la provincia y, sobre todo, de Fernando Rovira.

Por suerte están las amigas. La llamaron la noche anterior, cuando estaba a punto de tomarse el tercer Campari, y salieron juntas. Ella les contó con lujo de detalles: el encuentro en el punto ciego, la tensión, el pedido de verla fuera de las oficinas de Pragma. Sus amigas esgrimieron distintos argumentos para entender los movimientos de Román —o su falta de movimiento—, desde que la política es tarea de veinticuatro horas por siete días y que seguramente no pudo manejar su agenda, hasta que «el muy cagón se asustó». La oscilación entre una hipótesis y otra dependía de las características de la amiga que la esgrimía, de su propia experiencia con los hombres, de la empatía que tenía con la China y del nivel de alcohol en sangre que iba aumentando a medida que avanzaba la noche. Se rieron, siguieron tomando, compartieron un porro en la vereda —alguna vereda, ya no recuerda dónde— y la dejaron en la cama en mucho mejor estado. Siempre es preferible fumada o alcoholizada que librada a su síndrome de ansiedad, que ya no hay clonazepam que pueda apaciguarlo.

Sale del baño desnuda, con el pelo envuelto en una toalla, y se acerca a la ventana. Corre la cortina y la luz le pega en la retina. Pasado el primer destello, intenta hacer foco y comprueba que frente a su edificio ya está estacionado el auto de la custodia de Rovira que Román le manda cada semana. El chofer espera fumando, apoyado en el capot del auto, mira su reloj y luego hacia la ventana desde donde ella lo espía. La China se corre a un costado para que no la vea. Como el hombre, también busca la hora en su celular y comprueba que está retrasada. Se apura a vestirse mientras define qué actitud tomará cuando se encuentre con Román. Sus amigas aconsejaron «cara de póker», nada, tranquila, como si no hubiera estado caminando por las paredes y caliente como una pava como estuvo los últimos días. Ella no está segura de poder lograrlo, pero lo intentará. Y si se le salta la cadena y siente el impulso de hacer una escena se prometió a sí misma tener la precaución de arrastrarlo antes al punto ciego una vez más. Ya que hay punto ciego, que sirva para algo.

Cuando baja, el chofer está dentro del auto. Ella le hace un gesto a través de la ventanilla y se apura a subir antes de que el hombre se baje a abrirle la puerta. Él se disculpa, intercambian saludos, alguna frase de forma sobre el clima y luego los dos permanecen en silencio escuchando la radio donde el periodista estrella de la mañana anuncia que el presidente acaba de ser acusado ante la Justicia por un dirigente de la oposición por cohecho y malversación de fondos.

—Seguro que el presidente está temblando —dice el conductor, y larga una carcajada irónica—. Qué manera de hacernos perder el tiempo, se denuncian unos a otros y nunca pasa nada. Parece una partida de truco. ¿Juega al truco usted?

Ella le sonríe por el espejo retrovisor pero no contesta. Le llama la atención el comentario del hombre dado que trabaja para uno de los que pertenecen al colectivo del que habla: los políticos. Duda si el hombre no se da cuenta de que, por añadidura, está hablando mal de su jefe o si lo tiene excluido de aquellos que juegan al truco. O si no le importa.

—Uno canta truco, el otro le apura un retruco, el otro un vale cuatro, y al final ninguno tiene una puta carta y si pudieran se van todos al mazo —explica el hombre.

—O tienen buenas cartas pero les da miedo mostrarlas porque piensan que los otros tienen mejores —corrige ella.

—Si les da miedo algo, lo que sea, que no se dediquen a la política. El miedo es para nosotros, los de a pie. Ellos, si llegan a donde están, es porque no conocen el miedo.

A la China le gustaría sacar papel y lápiz y anotar la frase. Es más, agarra el teléfono y la apunta en el block de notas; seguramente la usará en algún capítulo del libro sobre la maldición de Alsina: «El miedo es para los de a pie, como la carne podrida. El que tiene miedo que no se dedique a la política». O algo así.

Llega al edificio de Pragma con apenas diez minutos de retraso. La secretaria la hace pasar a la oficina de Román y le dice que aún no lo vio pero que ya le avisa que ella está allí. La China se siente una tonta por tanto apuro, si al final, otra vez, ella es la que lo espera, la que está pendiente de él. Al rato vuelve la chica con un café y a modo de disculpa dice:

—No lo encuentro en el edificio y no responde en el celular.

Luego agrega, cómplice, como dando por hecho que las dos saben muy bien de qué habla:

—Viste cómo es Ro...

Y ella no vio cómo es «Ro», y no le interesa en lo más mínimo compartir intimidades con esa secretaria que seguramente también se piensa desnuda con él en una cama —tal vez hasta lo estuvo—. Pero tampoco está dispuesta a que Román Sabaté la vuelva a plantar, así que finge lo mejor que puede que nada le importa y dice:

—Okey, no te hagas drama. Yo trabajo un poco con estos documentos que me quedaron pendientes y si mientras tanto no aparece me voy, que tengo mil cosas que hacer.

—Para mí que fue a llevar a Joaquín al jardín y se distrajo haciendo algo —aventura la chica.

—Todo puede ser —dice la China, y parafrasea achinando más los ojos—: Viste cómo es Ro.

La chica no se percata de su ironía, asiente, le sonríe una vez más y se va. A la China se le parte la cabeza, arde de bronca, revolearía los biblioratos por el aire, pero respira profundo, cuenta hasta diez y se controla. No va a permitir que Román Sabaté le gobierne la vida. Se sienta frente al escritorio e intenta leer la última modificación al proyecto de ley de división de la provincia de Buenos Aires que en unos días presentará en el recinto el jefe del bloque de diputados de Pragma a instancia de Fernando Rovira, y que mañana él mismo les anticipará a periodistas, intendentes y políticos de la oposición que puedan resultar aliados. Ella estará en la rueda de prensa prevista. El borrador final lleva la firma de Sebastián Petit, un integrante de Pragma que no le cae bien y siempre le pareció algo perturbado. Aunque debe reconocer que todos aseguran que es de los más eficientes del «equipo» —incluso se lo oyó decir al mismo Fernando Rovira, que se arroga la autoría del proyecto de ley pero, aclara, «con el invalorable aporte técnico de Sebastián Petit»—. Y Rovira no es de compartir méritos con nadie, así que si le da el crédito es porque se lo merece más de lo que señala.

Si el asunto de partir la provincia de Buenos Aires al medio normalmente le resulta una locura, hoy, con la resaca, la bronca por el nuevo plantón de Román y los mohines de esa secretaria, lo que lee le parece una locura aún mayor. Acepta que no es un buen día para seguir con el trabajo y decide que ya esperó a Román lo suficiente. Sin embargo, probablemente por deformación profesional, antes de irse lo llama al móvil. La voz de la cinta grabada dice que está con el celular apagado o fuera del área de cobertura. Hace rato que un número

75

telefónico no le devuelve ese mensaje. Buzón de voz o llamada perdida o silencio o línea muerta, pero el «fuera del área de cobertura» le suena extraño. Da vueltas por la oficina, está inquieta, no sabe en realidad por qué, ya no es sólo el enojo por el plantón. No llega a elaborar hipótesis acerca de la ausencia de Román porque en cuanto les da forma las descarta una a una apostando a que su pensamiento paranoico le puede estar jugando una mala pasada. Por qué no pensar que Román Sabaté simplemente se atrasó, o se olvidó, o que Rovira se lo llevó de improviso a alguna parte, sin darle posibilidad de avisarle ni siquiera a su secretaria. Sobre el escritorio de Román está su agenda. Ésa es otra de las cosas que le gustan de él: que en pleno siglo XXI y en un partido político que hace gala de su información sistematizada y del uso de programas de comunicación encriptados, él sigue confiando en una agenda de papel, una agenda de las gigantes, de escritorio, clásica, donde escribe de puño y letra, con imprenta bien grande, cada tarea que tiene que hacer. Se acerca con cautela, atenta a que no entre nuevamente esa chica que tanto la irrita y la descubra husmeando. Abre en la página donde quedó el señalador de cinta de seda color bordó que trae la agenda. Es la página que corresponde al día de hoy, miércoles. Siete horas: Entrenamiento físico con F. Rovira. Ocho horas: Llevar a Joaquín al colegio. No olvidar certificado de vacunación. Nueve horas: reunión de trabajo con la China Sureda. Diez horas: Reunión de equipo en la sala verde. Si arrancó con Rovira, lo que siguió bien pudo haber sido una serie de hechos imprevistos, ineludibles y probablemente desafortunados que le cambiaron los planes para el resto del día. Esa conclusión de algún modo la alivia. Si la plantó por Rovira, casi debería perdonarlo. O al menos entenderlo. Y en eso está, tratando de hacerlo, cerrando la agenda de Román y dejando el escritorio tal cual lo encontró como para que nadie note que ella anduvo por allí, cuando se abre la puerta y Fernando Rovira se mete dentro de la oficina.

—Buen día —saluda él.

—Buen día —responde ella, sorprendida.

—¿Sabés dónde está nuestro común amigo? Le tengo que avisar algo y no logro comunicarme con su celular. Resultó tan poco tecnológico este muchacho que es capaz de haberlo perdido otra vez. Pierde un celular cada tres o cuatro meses, ¿podés creer? El último se le cayó al inodoro, nunca vi algo igual.

—Eso es bastante común.

—Porque nunca se pone saco. No digo traje, viste que en Pragma cada uno se viste como quiere. Pero un saco de vez en cuando, para alguna reunión, tampoco le quedaría mal, ¿no? —dice, y sonríe de un modo tal que la China se pregunta si su comentario tiene la doble intención que ella le supone—. Yo lo llevo siempre acá —afirma, y muestra el bolsillo interno de su saco, de donde toma un iPhone última generación, se lo muestra y vuelve a dejarlo adentro—. Desde este bolsillo no se te puede caer nada al inodoro. Un saco de vez en cuando y se solucionarían varios problemas. A él y a todos nosotros.

—Cierto, aunque Román Sabaté con saco no sería Román Sabaté.

—En eso tenés razón —coincide Rovira, y se queda mirándola con una sonrisa que, de tanto que se alarga en el tiempo, a ella le resulta incómoda.

Entonces la China mueve unos papeles y anota cualquier cosa en una hoja en blanco como para salir de la situación y fingir que está haciendo algún tipo de trabajo de ese lado de un escritorio que no le pertenece.

—En fin, cuando venga decile que lo estoy buscando con mucho interés, que no se olvide de lo de esta tarde. ¿Se habrá enamorado este muchacho, que anda con la cabeza en cualquier lado? Ya me plantó a la mañana en el gimnasio. Una vez lo acepto, dos no. A una mujer sí, a un hombre nunca.

La China no contesta, ni siquiera sonríe. Luego de un tiempo que a ella le parece eterno, Rovira le guiña un ojo, hace una mueca que trata de ser simpática y se va. Ella se queda mirando la puerta sin atinar a hacer nada, ni siquiera irse. La interrupción de Rovira la deja en alerta. No es que la alusión a un posible enamoramiento la haya perturbado como podría haberlo hecho en una circunstancia menos tensa. Lo que la preocupa es que Román Sabaté haya dejado plantado a su jefe en el entrenamiento de la mañana, rutina que comparten desde hace años. Eso cambia las cosas. A ella puede dejarla plantada, pero atreverse a dejar plantado a Rovira es demasiado, incluso para alguien tan poco previsible como Román Sabaté.

Llama una vez más a su celular: «El teléfono está apagado o fuera del área de cobertura».

La China tiene un mal presentimiento. ¿Por qué?, si no cree en esas cosas. Como no cree en la magia, ni en las brujas ni en las maldiciones. Excepto en la propia. En ésa sí cree. Pero en ningún caso en la maldición de Alsina.

Siente un nudo en el estómago. Y ya no es por el plantón que le hizo Román Sabaté. La China está, ahora, preocupada por él.

8

Joaquín se quedó dormido a mitad de la mañana y aún no se despierta. Lo que descansó en el viaje no parece haber sido suficiente. Román también descansó un par de horas; a pesar de la tensión que carga, se desplomó en un sillón al poco rato de que se durmió Joaquín, apenas terminó su taza de leche. Adolfo abrió la mueblería y trabajó toda la mañana. «Es mejor seguir con la rutina diaria para no levantar ninguna sospecha», le dijo a Román y él estuvo de acuerdo. Pero llega el mediodía y, como siempre, Adolfo cierra y el pueblo se dispone a almorzar primero y hacer la siesta después. Ellos dos no, ellos tienen que hablar. Adolfo se sienta frente a su sobrino y le dice:

—¿Y?

Román le cuenta algo de lo que está pasando. No mucho, por el momento prefiere que su tío no sepa demasiado. Si sabe poco corre menos riesgos. Le cuenta que Joaquín es hijo suyo, eso sí, aunque no las circunstancias en las que fue concebido. Nadie pregunta eso, nunca, para qué aclararlo. Tal vez más adelante se lo cuente. Si hace falta. Le cuenta además que sospecha que Fernando Rovira, de alguna manera, tal vez indirectamente, pudo haber tenido algo que ver con la muerte de Lucrecia Bonara —mujer de Rovira y madre del hijo de Román—. No fue él, de eso no tiene dudas porque estaban juntos en Montevideo, pero no es necesario estar presente para ser el responsable de una muerte. La forma en que Rovira se tomó el asesinato de Lucrecia, sus actitudes posteriores, sobre todo la falta de emoción frente a esa muerte, lo fueron llenando de dudas. Después de confirmar que la compañía de teléfonos borró llamadas de los días anteriores y posteriores a aquel asesinato, pensó infinidad de veces en confrontar el informe de Vargas, revisar papeles que antes no había revisado, abrir cajones, desempolvar archivos. Sin embargo, nunca lo hizo. Hasta que ayer, por azar, encontró algo que lo asustó. Un detalle en particular. «No viene al caso qué fue, podría haber sido ese detalle como cualquier otro, la gota que rebasó el vaso», le dice. Aunque no es cierto. Ahora le miente. Sabe muy bien a qué detalle se refiere, pero por ahora no se lo cuenta a su tío. Porque lo que descubrió no tiene que ver con Lucrecia Bonara sino con ellos, con los Sabaté, y le teme a la reacción de Adolfo cuando alguien se mete con la familia. Sí le confiesa que sintió miedo, que el miedo fue creciendo, y que por fin se dio cuenta de que la única forma de dejar de sentirlo era irse para siempre de Pragma. Fue tomar esa decisión y el temor cesó. El miedo paraliza. Él prefirió romper con eso, atravesar un miedo mayor, irse, la única posibilidad de liberarse de él. Le cuenta que pensó que Joaquín podría quedar expuesto a un riesgo muy alto si él se iba y lo dejaba allí, solo. Que por eso lo trajo. Y porque es su hijo.

—¿Rovira sabe que sos el padre? —le pregunta su tío.

—Sabe —contesta él.

—¿Desde hace mucho?

—Sí.

—Qué quilombo, nene. ¿Vos de verdad pensás que Rovira es capaz de querer hacerte... —le cuesta decir la palabra— ... daño?

—Yo creo que es capaz, casi, de cualquier cosa.

—Va a tener que pasar sobre mi cadáver.

—Lo sé, tío, y te agradezco, pero no quiero que te expongas a ningún peligro. Lamento estar en esta casa, no tenía otro lugar donde ir y sentirme seguro. Espero haber hecho bien.

—Claro, hiciste bien. Conmigo vas a estar a buen resguardo. Te conté que yo lo salvé a Alfonsín cuando lo quisieron matar acá en San Nicolás, ¿no?

Y sí, le había contado. No una, varias veces. La mayoría frente a su padre, que no se cansaba de oír la misma anécdota en cada visita, y la disfrutaba como si nunca la hubiese escuchado antes. O estando solos, como aquella tarde que lo llevó a pescar al Arroyo Leyes. Román deja que se lo cuente una vez más.

—Fue en febrero del 91. Un calor de morirse. A él no le importaba. ¿Sabés las veces que lo vi subirse a un ómnibus con su maletín de cuero, antes de ser presidente, para dar una charla aunque fuera para treinta personas? ¿Sabés cuántos había esperándolo en ese pueblito de la Patagonia, en el 99, cuando casi se mata en la ruta? Cuarenta, cincuenta personas con toda la furia. ¿Valía la pena? Él creía que sí. Para el 91, cuando lo del atentado, iba de un lugar al otro tratando de levantar el partido. Cantidad de veces. Se sentía culpable del descalabro, por eso de que tuvo que irse antes de cumplir el mandato. La hiperinflación, ¿viste? La UCR se rompe pero no se dobla. Es buena madera. Aunque hay que reconocer que quedamos muy mal, muy jodidos como partido. Raúl estaba preocupado y haciendo todo lo que podía para apuntalarlo. Venía de San Pedro ese día, había estado ahí el viernes y el sábado nos tocaba recibirlo en San Nicolás. Le levantamos un palco para que hablara en la calle Alsina, acá nomás —dice Adolfo, y señala con el brazo como si Román pudiera ver desde su cocina dónde fue aquel discurso—. Durante el día ya habían recibido amenazas de bomba en el hotel y en el comité, pero Raúl no les daba pelota a esas cosas. Nunca. Imaginate, metió en cana a los militares no bien volvió la democracia, no iba a tener miedo a una amenaza anónima de esas. Y además no les creía. Había tenido muchas. Después del mediodía empezó a llegar gente y el lugar se fue llenando. Para el fin de la tarde estaba repleto. Raúl arrancó el discurso tarde, había estado haciendo una nota en el diario, eran más de las diez de la noche. Eso seguro, porque me acuerdo de que yo estaba muerto de hambre. Entre paréntesis, ¿preparo algo para comer o esperamos que el nene se despierte?

—Esperemos un rato a que Joaquín se despierte, yo no tengo nada de hambre —contesta Román.

—Como quieras. Con los nervios que debés tener por todo esto, no creo que el hambre te venga por un largo rato. Pero esperemos, así te termino de contar la historia. No habíamos parado en todo el día y como después estaba prevista una cena en el hotel, no comimos nada. La cuestión es que Raúl arranca el discurso y yo estoy eufórico, escuchándolo, ahí en el palco, muy cerquita de él, mirando a la gente, y veo a un pibe con cara de nada, tan intrascendente que ni sé por qué justo yo lo estaba mirando. Cosas del destino, creo. Bueno, el pibe mete la mano debajo de la camisa para sacar algo. Y yo ahí nomás que mete la mano la veo venir y pego un grito que nadie entendió. Nadie excepto Daniel Tardivo, el custodio histórico de Raúl, un crack. Dani me mira y con la mirada nos dijimos todo. Yo le cabeceé indicándole dónde estaba el pibe cuando justo levanta el revólver. Fue un instante, me leyó los ojos, y en el mismo momento en que el pibe dispara, Tardivo se tira arriba de Raúl. Y atrás nos tiramos todos. Lo aplastamos, pobre, no entendía nada. Le hicimos un escudo humano.

—¿No fue que el pibe percutió el arma y la bala se salió de la vaina y atascó el tambor? —pregunta Román, que recuerda que así se lo contó la última vez.

—¿De dónde sacaste esa versión?

Román no se atreve a decirle que se la escuchó contar a él mismo años atrás.

—No sé, tío, de alguna parte.

—No, no, la bala salió pero ya estábamos todos arriba de Raúl. Y te digo más, esto es como San Martín con el sargento Cabral y Baigorria, que en los libros de historia parece que en la batalla de San Lorenzo San Martín sólo se salva por Cabral. Si hasta una marcha le hicieron. «Febo asoooma, ya sus raaaaayos... iluminan el histórico conveeeento...» Y de Baigorria, que salva a Cabral, nadie se acuerda. Acá lo mismo. Mirá que yo a Dani Tardivo lo respeto a muerte, y ya te dije que es un crack. Aunque si yo no lo miraba un segundo antes...

—Vos serías Baigorria...

—Y, sí... Si Tardivo no me mira, la historia es otra. Yo lo salvé con la mirada, se lo dije con los ojos, y él reaccionó. Lo hizo muy bien. El resto fue pura confusión. Porque el pibe que disparó tira el revólver, ¿y no va el viejito Massini, radical de toda la vida de acá de San Nicolás, y lo levanta? ¿Podés creer? Lo ven ahí al viejo con el revólver en la mano y lo quieren matar. Si hasta le pegaron y todo, pobre Massini. Ni lo dejaban explicarse. Y en medio de la misma confusión aparece otro grupo que agarró al pibe que había disparado y lo quieren meter preso. En eso viene un Renault 4, no sé si vos sabés lo que es un Renault 4, un auto chiquito, cuadrado, y se bajan dos tipos que intentan subirlo diciendo que son policías. Nadie les cree. Yo no sé si eran o no, pero nadie les cree. Y todos los radicales a los gritos: «¡Guarda que se lo quieren chupar, guarda que se lo quieren chupar!». No dejaron que se lo llevaran. Ya nadie sabía quién era quién, por las dudas no los dejaron. En fin, un gran quilombo todo. Gente que iba y venía. Hasta que poco a poco la cosa se fue aclarando, la policía se llevó al pibe, que resultó ser un chico con problemas, que hasta había estado internado. La madre al otro día dijo que ella lo había visto con un arma, que sabía que la tenía hacía un tiempo y que pensaba: «Este chico se va a suicidar», pero que nunca se le cruzó por la cabeza que podía querer matar a nadie. Dios mío, imaginate, semejante justificación. La cuestión es que después de todo ese alboroto y mezcolanza la cosa pasó, nosotros nos fuimos levantando, le fuimos dando aire a Raúl, que había quedado medio asfixiado cuando estuvo debajo de la montonera. Nos enderezamos un poco, nos pasamos las manos por la ropa para sacarnos el polvo, nos aflojamos después del susto que nos habíamos pegado. En fin, pensamos que ahí mismo lo llevábamos a Raúl al hotel. ¿Pero sabés qué? No fue así. Alfonsín nos paró en seco. Se acomodó él también, nos preguntó cómo estábamos, se aclaró la voz y siguió con el discurso desde donde lo había dejado. Justo desde donde lo había dejado. ¿Podés creer? Siguió como si nada hubiera pasado. ¿Viste una cosa igual? ¡Qué vas a ver! Eso era Raúl. Lo ovacionaron todos. Yo lloré, te lo juro, Román, lloré como un pibe. Varios lloraron. Hasta los más guapos. Fue algo inolvidable. Inolvidable.

—Me lo puedo imaginar, tío.

—Mirá... yo, la verdad, la verdad, no es por desmerecerte, pero no sé si te lo podés imaginar. Porque vos sos de otra generación, la política es otro mundo ahora. En los años que llevás en la política vos no viste un tipo igual. Y, lamentablemente, es muy probable que tampoco lo veas en el futuro. Raúl no tiene ni punto de comparación con ninguno de éstos para los que trabajás. Ni con ninguno de sus amigos, ni con ninguno de sus enemigos. Hoy no le llega nadie ni a la suela de los zapatos. ¿Sabés qué hizo después del discurso y la ovación? Lo fue a consolar al viejito Massini, que había quedado en estado de shock. Y sin cámaras delante. Sin una cámara. No lo hacía para la televisión como hacen ahora. Lo hacía porque Raúl era así, nene. Era así de verdad.

Adolfo deja que se le vaya la mirada por la ventana y se queda unos minutos en silencio, recordando aquellos tiempos. Román lo espera, sabe que para su tío esos recuerdos son las piezas del rompecabezas que le da sentido a su vida, él mismo está hecho de esos recuerdos. Y al rato, como si volviera en sí después de haber estado en blanco, Adolfo mira sonriente a Román y pregunta:

—¿Comemos algo, entonces?

—Dale. Dejame arreglar una cuestión antes. ¿Vos tenés computadora? Necesito mirar algo en internet.

—Claro, ¿cómo no voy a tener computadora, nene? ¿Por quién me tomaste? Soy un tipo de tradiciones pero totalmente *aggiornado*. Andá a mi cuarto, está sobre mi escritorio, prendida, la dejo siempre prendida.

Adolfo se dispone a preparar algo para comer. Joaquín acaba de moverse en el sillón como si estuviera en medio de una pesadilla. Román lo calma poniéndole una mano sobre la espalda y luego lo acomoda con cuidado esperando que retome el sueño tranquilo otra vez. No quiere que el chico se despierte aún, necesita un tiempo a solas para hacer lo que tiene que hacer. En cuanto Joaquín vuelve a la respiración pausada, él va al cuarto de su tío, se sienta frente a la computadora y se concentra tratando de pensar en una forma de comunicarse con la China que no deje rastro. El teléfono y todo mensaje que vaya por esa vía queda descartado, sabe muy bien que incluso los servicios de chat más encriptados no presentan dificultades para Rovira y su gente. Él fue su gente. Lo fue hasta hace unas pocas horas. Tampoco puede mandarle un mail ni siquiera inventando una casilla, lo detectarían de inmediato. Teme que si entra en su Facebook o le habla por Twitter, aun con nombre falso, pase lo mismo. Otras redes no maneja y no se siente con voluntad de intentar probar con ellas ahora. Tiene que ser algo más anónimo, casi invisible, que de tan público y a la vista de todos quede fuera de sospecha. Entra en la página del canal de noticias. Ya está subida la última nota de Valentina Sureda y la columna que escribe. Casi le cuesta relacionar que ésa, Valentina Sureda, es la China. Hace tiempo que no la llama así. Le impresiona la cantidad de mensajes que le dejan los televidentes. Revisa notas anteriores, ella contesta cada tanto, ignorando las ofensas y los comentarios desubicados. ¿Cómo puede? Román no sospechaba la cantidad de gente que insulta sin sentido en las redes, con nombre propio o falso, quién puede saberlo. Le gustaría contestarle a más de uno, ¿cómo se atreven a decirle esas cosas a la China? Intenta descubrir el patrón de los comentarios que ella sí responde, para que el suyo no pase inadvertido y elija contestarlo. Román tiene que encontrar la forma de ser breve pero preciso. Un mensaje claro sólo para ella. Y ponerse un nombre que a la China, si lo lee, no le deje dudas de que se trata de él. Piensa un instante y luego tipea:

Usuario: Punto ciego.

Mensaje: Necesito verte afuera de esto.

En medio de los otros comentarios, su mensaje le suena como el de alguien que quiere tener una cita con ella. No le importa, la mayoría de los comentarios son tan absurdos que a nadie le llamará la atención lo que escriba, por insólito que sea. Aunque espera que a la China sí, que le llame la atención y ate cabos. Una semana antes sintió la necesidad de contarle todo. No sabe por qué. Y casi lo hace. Pero se detuvo. ¿Una premonición? Tal vez. De lo que no tiene dudas es de que fue un sentimiento intenso, urgente. Sin embargo, lo dejó pasar. Y una semana después aquí está. Tratando de decir lo que no dijo. Desde el pasillo le llega el llanto casi imperceptible con el que suele llamarlo Joaquín cuando se despierta. Y enseguida se abre la puerta y se asoma Adolfo:

—La comida ya está lista y el nene te reclama.

—Gracias, ya voy.

Adolfo amaga a irse, pero vuelve y agrega:

—¿Te conté que cuando me separé un día suena el teléfono en esta casa y era Raúl para preguntarme cómo

86

estaba y para darme consejos? No, no te conté. Eso no se lo conté a nadie, yo creo. Me lo guardé para mí. ¿Quién me iba a creer?

—Yo.

—Por eso te lo cuento ahora. Y para que empieces a entender la diferencia entre los unos y los otros. Un abismo, Román.

Adolfo se va de la conversación, se le aprieta la garganta. Román, para sacarlo de la melancolía y traerlo otra vez con él, le pregunta:

—¿Y qué consejo te dio cuando te separaste?

—¡Que siga adelante con el matrimonio! ¡Radical de pura cepa! Me dijo: «Asuntos se pueden tener, Fito, pero la familia es la familia». Y yo no le hice caso. Fue en lo único que no le hice caso a don Raúl.

Adolfo se sonríe y se va para la cocina. Román trata de recordar cuántas veces en estos años Rovira lo llamó para preguntarle cómo estaba. Lo hizo, sí, aunque detrás de la pregunta siempre se escondía su propio interés, la necesidad de que Román estuviera bien para seguir adelante con sus planes, para no arruinarle ninguno de sus proyectos y, sobre todo, para asegurarse de que no hablara, para asegurarse de que nunca dijera nada de lo tanto que sabía. Y sabe. No, claro que Rovira no es como Alfonsín.

El llanto de Joaquín llega ahora más nítido a través de la puerta abierta. Román mira una vez más la pantalla y refresca la página, aunque es consciente de que no tendrá una respuesta tan inmediata. Va a necesitar paciencia, por la frecuencia de sus respuestas da la sensación de que la China no mira los comentarios a sus notas diariamente. Habrá que esperar y tener suerte, confiar en que lo hará pronto y que justo mirará el suyo, que fijará la vista en ese nombre: Punto ciego, y leerá. Lo demás se va a dar. Ella es lo suficientemente inteligente como para descifrar el mensaje. Paciencia y suerte. Se tiene fe, otra vez, como cuando anoche tomó el micro en Retiro.

Ahora sólo le queda esperar. Si ella contesta, ya verá cómo decirle dónde está.

Y lo que necesita.

Si no, tendrá que buscar otro camino.

Aunque de momento no sepa cuál.

9

Llega temprano. Casi veinte minutos antes. Fernando Rovira es puntual, una cualidad que, en la vorágine en la que el líder de Pragma se mueve hoy, estorba. Incluso ahora que tiene poder suficiente como para que el resto del mundo lo espere a él, Rovira siempre llega primero y se fastidia hasta el enojo por la impuntualidad ajena. Pero más allá de su obsesión con el tiempo, nunca haría esperar a Enrique Zanetti, el mediático empresario farmacéutico, el *bon vivant* y hombre de negocios que desde hace años es quien más aporta a su campaña para el cargo que sea o para el crecimiento de Pragma. La gente de finanzas del partido insistió en que se reuniera con él ya que hay un dinero pendiente que no termina de llegar a Pragma. Sin embargo, el motivo oficial del encuentro es social y no mencionarán el punto en concreto, de eso se ocupan otros. Rovira sabe que, como en la ruleta, Zanetti apuesta fichas a distintos números: radicales, peronistas, de izquierda o de derecha. Por las dudas. A Fernando Rovira no le importa mientras le cumpla, como le dijo una noche en que Zanetti se sintió en falta y quiso darle explicaciones porque en medio de un escándalo mediático había tomado estado público un aporte que le había hecho a un adversario: «No te preocupes, Zanetti, yo no soy celoso». Además, el grueso de su contribución, la plata en serio, se la llevan él y su partido. Pero la clave en esta relación es que el empresario no sólo da dinero, eso casi lo podría hacer cualquiera. Lo más valioso que tiene para dar son nombres: directivos, gerentes, cada farmacéutico o bioquímico a cargo de alguna de las tantas droguerías que tiene en todo el país, amigos, familiares, o lo que sea, que estén dispuestos a declarar el dinero aportado a la campaña en cabeza propia y no del laboratorio. Si no fuera así, la empresa de Zanetti no podría presentarse a ninguna licitación de un hospital público. Las cosas prolijas, un contratista del Estado no puede figurar como aportante. ¿Pero su mujer por qué no? ¿Y el gerente de marketing de su laboratorio? ¿Y su abogado? ¿Y el encargado de la droguería de Rawson? Según el último cálculo que le pasaron antes del almuerzo que están por compartir, Zanetti —usando cualquiera de estos nombres— puso en la última campaña más de un cincuenta por ciento del total invertido sin tener en cuenta los aportes oficiales —que no alcanzan para mucho más que imprimir boletas—. Casi todo entradas en negro que luego hubo que justificar con cenas de campaña en las que el cubierto cotizaba en miles de dólares que en realidad nadie pagaba porque ya había pagado Zanetti. Mesas enteras en cenas de recaudación de fondos, que más bien deberían llamarse cenas de blanqueo, en las que se terminaban sentando amigos de la política, del deporte y el espectáculo —sin que ninguno pusiera un peso— para que adornaran el salón más que cualquier centro de mesa. Más nombres. Pero aunque Fernando Rovira tiene muy en claro que Zanetti financia Pragma como ningún otro empresario amigo y que esa situación implica un riesgo que debe ser minimizado, cuando se junta con él no es para hablar de recaudación y aportes sino de políticas y negocios a largo plazo, del futuro del país, del futuro de sus empresas, de los viajes que hicieron o planean hacer a distintas partes del mundo —Zanetti viaja bastante más que Rovira—, de canchas de golf —deporte que practica Zanetti como una religión— y de sofisticados productos electrónicos —a los que Zanetti es adicto, mientras que Rovira sólo presta atención al nuevo modelo de teléfono celular—. Pero no de plata, y menos que menos de plata para su partido. Después de la causa penal que tuvo a maltraer a Lisandro Auzmendi —hasta entonces uno de sus más aguerridos competidores en el camino a una posible gobernación y posterior presidencia—, el líder de Pragma no quiere tener ningún contacto con lo que se recauda para la campaña. A Fernando Rovira no se le ocurriría estar ni cerca de la plata que ingresa al partido. En el movimiento del dinero físico, de los billetes —e incluso en algunas cuentas clave— siempre tiene que haber alguien que pueda saltar por el aire como un fusible ante una investigación que, según soplen los vientos del poder, puede ser despiadada. Lo sabe y no sucumbe a las tentaciones. A él le interesa controlar la plata, decidir acerca de ella, no necesariamente tocarla. Ni siquiera suele llevar dinero en el bolsillo. Más de una vez que se le antojó tomar un café en algún lugar de paso lo terminó pagando el chofer o quien lo acompañara en la ocasión. Generalmente Román Sabaté, a quien obligó a aceptar una extensión de su tarjeta de crédito personal —una de tantas situaciones «fuera de protocolo» en su relación de estos años, probablemente una de las más inocentes— para que pudiera pagar sus gastos «sensibles».

El hecho azaroso de que Román se cruzara por su cabeza al pensar en Zanetti y el aporte de fondos le hace recordar que aún no tuvo noticias de él. Marca su número en el celular, «el teléfono está apagado o fuera del área de cobertura». Raro. No quiere preocuparse, Román no sería capaz de hacer ninguna locura, por algo, cinco años atrás, él eligió a ese chico y no a otro; por algo, desde hace un año, le dio un lugar tan cerca no sólo de él sino de su hijo como para asegurarse de que no cometería ninguna traición. Morocho y de ojos verdes había varios. Y además lo hizo chequear de todas las maneras posibles. No pudo haberse equivocado. No pudieron haberse equivocado. Sin embargo, que siendo la una del mediodía y habiéndolo dejado plantado por la mañana Román no haya dado señales de vida hasta ahora no es el mejor escenario. Sobre todo, teniendo en cuenta que la noche anterior estuvo distante con él, como si quisiera evitarlo.

Busca al mozo y pide un agua sin gas pero decide esperar a Zanetti para elegir el vino, no se acuerda de si el farmacéutico toma tinto o blanco y él a esa hora no puede terminar más de una copa si pretende seguir trabajando hasta las diez de la noche como lo hace cada día. Deja la carta de vinos a un costado y revisa el menú mientras llama a la oficina:

—¿Alguna novedad de Román?... Okey. Decile a Vargas que estoy buscando a Román Sabaté desde esta mañana... Sí, a Vargas, ¿no es nuestro jefe de seguridad? Tiene más recursos que vos para saber dónde está alguien... No, no estoy preocupado, pero lo necesito... Que Vargas indague un poco a ver dónde se puede haber metido. Y que me llame... Sí, Vargas, que me llame. Gracias.

Cuelga con fastidio. Le molesta tener que dar tantas explicaciones, y más a una secretaria. Esa chica habla demasiado, no cree que dure mucho en Pragma, al menos no asistiéndolo a él. Ése sí que fue un error de selección de personal. Lamenta que Marta, su secretaria desde sus épocas de agente inmobiliario, se haya jubilado; intentó retenerla pero no logró que entrara en razones. Cuando sea que haya cobrado su miserable primera jubilación, ya se habrá arrepentido. Y luego de Marta tres secretarias sucesivas que no duraron en promedio más de dos meses. Al menos esta chica tiene la virtud de ser persistente y no renunciar al primer grito que recibe.

Mira otra vez la hora, seguramente Zanetti llegará en los próximos diez minutos. Es una forma de marcar el territorio: uno espera, el otro es el esperado, pero si éste se excede en la tardanza puede ser que el que espera se termine yendo porque siente que se le faltó de respeto, y eso no le conviene a ninguno. Diez minutos más tarde de la hora acordada es una demora razonable que pueden manejar bien los dos. Antes de volver al menú se toma un rato para contemplar el lugar a través de la ventana; a pesar de haber estado allí tantas veces no se cansa de mirar. Siempre elige ese restaurante y esa mesa cuando come con Zanetti; sabe que será un almuerzo largo, que no podrá levantarse si se aburre o se harta, que tendrá que dorarle la píldora como no se la doró a ninguna novia. Por eso lo tranquiliza el reaseguro de la vista que le ofrece el ventanal de esa parrilla: la pista del Hipódromo de San Isidro. De día y de noche, mirar ese circuito le produce cierta calma, como si él mismo diera vueltas allí con sólo desplazar la mirada en la pista en el sentido en que lo haría si corriera sobre ella, y ese balanceo, ese mareo leve, lo acunara. Si además pasa algún caballo trotando o al galope, mucho mejor. Y si hubiera carrera, una gloria.

Pero hoy no hay carrera ni caballo que trote, así que después de dar unas vueltas con la mirada sobre la pista vacía regresa a la carta y va directo a las carnes. Y entre las carnes busca la entraña. Es lo primero que hace cada vez que abre un menú, primero buscar las carnes y luego entre ellas la entraña. Desde el fin de la infancia, casi la adolescencia. No es que vaya a pedir ese corte, es sólo una costumbre que tiene desde hace años. «Un trauma infantil», dijo una vez Lucrecia en público cuando comían ya no se acuerda con quién y él tuvo que contenerse para no insultarla frente a terceros. Se pregunta por qué se lo habrá contado, es probable que haya sido en algún tiempo en el que creyó que podrían ser una pareja de verdad. Ella parecía tener la sensibilidad necesaria como para entender lo que esa anécdota infantil significó en lo que es hoy Fernando Rovira. Pero no, se equivocó, ella no era como él pensaba, o la cercanía con el mundo de la política le secó su parte sensible. No cree haberle contado esa historia a nadie que no fuera su mujer, ni siquiera a Román Sabaté, con quien compartió en los últimos años mucho más tiempo que con ninguna otra persona. Después de que su padre los dejó, no volvieron a verlo —al menos él, su hermano es otra cosa, siempre fue otra cosa—. Excepto en una ocasión, la primera y la última. Su madre tenía que internarse en un hospital por una intervención quirúrgica de cierta importancia y por unos días no podría atender a sus hijos. Vivían a unas cinco o seis horas de Buenos Aires, sus abuelos ya habían muerto y no tenían otra familia cerca. Así que sacó coraje de algún lado, se metió el orgullo en el bolsillo, hizo averiguaciones, consiguió la dirección del hombre que la dejó y le mandó un telegrama diciendo que los niños irían a pasar con él una semana. No hubo respuesta, compró los boletos igual y luego le mandó un segundo telegrama donde le indicaba el horario del micro en el que sus hijos llegarían a la estación Retiro. Cuando estuvieron allí, un sábado a la tarde de verano furioso en que Buenos Aires parecía desierta, no los esperaba nadie. La madre —que conocía muy bien a su padre y apostaba que no habría cambiado tanto— había previsto esa posibilidad e instruido a él, su hijo mayor que ya tenía doce años, para que con el dinero que le había dado se tomaran un taxi y fueran a la dirección que le había anotado en una libreta y guardado en el bolsillo. Eso hicieron. Los hermanos Rovira, dos chicos, fueron por calles que no conocían, llevados por un taxista que les hablaba sin respiro y que se quejaba de lo poco que le respondían ellos. Hasta que detuvo el auto en una esquina. Fernando se asustó pero no quiso inquietar a su hermano; mientras el auto marchaba se sentía más protegido. El susto duró poco, o cambió la causa que lo originaba, porque en ese mismo momento su padre salió de la casa con una bolsa para hacer las compras. Fernando pagó el taxi con el dinero que le había dado su madre y se bajaron. Su padre los miró, dijo «Hola», y continuó su camino. Ellos lo siguieron, dos metros detrás de él, los tres callados. Su padre se metió en un supermercado, ellos también. Agarró un chango, avanzó entre las góndolas y después de meter dos o tres cosas dentro, recién cuando estaba frente a la heladera con los cortes de carne, hizo un gesto con la mano para llamar a sus hijos. Los esperó, y una vez que estuvieron junto a él se agachó hasta su altura y muy cerca de sus caras les dijo: «Vengan acá. Miren y escuchen bien porque esto que les voy a enseñar les va a servir para toda la vida. Me lo van a agradecer». Y con el dedo índice se bajó el párpado inferior y dijo: «Ojo al piojo». Entonces giró, se puso de frente a la heladera y buscó la bandeja de un corte de carne que Fernando Rovira hasta esa tarde no sabía qué era. «¿Ven lo que dice acá?», dijo señalando la etiqueta. «Entraña, dice. Y el precio. Pero no, no se dejen engañar, esto no es entraña, es una falsa entraña, porque estos ganaderos hijos de puta les venden a estos matarifes hijos de puta carne de mierda y los empleados sometidos hasta la servidumbre la rotulan "entraña" y así entre todos, ricos y pobres, nos estafan. ¿Entonces qué hay que hacer? Devolverles la patraña», dijo, y se puso a buscar un corte más barato. «Acá, miren esto», gritó victorioso y les mostró otra bandeja: «Carnaza. Para que nadie nos venda falsa entraña lo que hacemos los Rovira es justicia, sacamos la etiqueta de la carnaza y se la ponemos a la bandeja de la entraña», y mientras lo dijo lo hizo, mirando cada tanto por encima de su hombro para comprobar que nadie advirtiera la maniobra. Luego puso la bandeja con la etiqueta cambiada en el chango, devolvió la otra a la heladera y fueron para la caja. En la cola Fernando Rovira temblaba. Su hermano no, su hermano ya había entrado en confianza, le había dado la mano a su padre y se sonreía contento por la travesura. Él se puso nervioso como nunca antes en su corta vida. No se sentía preparado para soportar que los descubriesen, así que se fue a la puerta y los esperó allí mirando pasar los autos, sin darse vuelta. Hasta que los gritos de su padre le advirtieron que su temor no había sido infundado. Un guardia lo aferraba del brazo y lo sacaba del supermercado sin el chango ni sus compras; su hermano, junto a él, lloraba. «Estafadores hijos de puta, ustedes son los delincuentes, ustedes que nos quieren hacer pagar carnaza por entraña, yo los voy a denunciar por falsa entraña. ¡Falsa entraña, carajo!» Los que sacaron a su padre del supermercado pasaron junto a él arrastrándolo; oyó que uno preguntaba: «¿No se cansa de venir todas las semanas a hacer lo mismo?». Su hermano no paraba de llorar: «Dejen a mi papá...». Su padre gritaba. «¡La patria ganadera es la que hundió a este país y ustedes son unos serviles miserables que trabajan para ellos! ¿A mí con falsa entraña? ¡Salí de acá!», dijo, y se deshizo con un brusco movimiento del guardia que lo sostenía. «¿No le da vergüenza hacer esto delante de su hijo?», preguntó el policía señalando a su hermano. Fernando Rovira se metió otra vez en el supermercado, para que nadie notara que también él era hijo de ese hombre, y se escondió en el baño. No pudo llorar, nunca puede, apretó los dientes hasta que le dolieron. Al rato, cuando los gritos cesaron, salió y fue para la casa de su padre, apenas recordaba el camino y ya se estaba haciendo de noche. Tocó el timbre, abrieron la puerta. Su padre tenía alzado en brazos a su hermano; como si nada hubiera pasado, se reían. «Te cagaste en las patas, mariconazo», le dijo. «Vení, vení para acá», y lo hizo entrar. «Un Rovira nunca en la vida, bajo ninguna circunstancia, deja que le metan falsa entraña, ¿está claro?, aunque termines preso. ¿Entendiste?» Fernando no respondió. «¿Entendiste, mariconazo?», le preguntó más fuerte y se rió otra vez. «Éste siempre fue un mariconazo», le dijo a su hermano y se fue con él para la cocina. «Sí, entendí, papá», terminó respondiendo Fernando desde el comedor, donde se había quedado, con la mandíbula dura de tanto apretar los dientes. No sabe si su padre lo escuchó. Aunque no lloraba sintió que por dentro lo hacía.

En la carta de la parrilla de San Isidro hay entraña, pero Fernando Rovira no va a pedirla, sólo la busca en el menú, mira el precio y luego elige otra cosa. Quiere tener decidido su pedido para cuando llegue Zanetti. Otra vez la vista perdida, la pista vacía, la mirada recorriéndola en círculos, el leve mareo. Suena el teléfono. Vargas. Le informa que no logra ubicar a Román Sabaté, que es «como si se lo hubiera tragado la tierra». Y que tiene algo más grave para informarle.

—Decí...

—Tampoco está Joaquín, llamé al colegio y hoy no estuvo presente.

—Se lo llevó, entonces...

—Así parece...

—¿Falta algo más?

—Estuve verificando y si falta algo es poca cosa. Pero no están los documentos del chico y tampoco la plata de la caja chica que maneja Román.

—Okey...

—¿Me parece a mí o a usted no lo sorprende tanto lo que está pasando? ¿Tuvieron alguna discusión?

—No exactamente, pero creo que se fue con intención de no volver. Era algo que podía suceder...

—¿Doy parte a la policía del secuestro de Joaquín?

—No, encontralo vos primero que nadie...

—¿Está seguro? A mí me va a llevar más tiempo que si convocamos a las fuerzas. Me preocupa que se haya llevado al nene.

—Va a estar bien con él, no le va a hacer daño... No se lo lleva para eso... Primero encontralo vos, después vemos si llamamos a la policía.

—Entiendo. ¿Le ajustamos los zapatos al límite?

—No te excedas... lo quiero entero.

—Me parece que está descontrolado, yo tendría como opción un ajuste mayor.

—Yo no ajusto zapatos al límite, Vargas, ya lo sabés.

—¿Qué es eso de que no ajustás zapatos? —dice Zanetti, acaba de llegar y está parado junto a Rovira, que recién lo advierte cuando lo oye—. ¿De qué hablás, Fernando? —pregunta, y se sonríe como si creyera que lo que acaba de escuchar y no comprende se tratara de algún tipo de malentendido.

—*Slang* profesional, no puedo revelar ciertos secretos —Rovira se suma a la broma devolviéndole la sonrisa y se levanta para saludarlo con una palmada cariñosa en el hombro—. Jerga de Pragma, nosotros nos entendemos.

—Me gusta: «Yo no ajusto zapatos...». Muy sugerente. La voy a adoptar, si me autorizás el plagio.

—Adelante...

—¿Y qué otra frase secreta usan?

Rovira se queda pensando. Observa la pista donde, ahora sí, un caballo zaino se deja llevar por un jockey en un trote lento. Lo sigue unos metros con la mirada antes de contestarle a Zanetti.

—Falsa entraña —dice Rovira, se sonríe, le guiña un ojo y luego agrega—: ¿Vos tomabas tinto o blanco?

10

Apuntes para La maldición de Alsina

2. La división de Buenos Aires

Hay varios antecedentes de propuestas para dividir la provincia de Buenos Aires. Desde proyectos de ley y trabajos académicos hasta meras promesas de campaña sin respaldo teórico. La idea de dividir la provincia de Buenos Aires no es nueva. De todos ellos mencionaré sólo cuatro.

Bernardino Rivadavia

El recién electo presidente Bernardino Rivadavia hizo llegar a quienes deliberaban en el Congreso de 1824/27 en Buenos Aires el proyecto conocido como la Ley Capital. En esas deliberaciones intervinieron políticos del prestigio del Deán Gregorio Funes, Juan José Paso, Dalmacio Vélez Sarsfield, Valentín Gómez y Julián Segundo de Agüero. La ciudad de Buenos Aires y una gran franja territorial hasta Ensenada y el río Santiago era declarada capital del Estado. El resto sería una nueva provincia, aunque con posterioridad a la sanción de la norma en cuestión (en 1826) se estudió la posibilidad de planificar dos nuevas provincias en lugar de una. La primera de ellas se llamaría «Paraná», su capital estaría en San Nicolás, comprendería el norte del territorio a asignar. La segunda se llamaría «del Salado», su capital sería Chascomús. La iniciativa contó con despacho favorable de la Comisión de Negocios Constitucionales, pero no llegó a aprobarse. La mayor oposición que tuvo fue la de los terratenientes ganaderos representados por Nicolás de Anchorena, pariente de Juan Manuel de Rosas.

En 1827 cayó Rivadavia y con él este primer proyecto de división del espacio geográfico bonaerense.

Juan Carlos Romero
En 2003, cuando Juan Carlos Romero acompañaba a Carlos Menem como compañero de fórmula en la carrera a la presidencia (contienda que ganarían en primera vuelta, aunque no se presentarían a la segunda dando paso al gobierno de Néstor Kirchner) propuso que la provincia de Buenos Aires se dividiera en regiones y que éstas fueran anexadas a otras provincias «para equilibrar el país». Felipe Solá, entonces gobernador de Buenos Aires, se opuso fervientemente al proyecto y dijo que para reparar «el sufrimiento y la pobreza de los bonaerenses» no hacía falta «hacer maquillaje con ideas de planificadores de countries».

Lucas Llach
Otro proyecto fue presentado por el precandidato a vicepresidente de la Nación Lucas Llach, que acompañaba a Ernesto Sanz en las primarias por la presidencia en 2015. Ya en 2005 había publicado la iniciativa en su blog «La ciencia maldita», bajo el título «Acabemos con el engendro». Llach proponía dividir la provincia en tres regiones: Cien Chivilcoy o Chacras, Tierra del Indio o Frontera, y Atlántica. El autor destacaba ventajas de representación popular en el Senado, de identidad y hasta de nomenclatura.

Fernando Rovira
COMPLETAR CUANDO SE PRESENTE EL PROYECTO DEFINITIVO.

EL CAMINO POLÍTICO QUE SE TRAZÓ FERNANDO ROVIRA ES INTENDENTE-GOBERNADOR-PRESIDENTE. CUALQUIER COSA QUE HAGA EN EL MEDIO ES SÓLO PARA DESENSILLAR HASTA QUE ACLARE. ROVIRA ESTÁ EMPECINADO EN DIVIDIR LA PROVINCIA DE BUENOS AIRES. ¿POR QUÉ?

¿EVALUÓ ESTOS ANTECEDENTES?

¿COINCIDE CON SUS ANTECESORES EN LAS VENTAJAS DE AVANZAR CON ESTE PROYECTO?

¿SON TAN POTENTES ESAS VENTAJAS COMO PARA DEFENDERLAS CON LA VEHEMENCIA CON QUE LO HACE?

¿O LO PROPUESTO TIENE UNA BASE MENOS TÉCNICA, MÁS SUBJETIVA, SIN VERDADERO SOPORTE ACADÉMICO, QUE NO PUEDE CONFESAR?

¿PUEDE SER QUE FERNANDO ROVIRA CONSIDERE QUE «LA MALDICIÓN DE ALSINA» ES UN RIESGO CIERTO PARA SU FUTURA CANDIDATURA A PRESIDENTE?

¿SER GOBERNADOR DE SÓLO UNA MITAD DE BUENOS AIRES QUE NO INCLUYA LA CIUDAD DE LA PLATA LO PROTEGERÍA DE LA MALDICIÓN?

SU ASESOR ESTRELLA, ARTURO SYLVESTRE, ¿PUEDE SINCERAMENTE CREER EN LA MALDICIÓN DE ALSINA, NO COMO VERDADERA MALDICIÓN PERO SÍ COMO FACTOR QUE TIENEN EN CUENTA LOS ELECTORES, Y HABER CONVENCIDO A ROVIRA DE QUE ESE CONJURO OPERARÁ SOBRE ÉL Y SU CARRERA POLÍTICA?

CHEQUEAR SI SYLVESTRE LEYÓ A LÉVI-STRAUSS.

«Hay que decir lo que el ciudadano medio quiere escuchar, eso es la clave de un buen discurso», Arturo Sylvestre, reportaje en el diario El País de Madrid, febrero 2015.

BUSCAR ENTREVISTA COMPLETA.

ES MUY PROBABLE QUE SYLVESTRE ESTÉ CONVENCIDO DE QUE EL VOTANTE MEDIO CREE QUE CUESTIONES RELACIONADAS CON LA MAGIA, COMO LA MALDICIÓN DE ALSINA, INFLUYEN EN LA SUERTE DE UN PAÍS, LA POLÍTICA Y SUS GOBERNANTES.

«Es muy raro que en una democracia joven la media de la población en condiciones de votar elija a alguien que cree que va a perder, por eso es importante que las encuestas den siempre arriba. Hay cierto votante que jamás le pondría fichas a un caballo rengo. Y el indeciso termina apostando a ganador, indefectiblemente», Arturo Sylvestre, diario La Vanguardia de Barcelona, marzo 2015.

EVALUAR CONTEXTO EN QUE DIJO ESTO.

¿POR QUÉ SYLVESTRE DA MUCHOS MÁS REPORTAJES A MEDIOS EXTRANJEROS QUE LOCALES? ¿CASUALIDAD, PREFERENCIA O BÚSQUEDA DE NUEVOS CLIENTES POTENCIALES?

Hipótesis de conflicto y recomendación de Sylvestre.

Hipótesis:

Quienes crean en la maldición de Alsina y voten a ganador no votarán a un ex gobernador de Buenos Aires para ser presidente de la República. Por lo tanto si Rovira es gobernador de Buenos Aires no tendrá votos suficientes para llegar a la presidencia de la Argentina, su objetivo final. Y la maldición de Alsina habrá tenido efecto una vez más.

Una maldición autocumplida.

Recomendación:

Aceptar que se trata de una maldición que se realimenta a sí misma.

No perder energía en intentar vencerla sino aplicar toda la fuerza a salirse de las variables que la rigen. Como sea.

Si es necesario, dividiendo una provincia.

(REESCRIBIR A LA LUZ DEL PROYECTO DEFINITIVO.)

¿PUEDE SER QUE ROVIRA, SYLVESTRE Y QUIENES LOS ACOMPAÑEN SEAN TAN BRUTOS?

SÍ, PUEDE.

11

Adolfo está preocupado. Ante Román disimula, al menos lo intenta, pero es en vano hacerlo frente a su propio rostro en el espejo. Se lava la cara con movimientos enérgicos, creyendo que eso lo ayudará a aclararse las ideas. En realidad entró al baño como una excusa, para quedarse un rato allí, a solas, sin que su sobrino pueda verlo. Es imposible estar a solas en su cuarto, Román entra cada cinco minutos a revisar algo en la computadora. Está esperando noticias importantes, Adolfo lo entiende y no quiere molestarlo. En cambio en el baño sí puede estar absolutamente solo, y agarrarse la cabeza, sacudirla de un lado a otro o hasta darle algunos leves golpes mientras se queja en voz baja: «Dios mío, en qué lío se metió este chico. En qué flor de lío».

Otra vez se lava la cara con agua fría y otra vez mira la imagen que le devuelve el espejo. Sin secarse, mojado, las cejas revueltas. Sus ojeras históricas hoy han batido todos los récords en tamaño y color. Hace años que las lleva con dignidad, empezaron a instalarse en su cara cuando era joven y se intensifican cada vez que está muy cansado o se hace mala sangre. Cansado no está, pero sí que se ha hecho mala sangre a partir de que supo que el hijo que se suponía era de Rovira resultó ser su sobrino nieto. No es que no le guste la idea de que Román tenga un hijo que venga a renovar la sangre de la familia, al contrario. El problema está en que toda la Argentina cree que ese chico es el hijo del líder de Pragma, un candidato que, según las encuestas, va camino a ser el próximo gobernador de la provincia de Buenos Aires.

Y que él detesta. Adolfo no tiene dudas de que Fernando Rovira no dejará que Román y Joaquín se vayan así como así a empezar una nueva vida. Si es que es eso lo que quiere hacer Román, porque él todavía no entiende qué es lo que quiere hacer su sobrino. Lo esconde, lo ayuda, lo apoya, hará lo que sea necesario, pero no lo entiende. Supone que no termina de comprenderlo porque Román aún no le habla con claridad, no le cuenta todo, él se da cuenta de que le escatima detalles; habría que darle tiempo, el problema es que dadas las circunstancias no cree que su sobrino tenga tanto tiempo por delante.

Se frota los ojos, se hace un pequeño masaje alrededor; aunque sabe que las ojeras no se le irán, al menos lo relaja. Las peores ojeras que recuerda fueron las que se le marcaron el día del discurso de Alfonsín en La Rural, en 1988. Tardaron días en irse, o al menos en reducir su tamaño. Está seguro de que fue ese día cuando se le pintaron a fuego en la cara y desde entonces nunca se le fueron del todo. Él lo vio por televisión, en esa misma casa en la que ahora esconde a su sobrino y al hijo de su sobrino; si hubiera estado en La Rural seguro que, además de ojeras, habría tenido algún padecimiento mayor, desde la presión por las nubes hasta una úlcera o un infarto. Y más de una piña. Mira al espejo, esta vez fijo a sus ojos, hace una respiración profunda y luego, imitando la voz de Raúl Alfonsín, recita la parte de aquel discurso que sabe de memoria: «Quiero comenzar por poner de relieve esto que está sucediendo esta tarde en la Sociedad Rural Argentina, estas manifestaciones no se producen en tiempos de dictadura aunque parece que algunos comportamientos no se consustancian con la democracia porque es una actitud *fachista* el no escuchar al orador». En su recuerdo suenan los abucheos y silbidos reprobatorios de ese día, él sigue mirando inmutable al espejo, sin dejarse amedrentar. Raúl, allí parado, en ese baño de la casa de Adolfo como en la Sociedad Rural

Argentina, sin achicarse lo más mínimo, arremetiendo contra lo peor de la Argentina: los que se creen dueños de la verdad. Levanta la mano y agita el dedo en el aire antes de seguir hablando, como si ese dedo marcara el tono del discurso que está por continuar. Ahora el espejo le devuelve una imagen endurecida, la cara tensa, el gesto del orador que no se detiene frente a un público adverso, recita: «No son los productores agropecuarios. Son los que muertos de miedo se han quedado en silencio cuando vinieron acá a hablar en nombre de la dictadura». Escucha aplausos, no los de La Rural sino los que él mismo hizo resonar en la cocina de su casa aquel día. Se queda un rato así, siendo Alfonsín en ese reflejo, se emociona, se pregunta a quién le importa hoy que un presidente sea además un buen orador, el mejor. Añora aquella forma de hacer política, que teme ya no volverá. Luego, de a poco, es él otra vez y se lava las manos. «Manga de muertos de miedo», dice para sí.

Se pasa las manos por la pelada, se la frota, no es una caricia sino el intento de despejar su cabeza de aquello que le hace mal en el recuerdo, y al regresar a su cara recién se da cuenta de que hoy no se afeitó. Debería hacerlo, aunque no tiene ganas. Lo suele hacer siempre a la mañana, cuando se ducha. Sin embargo, este día las rutinas quedaron anuladas, reducidas a la insignificancia o incluso a la nada, dados los acontecimientos. Román, ahora, sustituye a Alfonsín en sus elucubraciones. Adolfo repasa los hechos y confirma lo que sospechó desde un principio: la dimensión del problema en el que está metido su sobrino puede ser mayúscula. Sin dudas es más grave de lo que le contó, pero no quiere presionarlo para que hable hasta que Román haya recuperado cierta tranquilidad. A pesar del apremio. Fernando Rovira saldrá a buscarlo o pedirá que lo busquen. Ojalá se lo pida a un juez y no a alguno de sus matones. Los de su estilo tienen matones, no hace falta que nadie se lo confirme.

Y, a menos que se dé un milagro, lo van a encontrar. Siempre ganan los malos. Tiene que juntar fuerzas y hablar con su sobrino. Hay mucho por preguntar. ¿Qué significa que es el padre del hijo de Rovira? ¿Tenía una relación estable con su mujer? ¿Fue cosa de una noche? Si Rovira sabía desde el comienzo que Joaquín era hijo de Román, ¿cómo lo toleró?, ¿cómo llegaron a este punto? Las respuestas a cada una de esas preguntas modifican el riesgo que corre el pellejo de su sobrino. Y su sobrino, es evidente, no está en condiciones de cuidar su propio pellejo.

Por lo pronto él ya va a hacer un par de movimientos preventivos. Se va a comunicar con Ricardo Gutiérrez, aquel abogado que lo ayudaba a sacar gente por la frontera en las épocas oscuras. A esta altura, tiene que estar viejo y jubilado aunque seguramente conserva algún contacto. Las cosas cambiaron sustancialmente desde aquella época, pero la gente sigue saliendo del país sin que nadie se entere, incluso los que tienen prohibida la salida, así que alguna forma tiene que haber. Y también la va a llamar a Mónica, esa novia intermitente que tiene en Villa Constitución, el pueblo vecino cruzando a la otra provincia. Se ven cada tanto, cuando a alguno de los dos le vienen ganas y, aunque se da cuenta de que esta vez hace mucho que no la ve, no duda de que el cariño está intacto y que ella lo ayudará en lo que necesite. Siempre fue así. ¿Por qué nunca pudieron armar una pareja estable con Mónica? No es sólo que él haya quedado golpeado después de su matrimonio frustrado, ella tampoco quiso. O no pidió. En el fondo él habría querido que Mónica se lo hubiera pedido, pero no lo hizo y entonces él tampoco planteó el tema, para qué meterse en líos, papeles, trámites y obligaciones maritales otra vez. El peor problema del matrimonio no es el matrimonio en sí mismo sino las complicaciones cuando uno quiere disolverlo. Las discusiones por el dinero —aunque haya poco—, los bienes, lo que se queda uno y el otro. Menos mal que él no tenía hijos, que si no su ex mujer habría logrado quedarse con su casa familiar y la mueblería, como intentó hacer. Le hubiera gustado tener hijos, aunque no con esa mujer. Con Mónica tal vez sí, pero ella de eso tampoco dijo nada. Mónica tiene un autito que le ofreció en más de una oportunidad. Incluso él lo usó la última vez que fue a lo de su hermano en Santa Fe, cuando se accidentó Raquel de camino a Paraná. Se lo va a pedir ahora. Y ella se lo va a prestar sin hacer preguntas; ése es el secreto de esta relación tan perdurable: ninguno de los dos hace preguntas. O preguntan poco. Román necesita salir del país en un vehículo que pase desapercibido. Sacarlo en un micro sería más difícil. Si es que está pensando en salir del país, porque todavía Román no le contó sus planes. A pesar de las ojeras y la ansiedad, Adolfo lo va a esperar un poco, le va a dar un día más, y si su sobrino no reacciona, él mismo va a organizar el operativo para ponerlo a salvo. De eso sabe. Hay cosas, como andar en bicicleta, que uno no olvida aunque no las haya practicado por décadas.

Abre el placard, mira la pila de toallas y concluye que en esa casa todas las toallas están muy viejas, habría que tirarlas a la basura. Él se arregla, tiene la piel curtida, pero después del baño sobrino y sobrino nieto merecerían poder secarse con algo un poco más suave que un papel de lija. En cuanto sienta que puede dejarlos un rato solos, va a ir al centro a comprar un juego de toallas que no le va a venir nada mal. Va a tirar las más raídas, y la celeste que hasta tiene un agujero del tamaño de una manzana. A eso se va a dedicar esta tarde, a comprar toallas, a ponerse en contacto con esos viejos amigos que necesita y a estar al lado de Román mientras espera que él reaccione. De paso le va a pedir que busque ese discurso de Alfonsín en internet, el de La Rural, y le va a decir de verlo juntos. Y ya que está, le va a pedir que busque el video de aquella vez que Alfonsín se subió al púlpito para contestarle a un monseñor que lo había atacado en su homilía. Tiene que estar, dicen que en internet está todo. «Solicito públicamente, si alguien de los presentes conoce de alguna coima o negociado, haciendo honor a los hombres que murieron por la patria, haciendo honor a nuestras mejores tradiciones que aquí fueron señaladas, lo diga y exprese concretamente...» Tomá, cura, hablaste desde el púlpito, Raúl te contesta desde el púlpito. Y ahora que lo piensa, también le va a pedir que busque el discurso de octubre del 83, el discurso de cuando volvimos a la democracia. Pero ése no lo quiere para él, quiere que lo vea Román. Si es que todavía no lo vio. ¿Qué aprendiz de político puede tener esperanza de serlo sin haber escuchado ese discurso? ¿Se los pondrán cuando los entrenan en esas estancias adonde los llevan? El de Raúl, y el de algún otro que sepa hablar tan bien como él, si es que encuentran. Y para aprender lo que no hay que hacer deberían hacerles ver también los discursos de los malos oradores: los que no dicen nada, los que lanzan oraciones largas que parecen no concluir nunca sin concretar una sola idea, los que hacen un rulo atrás de otro con palabras inútiles, los que se pierden en sus floripondios, los que usan sujetos sin predicado, los que banalizan todo con la excusa de que, en el fondo, a nadie le importa. Peores que mentiras. No está tan seguro de que los entrenen en oratoria, no sabe cómo preparan hoy a los jóvenes de un partido. ¿Miran videos de discursos? ¿Buscan en internet entrevistas a políticos de distinta ideología, incluso extranjeros? ¿Sesiones del Congreso? ¿Repasan hechos históricos? Cambió tanto aquello que supo ser la política. Cómo lloró aquel día de octubre de 1983. Ahí sí que estaba presente. Ahí quisiera estar siempre. Alegría y llanto. Y Raúl que cierra el acto recitando el Preámbulo de la Constitución Nacional con fuerza pero como si fuera un poema. Adolfo, por supuesto, lo sabe de memoria. Y lo recita en ese baño: «Constituir la unión nacional, afianzar la justicia, consolidar la paz interior, proveer a la defensa común, promover el bienestar general, y asegurar los beneficios de la libertad para nosotros, para nuestra posteridad y para todos los hombres del mundo que quieran habitar en el suelo argentino...».

Apuesta a que Fernando Rovira no sabe el Preámbulo de memoria.

Apuesta a que tampoco lo saben la mayoría de sus contrincantes.

«Les pido perdón por mis equivocaciones, pero les aseguro que hay una pasión argentina que me mueve», dice frente al espejo imitando a Alfonsín.

«Una pasión argentina», repite Adolfo, «dónde habrá quedado».

12

Ya fue a la verdulería y al almacén. Le queda la carnicería, eso lo va a hacer mañana. Porque ella carne come igual, poca, no lo dice, se declara vegetariana, pero come. La anemia del Mediterráneo que le detectaron hace tanto, con el primer embarazo, la obliga a comer algunas carnes o se quedaría con menos glóbulos rojos aún que los pocos que circulan por su cuerpo. También tiene que pasar a buscar avena y chía por la tienda de productos naturales. Si tuviera menos aversión a los supermercados bastaría con ir a un sitio, o a dos si no consigue allí los productos más sofisticados. Prefiere, sin lugar a dudas, la recorrida por pequeños locales antes que meterse en esos monstruos anodinos, sin personalidad, tan lejos del trato amable de un comercio al paso atendido por su dueño. La última vez que había ido a un súper, porque llovía y así conseguía lo que necesitaba sin tener que trasladarse de un lado a otro, se había olvidado los anteojos en su casa. Revolvió la cartera varias veces, más por desesperación que por confianza en encontrarlos, se acordaba perfectamente de que los había dejado junto al teléfono después de haberle dado un turno a una mujer que vendría a verla por primera vez. Por más que se acercó al sector con mejor luz de ese pasillo, no pudo leer una sola de las etiquetas de las conservas. Lo grave no fue eso, sino la angustia que se le metió en el cuerpo cuando pasaba el tiempo y no encontraba, ni en esa góndola ni en ninguna otra, un ser humano que trabajara allí y estuviera dispuesto a ayudarla. Tampoco otro cliente con mejor vista, en horario de siesta y con esa tormenta. Fue hasta la caja, se paró allí temblando y agitó la lata de tomates que tenía en la mano. Pero la cajera no interrumpió lo que estaba haciendo ni siquiera para mirarla, hasta que Irene se quebró en un llanto incontrolable. Lloraba, gritaba e hipaba. «¿Qué le pasa a la señora?», preguntó el encargado, que se acercó a la caja a ver qué sucedía. Ella seguía sin poder responder. «No lee la etiqueta de los tomates perita», dijo la cajera, que evidentemente había oído su primer reclamo y se había desentendido de él. Entonces Irene, ante la cara de esos dos que no pudo definir si se burlaban o se compadecían de ella, pero en cualquiera de los dos casos daba lo mismo, dejó la compra y hasta el paraguas que había metido dentro del chango y salió en medio de la lluvia a llorar tranquila. Nunca más volvió a un supermercado. Ni falta que hace. Tampoco se volvió a olvidar los anteojos. Ahora sólo compra en lugares donde del otro lado del mostrador hay una persona, un ser vivo con quien poder conversar acerca de cuál es el mejor queso, del precio de los palmitos o de cómo llueve afuera. Poco le importa que sus amigas, sus alumnas —¿debería decir sus pacientes?, ¿seguidoras?, ¿clientas?— o su familia la quieran convencer de que no fue para tanto y que tiene que superar el trauma porque «pronto van a ir desapareciendo los comercios minoristas y vas a tener que hacer montones de cuadras a un lado y al otro para conseguir un kilo de papas y media docena de huevos». Cuando desaparezcan ya verá, mientras tanto, no.

Entra a su casa por el garaje que desde que vive allí no es garaje sino el salón donde dos profesoras dan clases de yoga, eutonía y pilates. Se felicita a sí misma por haber decidido hacerlo así: un salón adelante para estas clases y su consultorio atrás. Esa distribución la protege. Ella sabe que sí. Es bueno que haya otras actividades en su casa. Que no estén todas las miradas puestas en ella. Como le pasaba cuando era chica, después del episodio de la maestra. Su maestra de cuarto grado se quedó pegada a un cable que recorría la pared junto al pizarrón. La mujer convulsionaba en el piso agarrada a ese cable electrizado que se había desprendido y caído junto con ella. Los chicos sólo atinaban a gritar. Irene se acercó y le puso una mano en la frente. Cualquiera con conocimientos de electricidad diría que la niña debería haber quedado pegada a su maestra y se tendrían que haber electrocutado las dos. Pero no. Al tocarla, la mujer hizo un movimiento brusco y, misteriosamente, se despegó del cable. Enseguida entraron otras maestras y la directora alertadas por los gritos. Los chicos decían entre llantos: «Irene salvó a la señorita, Irene salvó a la señorita». Al tiempo, una tarde a la hora del té, se presentó la maestra en la casa de su alumna. Fue hasta allí para agradecer, aunque también para presentarle a «una amiga de la infancia que repara auras». Las dos mujeres charlaron con la madre de Irene y la convencieron de que la niña tenía un don en estado salvaje que había que preservar. Convinieron que la reparadora de auras las visitara todas las semanas para iniciar a Irene en esa técnica. Su padre estaba de viaje y para cuando regresó sus quejas sirvieron de poco. Unas semanas después volvió a ausentarse y se olvidó de la cuestión. Al menos por un tiempo.

Aun siendo una niña, Irene sabía reparar auras, tirar el cuerito, curar el empacho pero, sobre todo, equilibrar la energía. Dicen que eso fue lo que salvó a la maestra, que le equilibró la energía al imponerle su mano. La niñez de Irene se vio perturbada no sólo por las visitas de esa maestra y su amiga, que después de entrenarla en reparación de auras pasó a otras técnicas de «sanación», sino por quienes recurrían a ella para que los ayudara. Por el lado paterno venía de una familia tradicional de San Isidro, su padre trabajaba en una escribanía, y el dar fe que veía a diario se confrontaba con las prácticas casi «mágicas» de su hija, en las que no creía en absoluto. Con el objetivo de que el matrimonio no se disolviera y la familia no se desmembrara, decidieron olvidar para siempre el supuesto poder de Irene y mudarse a Mar del Plata, empezar una nueva vida allí donde nadie supiera de sus dones. No se habló más en la familia de sus manos, de aquella maestra, de la energía, ni siquiera se hablaba de electricidad y electrocutados. Si caía un rayo en el mar, se miraba para otro lado. Fue un acierto, Irene tuvo una adolescencia casi normal, luego se casó, tuvo dos hijos, y nada la hubiera hecho volver a usar sus dones para recomponer el equilibrio de la energía de nadie si no fuera porque su marido la dejó cuando sus hijos estaban aún en el colegio primario. Lo que ella había heredado de sus padres él lo había invertido en negocios fallidos de los que no se disculpó. Una tarde de frío y viento se llevó el auto y la dejó sola en esa casa en la que se adeudaba todo lo que fuera posible adeudar. Irene nunca había trabajado para ganarse el sustento, se había dedicado a criar a los niños, a hacer yoga, a aprender reiki, a leer a Krishnamurti y Louise Hay. Como única salida, se le ocurrió volver a aquello que se le daba bien: equilibrar la energía de la gente. Y fue la mejor decisión que podría haber tomado. De a poco una persona trajo a la otra y la cadena hizo que pudiera vivir de sus manos y criar a sus hijos sin que les faltara nada. Hasta que un día, muchos años después, cuando ya habían crecido y vivía sola, escuchó que dos vecinas se referían a ella como «la bruja». Irene, sorprendida e indignada, se lo comentó a una amiga, que dio vueltas antes de confesarle que, efectivamente, así la llamaban no sólo esas dos mujeres sino el barrio Los Troncos en pleno: «La bruja de Los Troncos». La gente es muy ignorante, pensó. Lo que no entienden lo hacen religión o lo desprecian. No hay término medio. Y a ella no le gustaba ni le gusta que la desprecien. Otra vez, como antes habían hecho sus padres, decidió que lo mejor era mudarse. Para qué quedarse en esa ciudad ventosa en la que se moría de frío en invierno y se encerraba en el verano porque no soportaba tantos turistas. Descartó San Isidro, donde todavía se podría encontrar con vecinos de su infancia, y se decidió por Adrogué, ciudad que luego de una breve visita le resultó la más parecida a aquella donde había nacido, pero en la zona sur. En ese lugar podría ser otra vecina elegante. Con su silueta estilizada que producía envidia siendo una mujer de más de sesenta años, su andar garboso, vestida habitualmente con zapatos bajos, jean oscuro y angosto, blusas blancas e impecables. Y ese corte *a lo garçon* que usa desde poco antes de mudarse, un peinado que le valió el sobrenombre por el que ahora la conocen tantos, encantador frente al «bruja» anterior: «La Francesa». Incluso muchos piensan que lo es; ella los deja creerlo y cuando dice su nombre, en ocasiones, según quien tiene enfrente, lo pronuncia como supone que se hace en ese idioma, exagerando una erre gangosa: *Igréne*.

Sin embargo, ella ya no estaba dispuesta a dejar de hacer lo que se le da tan bien. Cuando salvó a la maestra, y a pesar de lo que decían quienes la rodeaban, Irene, una niña aún, estaba absolutamente convencida de que había sido un malentendido, que probablemente esa mujer habría soltado el cable de cualquier modo, o el cable la habría soltado a ella por alguna ley de la electricidad que desconocía y aún desconoce. Pero fingió que creía en sus poderes como quienes la rodeaban, para no decepcionar a nadie: a su maestra, a su madre, a sus compañeros, a la mujer que le enseñaba a reparar el aura. Su padre y ella eran los únicos que guardaban el secreto. Si todos creían que había sido Irene, los dejaría contentos. Sin embargo, el tiempo pasó, su padre murió, y después de tantos años y de tanta gente a la que atendió, ella por fin terminó convenciéndose de que el don estaba allí, en sus manos. Lo pudo ver en quienes la visitaron, en los cambios que se manifestaron en ellos, lo vio demasiadas veces como para no creerlo. Sin embargo, no es bruja, eso es otra cosa. Ella tiene un don. Para evitar que nadie se confundiera otra vez, cuando hizo la última mudanza a Adrogué, a ese chalet chiquito pero coqueto que le ayudó a comprar su hijo, lo primero en que se fijó fue que la casa tuviera lugar suficiente para dar clases de algo relacionado con la salud física y emocional. Alguna terapia aceptada —incluso por los más escépticos—, prácticas ancestrales que se ponen de moda entre la gente moderna y *cool*: yoga, meditación, eutonía, control mental, respiración profunda, tai chi. Lo que fuera que le permitiera seguir con lo suyo en un marco contenido y, de algún modo, respetado.

Enciende las luces de la casa. La noche la sorprendió en medio de tanta elucubración. Pone margaritas blancas en dos floreros de cristal tallado, regalos de casamiento que aún conserva intactos a pesar de los años y la mudanza —los floreros duraron mucho más que el matrimonio—. No enciende sándalo porque a él no le gusta, hoy simplemente lanza un rocío de lavanda que compró en la farmacia —después de una discusión acerca del sándalo— y que tiene un aroma que a ella también le agrada, debe reconocer. Como de costumbre, no sabe si él se quedará a comer o no. Siempre tan apurado. Por las dudas tiene alguna que otra cosa en la heladera. Lo primero es lo primero: equilibrarlo, hacerle circular la energía, destrabarlo. Y charlar. El orden y la intensidad de cada acción dependerán de cómo lo vea. Mira el reloj, no falta tanto, él nunca llega cuando sabe que aún hay movimiento en la calle, pero ya es tarde, la gente del barrio está en sus casas, comiendo o incluso durmiendo. Tampoco llega en su auto. Le contó que lo cambia unos kilómetros antes, cuando sale del Camino Negro. Se pasa a un auto chiquito, azul, poco llamativo, que lo suele seguir de custodia, y el hombre que maneja ese auto se sube al suyo, para cuidarlo a la distancia. No es bueno que alguien vea el coche de Fernando Rovira estacionado en el frente de un instituto de yoga y ciencias afines de Adrogué una vez por semana. Al menos eso es lo que él dijo que aconsejaron sus asesores. A ella no le gustan sus asesores, menos que menos Arturo Sylvestre: una vez le midió la energía y le dio una de las negatividades más intensas que vio en su vida. Pero Fernando dice que para ciertos puestos la energía negativa no viene tan mal mientras no la use contra él y que las evidencias demuestran cuánto lo ha ayudado Arturo Sylvestre a consolidar su carrera política. «Las evidencias son circulares», intentó explicarle ella, «lo que hoy te parece una ayuda mañana puede ser una condena». No hubo caso, Fernando es terco, ella lo sabe, y engreído, cree que tiene la verdad aunque el mundo y los planetas digan lo contrario.

Fernando Rovira llega por fin a las diez y veinte. Le da un beso, se afloja la corbata y sin que ninguno de los dos diga nada se sienta de inmediato frente a ella, en la mesa donde Irene atiende. La mira a los ojos y dice:

—Se llevó al chico.

—¿Quién?

—Román, desapareció esta mañana con Joaquín.

Irene se lleva la mano a la boca y se frota los labios y el mentón a un lado y al otro, como suele hacer cuando algo la preocupa y necesita pensar antes de decir una palabra. Por fin reacciona:

—Dejame que me fije primero cómo está Joaquín.

Del cajón de la mesa saca una lámina de cartón pequeña que tiene dibujada la silueta de un niño varón, sólo el contorno, en negro, sin más detalle. Y una cadena de plata de la que cuelga una piedra verde. Irene la acomoda sobre la lámina, sostiene los dos extremos con su mano derecha y la piedra cuelga debajo como una plomada. Acerca la piedra a la imagen del niño, deja la mano quieta; la cadena es un péndulo inerte. No hace ningún movimiento, está tiesa. Esperan los dos en silencio, como si el mundo se hubiera detenido. Peso muerto, inmóvil. A medida que pasan los segundos Fernando Rovira se ve más preocupado. Irene también. Hasta que por fin la piedra empieza a moverse en pequeños círculos, en el sentido de las agujas del reloj. Ella respira aliviada. Rovira se afloja un poco más la corbata.

—Seguro que estaba durmiendo —dice ella.

Y de inmediato desplaza el brazo recorriendo los distintos lugares del cuerpo del niño: tronco, una pierna, la otra, un brazo, el otro, tronco una vez más, cabeza. Mientras lo hace, la cadena sigue dibujando pequeños círculos en el sentido de las agujas del reloj. Cuando termina de recorrer todo el cuerpo dice:

—Está bien, quedate tranquilo, por ahora eso es lo importante.

Irene guarda la tarjeta en el cajón y saca una similar que representa a un hombre adulto.

—Vamos a ver cómo está Román.

El péndulo se mueve otra vez en el sentido de las agujas del reloj. Pero a diferencia de cuando lo hizo sobre el niño, lo hace de inmediato y a una velocidad mucho mayor.

—Está bien. Aunque excitado, ansioso.

—Trabalo —dice Fernando Rovira con la prepotencia de quien dio una orden y espera que la cumplan.

—A él no —contesta Irene, y le sostiene la mirada.

—¿Por qué? —pregunta Rovira.

—No creo que convenga —contesta ella.

—Te digo que lo trabes, mamá.

Ella detiene el péndulo, lo deja a un costado, mira a su hijo, su gesto firme se ablanda:

—¿Sabés qué pasa? Si queremos que este chico cuide bien a Joaquín lo necesitamos con la energía a pleno.

—Tengo que pararlo, ésa es mi prioridad.

—Mandale a la policía, mandale a la gente que trabaja para vos o contratá a uno de esos que se contratan para estos casos. Vargas tiene que saber qué hacer, llamalo y combiná el asunto con él, pero trabarle la energía a Román puede poner en peligro a Joaquín y no quiero correr ese riesgo.

Fernando no está de acuerdo. Los dos se miran sin bajar la vista ni un instante. Como si fuera un duelo. Ni se permiten pestañear. Por fin ella extiende la mano y la pone sobre la de su hijo.

—Confiá en mí, no conviene. No les conviene ni a Joaquín ni a vos.

Rovira duda, le cuesta aceptar la espera sin hacer nada. Los dos se quedan un rato más en silencio. Finalmente él pone su mano sobre la de su madre y asiente. Ella sonríe aliviada y luego le pide:

—Dejame que vea cómo estás.

Esta vez no toma el péndulo. En cambio usa el método que reserva para muy pocos: se acerca a su hijo, trae una silla y se sienta junto a él. Le pone la mano sobre la frente, cierra los ojos y trata de equilibrar su energía, de reparar su aura. Lo mismo que hizo con la maestra. Unos segundos después quita la mano, abre los ojos y le dice:

—Estás muy tenso.

—No doy más, mamá.

—Dejame que te cuide. Dejame que te libre de toda maldición.

Fernando Rovira apoya la cabeza sobre el regazo de su madre, que lo acaricia.

—Te dije que había que librarse de Román de inmediato y para siempre.

—Yo no soy un asesino, mamá.

—No, no lo sos. Nadie muere ni mata en las vísperas.

13

Durante gran parte del tiempo que me llevó escribir *La maldición de Alsina,* yo no era consciente de dónde estaba metida. Mientras uno se encuentra sumergido en determinada cuestión, con obsesión, con dedicación, con neurosis, es común observar con una mirada cerrada, dirigida exclusivamente al asunto que nos ocupa, dejando de lado un punto de vista más amplio, el del hecho histórico. Me pregunto si Román habrá sido consciente mucho antes que yo de la trascendencia de lo que sucedía alrededor de nosotros, o si también a él lo habrá sorprendido cuando se reveló. Lo cierto es que en ese tiempo se presentaban casi a diario situaciones extrañas que no supe evaluar adecuadamente. Yo estaba escribiendo un libro, y creía que las dificultades que aparecían se debían sólo a eso, al proceso de investigación y de escritura. Papeles que se perdían, datos que buscaba durante días y de pronto aparecían de la nada sobre mi escritorio. De vez en cuando una llamada anónima para decir sólo un nombre o una dirección que resultaban claves para lo que estaba investigando. No pude ver más allá. Pensé que se trataba de rarezas, coincidencias estrafalarias. En cualquier caso, todo se convertía en material de escritura y pasaba a formar parte de *La maldición de Alsina.* Lo de los presidentes cordobeses apareció así, por un mensaje que dejaron en el contestador de mi teléfono. Sólo decía eso: la maldición de los cordobeses. Era cuestión de ponerlo en Google y luego tomar nota.

Apuntes para La maldición de Alsina

3. Los otros «malditos»

«La provincia de Buenos Aires se devora a quien la gobierna.»

¿QUIÉN DIJO ESTO? CHEQUEAR: ¿ÁLVARO ABÓS?

Según el censo de 2010, el cuarenta por ciento de los argentinos vive en la provincia de Buenos Aires.

CONURBANO/ BARRIOS CERRADOS/ «BARONES»/ VILLAS (EX DE EMERGENCIA)/ PAMPA HÚMEDA/ PLAYAS/ SIERRAS/ LA PLATA/ RÍO MATANZA/ VALLIMANCA.

¿EDUARDO DUHALDE INTENTÓ UN EXORCISMO EN 2002?

¿O SALAZAR (MENTALISTA DE LA PLATA) LO HIZO SIN SIQUIERA CONSULTARLO Y SE ADJUDICÓ UN PADRINAZGO QUE NO TENÍA?

«Pido a los bonaerenses que me ayuden a romper lo que es un maleficio histórico, por el cual ningún gobernador bonaerense ha llegado a la presidencia de la República», dijo Eduardo Duhalde en un acto en Bahía Blanca en septiembre de 1997, según La Nación.

(CHEQUEAR.)

¿LE TEMÍA AL MALEFICIO?

¿O, COMO SYLVESTRE, LO QUE TEMÍA ERA LA PROFECÍA AUTOCUMPLIDA?

¿Cómo desbaratar la maldición de Alsina?

Sólo con el voto sería posible. Pero el voto parece estar condicionado por ella.

El huevo y la gallina.

¿Cuál es el mejor camino?

¿Denunciar su mentira?

¿O redoblar la apuesta y aceptar que si la gente cree en la magia la magia funcionará?

(LÉVI-STRAUSS)

Manuel Salazar, un mentalista de La Plata, intentó anular la maldición de Alsina la noche de San Juan de 1999. Primero hizo fogatas en un descampado y caminó sobre las brasas al grito de «¡Bienvenido, señor gobernador, a la presidencia!». Y luego se dirigió junto a un grupo de peronistas a la misma Plaza Moreno donde la Tolosana había hecho el conjuro original, para completar una ceremonia de exorcismo y romper así el hechizo. Antes de finalizar anunció: «Las brujas empezaron a llorar». Y declaró concluido el acto. El intento no dio sus frutos, en las elecciones presidenciales de ese año Duhalde perdió contra Fernando de la Rúa. Pero para De la Rúa estaba reservada otra maldición: la de los presidentes cordobeses.

No se puede considerar que la llegada indirecta de Duhalde a la presidencia, por decisión de la Asamblea Legislativa y no por el voto popular, en enero de 2002 y en medio de la gran crisis económica e institucional que vivía el país, haya roto la maldición. A pesar de que Salazar dice que sí lo hizo. No es el único, muchos creen que sin su intervención Duhalde no habría llegado a ser presidente.

«La maldición de los cordobeses»: ningún presidente oriundo de esa provincia terminó su mandato. Santiago Derqui, quien sucedió a Justo José de Urquiza en 1860, renunció como consecuencia de la batalla de Pavón. Miguel Juárez Celman, aquel que frustró las intenciones presidenciales de Dardo Rocha, hizo lo mismo en 1890 por la crisis económica y la Revolución del Parque. Arturo Illia fue derribado por un golpe militar en 1966. Y De la Rúa se fue a fin de 2001 en medio de una crisis no sólo económica sino institucional, en helicóptero.

¿LOS RADICALES NO SE PREOCUPAN TANTO POR LAS MALDICIONES COMO LOS PERONISTAS? ¿NO USAN BRUJAS/BRUJOS?

LA HISTORIA ARGENTINA SIGNADA POR UNA SERIE INFINITA DE MALDICIONES.

Demasiadas conjeturas, demasiado dato que no se puede chequear. Demasiados brujos, gurúes, sanadores y equivalentes. Durante el proceso de escritura me topé con materiales diversos. Algunos sirvieron mucho, otros poco, otros nada. Uno de los más interesantes, en varios aspectos, fue la fotocopia color de una lámina que reproducía una litografía de la fundación de La Plata. Me llegó por correo simple, sin remitente, un anónimo. El sobre estaba dirigido a Valentina Sureda. No decía la China, lo que le daba un aspecto más formal. Sin embargo, no le di demasiada importancia ni a la forma en que me llegó ni a la lámina en sí misma. Supe de inmediato que se trataba de una imagen de la fundación de La Plata porque eso decía al dorso, escrito con lápiz negro, un trazo suave, difícil de leer, como si quien lo había escrito hubiera querido decírmelo en voz baja, compartiendo conmigo un secreto que pretendía que yo guardara. Y nada más. O sí. Me llevó unos días encontrar otras pistas. La imagen fue enviada a mi departamento, lo que de por sí ya era una rareza —no suelo recibir correspondencia de trabajo en mi casa y apenas un puñado de personas tienen mi dirección real—. Además, llegó a los pocos días del asesinato de Lucrecia Bonara. Me acuerdo con precisión de que fue por aquella época porque tuve que esperar casi dos semanas para poder comentarlo con Román. En los días que siguieron al asesinato de la mujer de Fernando Rovira, Román ni atendía el teléfono ni aparecía por las oficinas de Pragma. Las veces que pregunté por él me respondieron que estaba muy mal por lo que había pasado, «pero muy atento a Joaquín y apoyando a la familia en este momento de tanto dolor». No sólo me decían eso a mí, la misma frase repetían la secretaria de Rovira y un par de asistentes cada vez que alguien preguntaba por él. Palabras que parecían más un parte médico oficial que una respuesta sincera.

Al principio no le di demasiada importancia a aquel envío. Me ocupé de otras cosas. Examiné la fotocopia con lupa recién unos días después. Si había firma de autor, no llegaba a distinguirla. En el margen izquierdo se podía ver que la lámina original tenía el sello de una casa de remate muy conocida en el ambiente por sus subastas: Rubens Saracho. El envío parecía una fotocopia color del original subastado. No había tanta gente que supiera acerca del libro que estaba escribiendo. Emilio Cantón fue la primera persona a quien consulté acerca de la procedencia de ese envío y me respondió que no tenía la menor idea de sobre qué le estaba hablando. No me resultaba lógico que alguien que no fuera mi editor se tomara el trabajo de ayudarme porque sí. Menos todavía que lo hiciera anónimamente. Una o dos semanas después estaba obsesionada pensando que detrás de la lámina en sí misma había un mensaje cifrado que yo no terminaba de dilucidar. La pesquisa cobró interés. Cada día, al regresar a casa, me tomaba un rato para volver sobre la lámina con más detalle. Llegué a usar luces especiales y lupas de distinta graduación. Tardé en consultar a especialistas, eso fue un error y demoró el proceso. Como cuando un crucigrama se presenta demasiado difícil de resolver y aunque estás cerca de alguien que te puede ayudar te empecinás en resolverlo sin consultar a nadie. Cuando supe qué era exactamente me sentí en falta, debería haberlo advertido, hacía meses que investigaba sobre el origen de La Plata y las maldiciones relacionadas. Lo que se entendía a primera vista era muy obvio: la Plaza Moreno llena de banderas celeste y blanco, escudos en lo alto coronando los festejos, árboles jóvenes y una importante cantidad de gente, funcionarios, vecinos y curiosos distribuidos alrededor de una especie de palco, seguramente sobre la piedra fundacional. Eso era todo. No encontraba nada raro. Hasta que un día pasé la mano lentamente sobre la lámina y noté algo, un suave surco, como si hubieran trazado algunas líneas con un lápiz sin punta, un lápiz que no dejó rastro a la vista pero sí al tacto. Seguí el hundimiento del papel y verifiqué que dibujaba círculos alrededor de algunos de los presentes en el acto. Cinco círculos ¿Quiénes eran los marcados? Imposible para mí adivinarlo. Llamé a Eladio Cantón para preguntarle si me podía dar un adelanto con el fin de viajar a La Plata, instalarme allí unos días y hacer averiguaciones. Por supuesto me dijo que no, que no tenía presupuesto a menos que el mío fuera un libro para sacar ya —«ya» era para Cantón en unas dos o tres semanas— y en el que pudiéramos meter «algo muy vendible, China», como por ejemplo el asesinato de Bonara. «Vos sabés, yo ya te dije... Ahí tiene que haber una punta grosa, alguien le cobró una deuda pesada a Rovira con la sangre de su mujer, ¿no? Anotá esa frase que me gusta: alguien le cobró una deuda pesada a Rovira con la sangre de su mujer. ¿Sangre o vida? No sería un mal título.» Le corté sin más trámite. ¿Cuántas veces uno se puede equivocar con los editores? Muchas, sin dudas, no hay tantos, casi tan pocos editores como novios posibles. Seguramente menos. Y más codiciados. Eladio Cantón nunca llegó a preguntar qué era lo que quería ir a investigar a La Plata, si no había un rédito inmediato no invertiría esfuerzo ni siquiera en enterarse. No tenía sentido contarle, no lo iba a convencer. Me estaba moviendo más por intuición que por certezas. Detrás de esa lámina podía haber algo sumamente interesante tanto como una historia inútil pergeñada por un loco. No podía asegurarle la eficacia del asunto, y mucho menos quería quedar comprometida con Cantón a que lo que buscara serviría para acercar el libro a la muerte, sangre o vida de la mujer de Rovira. A mí la versión oficial de ese asesinato nunca me cerró, pero esa cuestión era para otro libro, no para *La maldición de Alsina*. Y hay límites que no pueden pasarse, incluso en la industria editorial y en el afán de ser publicado. La alternativa de ir a mi costo a La Plata a buscar datos, con la tranquilidad que merece un libro de este tipo, estaba descartada de plano por el saldo en rojo de mi cuenta bancaria. Y no tenía estado físico ni disponía del tiempo suficiente como para tomarme la Costera Criolla ida y vuelta cada día. Por otra parte, contaba con demasiado material, ni siquiera sabía si podría incluir lo que ya tenía. Lo más sensato parecía ser dejar de lado esa lámina y seguir para adelante con el material recopilado hasta entonces. Pero me agobian los cabos sueltos, me roban energía para trabajar en otra cosa. Se quedan en la cabeza, fastidiando. Una amiga del noticiero me escuchó en la sala de maquillaje hablando sola, dice que maldije: «La Plata y la puta madre que lo parió». Juro que no lo recuerdo. Aunque seguro lo hice, yo soy de putear en voz alta y sin conciencia de quien me rodea. No me quedó otra que contarle: poco, como para justificar el exabrupto. Le dije que tenía que chequear una lámina con un hecho histórico de La Plata y eso me tenía a maltraer. De inmediato sacó el teléfono y me compartió desde su agenda el contacto de un profesor de historia de La Plata. «Si no sabe él no sabe nadie», me aseguró. «Estuvo casado con una de mis hermanas, en las reuniones familiares nos dormía a todos contándonos historias de "la ciudad de las diagonales". Buen tipo. Te va a ayudar. Llamalo.»

Lo hice recién unos días después, una tarde que volvía de Pragma otra vez con el repetido y falso parte médico: «Román Sabaté está mal pero muy atento a Joaquín y apoyando a la familia en este momento de tanto dolor». Y con el cabo suelto que me daba vueltas en la cabeza. No podía cargar tanto peso. Entré al departamento y puse la lámina sobre mi escritorio. Busqué el teléfono del historiador de La Plata y lo llamé. Enseguida supo de qué le estaba hablando. Me sentí un poco tonta, me di cuenta de que cualquier vecino de La Plata más o menos informado, historiador o no, podía saber de qué se trataba la imagen y conocer la anécdota. Lo grabé, para no perderme detalle. «Después de la fundación, Dardo Rocha le encargó a Thomas Bradley un fotomontaje con las imágenes que había tomado en el evento. Y con algunas otras: las de ciertos personajes que habían faltado a la cita de ese día, y a su palabra. Un desplante a él y a la ciudad que se suponía representaba "la conciliación nacional". Conciliaban hacia afuera y se peleaban hacia adentro. ¿De qué conciliación le querían hablar al pueblo y las generaciones futuras si no eran capaces ni de acompañarlo en el acto de fundación?» A esa altura de la charla el profesor se había consustanciado tanto con el tema que casi hablaba como si fuera un actor que representara alternativamente los distintos papeles en escena. Podía ser Dardo Rocha, Roca o Sarmiento. Aunque era evidente que su favorito era el gobernador que nunca llegaría a presidente. «No le dejaron alternativa. Yo en parte lo entiendo. La historia se lo reclamaría. No lo justifico, imaginate que por mi profesión no puedo justificar que nadie cambie un hecho histórico a su antojo. Ni siquiera en una lámina. Pero lo entiendo. Trucó la escena. Le pidió al fotógrafo Thomas Bradley que hiciera un montaje con distintas imágenes de aquel día agregando a "los ingratos", los que deberían haber estado allí y no fueron. De ingratitudes está hecha la historia de cualquier nación. De ese modo Roca, Sarmiento, Pellegrini o Avellaneda no habían estado y sin embargo sí están. El montaje de Bradley después fue enviado a Italia, al grabador milanés Quincio Cenni, para que hiciera una cromolitografía del acto de fundación. El cuadro que hoy descansa en el museo no representa lo que fue ese día sino el deseo de Dardo Rocha, cómo él habría querido que fuese. Intentó armar un relato creíble, con palabras o con imágenes. Como intentaron tantos en la historia universal, ¿no? ¿Acaso la historia es otra cosa que un relato mejor o peor contado?», preguntó, y yo no pude menos que asentir. «Sarmiento quedó a la izquierda, en segunda fila aunque bien identificable», dijo el historiador; lo busqué en mi lámina con la yema del dedo y me quedó claro que se trataba de una de las cabezas redondeadas con lápiz. «Roca en el centro, detrás del sacerdote.» También ubiqué al otro ausente con su cara rodeada por el trazo invisible. «Los otros dos no me acuerdo, tendría que mirar otra vez el cuadro», se disculpó. «¿Puede ser que haya un quinto personaje metido por montaje?», pregunté, las cabezas redondeadas eran cinco. Del otro lado, el historiador se rió. «¡Sí, claro! Esa fue la venganza de Quincio Cenni. Me imagino la cara que habrá puesto Dardo Rocha cuando se dio cuenta», dijo y volvió a reírse. Esperé en silencio que siguiera contando. «El quinto es Quincio Cenni, se incluyó en el acto de fundación, con lo que dejó clara la maniobra del gobernador. Se la arruinó. Rocha quería un relato diferente de aquel día, ya le habían robado sus palabras para la posteridad que había enterrado bajo la piedra fundacional y luego se le mete un pintor milanés en su historia corregida. Pobre Rocha. De disgusto en disgusto, de traición en traición.»

Corté y me quedé casi más inquieta que antes de tener la información sobre la litografía de Cenni. La historia del cuadro era muy interesante y sin dudas iba a formar parte de algún capítulo de *La maldición de Alsina*. Hasta había algo de maldición en la lámina misma: la maldición de Cenni, cuyo ego lo llevó a incluirse y confirmar la falsedad de lo que la pintura mostraba. Pero lo que me inquietaba era no entender por qué tanto misterio, por qué mandarla como un anónimo, por qué circular esas cabezas de forma casi invisible, quién podía tener interés en hacerlo y cuál era ese interés. Lo más fácil era convencerme de que sería uno de esos frikis con los que uno se encuentra en este trabajo y casi se obsesionan con uno o con las investigaciones, sobre todo si les toca algo cercano a su propia historia. Y probablemente me habría quedado con esa respuesta fácil si no fuera porque un tiempo después, cuando Román Sabaté por fin me recibió nuevamente para hablar del libro, descubrí sobre su escritorio una lámina idéntica a la que yo había recibido. Le pregunté qué era y por qué la tenía. «No tengo la menor idea», me respondió. «Llegó por correo hace unas semanas. Se me había perdido en medio de tantos papeles. La volví a ver ayer o antes de ayer, no recuerdo, cuando me puse a ordenar el escritorio después de estos días de ausencia. Vino sin tarjeta ni remitente. Será un regalo empresario, o algo así. Si hay que agradecerla, no sé a quién.» Tomé la lámina, la di vuelta. Había un texto escrito en lápiz de trazo suave, aunque no decía lo mismo que lo que habían escrito en el reverso de mi lámina sino: «Quien tiene el poder, puede cambiar el relato. A veces sale mal». Busqué por delante las cinco caras redondeadas en bajorrelieve, y sólo encontré marcada una, otra, la de Dardo Rocha, que sí estuvo ese día. «Me parece que esto no es un regalo empresario», le dije. «¿Qué es?», preguntó él. «No lo sé, pero ya lo voy a averiguar.»

Y resultó ser un friki, sí, pero el menos pensado.

Alsina, Dardo Rocha, Bernardo de Irigoyen, Carlos Tejedor, Guillermo Udaondo, Marcelino Ugarte, José Camilo Crotto, Manuel Fresco, Rodolfo Moreno, Domingo Mercante, Oscar Alende, Antonio Cafiero, Eduardo Duhalde, Carlos Ruckauf, Felipe Solá, Daniel Scioli.
Ninguno pudo.
¿ALGUNO PODRÁ?
¿PUEDE UN MITO INCIDIR DE UNA MANERA TAN CONTUNDENTE SOBRE LO QUE PIENSA O CREE ALGUIEN COMO FERNANDO ROVIRA?
¿PUEDE UN MITO INFLUIR SOBRE EL VOTANTE MEDIO?
¿CREE ESO SYLVESTRE? NO EN EL MITO SINO EN LO QUE EL MITO OPERA SOBRE EL VOTANTE.

«La Plata se convirtió en el símbolo de la pujanza de la Argentina (...) Pero Rocha se engolosinó con la prenda que enamora a todos los gobernadores bonaerenses; la presidencia de la Nación. Era absurdo que lanzara su candidatura en 1881, cinco años antes (...) Entonces empecé a demostrarle una creciente frialdad, porque no es agradable que los amigos se prueben los trajes que uno va a dejar cuando se muera, pero que lo hagan cuando el supuesto agonizante goza de perfecta salud es ya un agravio». Félix Luna, Soy Roca, *Buenos Aires, Sudamericana, 1989.*

ESTO LE HACE DECIR FÉLIX LUNA A JULIO ARGENTINO ROCA. NO ES HISTÓRICO SINO LITERARIO, DE TODOS MODOS: ¿NO HABRÁ SIDO ESTA «CRECIENTE FRIALDAD» LA VERDADERA MALDICIÓN?

UN PAÍS DONDE UNOS MALDICEN A OTROS.

LA POLÍTICA DE LAS MALDICIONES.

UNA HISTORIA DE POLÍTICOS MALDITOS.

UN PUEBLO QUE CREE EN LA MAGIA.

DIRIGENTES QUE CREEN EN LA MAGIA O SE APROVECHAN DE QUE EL PUEBLO CREA EN ELLA, SEGÚN MÁS LES CONVENGA.

CONFIRMAR LA HIPÓTESIS.

RECHAZAR OTRAS CAUSAS.

¿POR QUÉ CASI NO APARECEN EN ENTREVISTAS Y REGISTROS LOS PADRES DE FERNANDO ROVIRA? ¿QUIÉNES SON? ¿VIVEN?

14

Hace veinticuatro horas que Sebastián Petit no duerme. Tal vez más. No puede parar, no quiere parar. Su departamento de Villa Crespo, un monoambiente amplio y luminoso que compró a estrenar un año atrás, con terminaciones de categoría y balcón terraza, hace semanas que tiene las persianas bajas y las paredes forradas con gráficos, fotos, mapas y planos de distinto tipo. Él va a cada rato de los papeles que tiene sobre el escritorio a los que están pegados en todas las paredes del departamento, incluso en las puertas ventana que dan al balcón. Y sobre ellos dibuja una nueva línea que liga palabras, fotos, puntos precisos en un mapa, nombres propios. Después de trazar la línea la contempla, luego contempla la pared en su conjunto, luego las tres paredes más la puerta de vidrio del balcón. Gira sobre sus pies en el mismo lugar para abarcar todo. Cuando completa la visión, salta —son varios saltos cortos, uno detrás del otro, con los dos pies juntos—, por fin se detiene, cierra los ojos, piensa, se rasca la cabeza masajeando el cuero cabelludo, se detiene otra vez, abre los ojos —ya está—, vuelve a su escritorio, anota en el cuaderno e inicia una nueva búsqueda en su computadora. Teclea, espera, vuelve a teclear, encuentra el dato que busca, anota en el cuaderno —lo hace escribiendo de un borde al otro, más allá de los márgenes, sin respetarlos, hasta donde termina el papel y sigue el escritorio, en alguna ocasión, incluso, escribe sobre el escritorio—. Va otra vez hacia uno de los gráficos pegados en la pared, en este caso la pared que da al sur, y vuelca allí ese dato clave: triple seis. La pared que da al sur es la que contiene los datos relacionados con la ciudad de La Plata. Marca en el mapa el cruce de dos calles, redondea ese punto (calles 6 y 51), frente a una plaza, y desde allí traza una línea a la foto de un monumento donde vuelve a escribir:

$$6 \text{ y } 51$$
$$51 = 5 + 1 = 6$$

Traza otra línea desde otro punto, calles 24 y 60, Plaza Juan Domingo Perón. Anota:

$$24 \text{ y } 60$$
$$2 + 4 = 6$$
$$6 + 0 = 6$$

Busca otras combinaciones posibles de seis para lograr triple seis. Se aleja, contempla, se rasca la cabeza, vuelve a la computadora.

El collage que adorna cada pared corresponde a un tema diferente. La pared que da al norte es donde trabajó durante los últimos meses y hasta hace unas horas el proyecto de división de la provincia de Buenos Aires. Ése, el suyo, es el proyecto que mañana Federico Rovira empezará a testear en una ronda de prensa donde convocó también a intendentes y políticos de otras fuerzas que quiere tener de aliados para garantizar la sanción de la ley. Sebastián analizó varias hipótesis, y luego de pormenorizados estudios y evaluaciones terminó dividiendo la provincia en dos mitades que contemplan aspectos demográficos, económicos, representativos y poblacionales. Pero por más que soportó su proyecto con horas de investigación y trabajo de campo, la decisión final tuvo como condición *sine qua non* que La Plata quedara fuera de la gobernación que su jefe pretende ganar en un futuro próximo, como paso anterior a lanzarse a la presidencia de la Nación. Y eso no fue por una cuestión técnica sino por simple voluntad de Fernando Rovira. Él habría preferido otras divisiones, incluso en tres partes, pero teniendo en cuenta que el objetivo principal era dejar afuera a la ciudad de La Plata, esta propuesta le resultó la más razonable. Cuando se sancione la ley, y Sebastián no duda de que Rovira lo conseguirá como va consiguiendo cada cosa que se propone, la zona sur de la provincia se llamará Atlántida y la zona norte Vallimanca, como el nombre de uno de los arroyos que dibuja el límite entre las dos. Si todo sale bien, Fernando Rovira será gobernador de la zona norte, para la que reservó las tierras y los municipios más ricos o con mayor peso político. La línea divisoria sigue el recorrido del río Matanza al sur de la ciudad de Buenos Aires y hasta su naciente, completando el trazado otra línea imaginaria que, con la misma inclinación y en dirección oblicua hacia el suroeste, lo une con el arroyo Vallimanca. Luego sigue por ese arroyo casi hasta su origen, y un poco más allá se convierte otra vez en una línea imaginaria que continúa directo al límite con La Pampa a la altura del paralelo 38. Aunque podía haber sido mucho más lógico que le dieran el nombre del río que origina el trazado, a nadie convencía que la provincia que iba a gobernar Rovira se llamara «Matanza». Demasiado obvio, no hacía falta chequearlo con Arturo Sylvestre, que por otra parte desde hace un tiempo lo tiene absolutamente harto. Al principio Sebastián tomaba en cuenta a rajatabla lo que decía el asesor estrella. Le creía casi con devoción religiosa. Usaba sólo las palabras que él aconsejaba, se vestía del modo sugerido por él, elegía ensalada de quinoa en lugar de papas fritas para acompañar las carnes. Incluso se había anotado en un seminario de control mental con un maestro tibetano que Sylvestre le hizo contratar a Rovira, pero a último momento se dio de baja porque no creyó poder resistir tantas horas quieto y en silencio. Fue consecuente y por un tiempo hizo todo lo que Arturo Sylvestre decía que un buen integrante de Pragma debía hacer. Con los años le perdió respeto. Pequeños detalles se fueron sumando unos a otros. Durante la última campaña Sebastián se tomó el trabajo de volcar datos en un gráfico de doble entrada donde comprobó que la presencia de Sylvestre aumentaba en las fechas cercanas al cobro de sus honorarios y disminuía considerablemente los días subsiguientes. Descubrió también que gran parte de los datos duros que Sylvestre tiraba sobre la mesa en las reuniones de equipo correspondían a fuentes inexistentes que nadie chequeaba. «Si Sylvestre lo dice, dalo por bueno», le aconsejó un compañero con quien quiso compartir sus dudas acerca de la veracidad de los números «sylvestrinos». Inventaba porcentajes, tendencias, estadísticas. Tiraba frases rotundas pero falsas. Ciertos datos eran fácilmente verificables y refutables, aunque nadie lo hiciera. Y otros, los más significativos para Sylvestre y su propuesta de campaña, no había forma seria de chequearlos. ¿Cómo asegurar a ciencia cierta que a la gente no le importa que le expliquen las crisis y los costos de salida con datos concretos? ¿Cómo discutirle que apelar a la felicidad, el amor, la bondad y otros sustantivos abstractos no necesariamente les daría mayor crédito? Vació el discurso de Rovira —como otros asesores vaciaron el de casi todos— y lo dejó hablando de la nada misma. Pero aseguró que eso le iba a sumar votos, que es lo que verdaderamente importaba. «¿Cuántos votos suma un candidato cada vez que menciona la palabra "felicidad"? ¿Cuántos cuando dice "los quiero"? ¿Y cuando promete "vamos a estar mejor"? ¿Qué es "mejor"? ¿Hay medición de campo?», preguntó Sebastián con seriedad en una de esas reuniones, «¿algún estudio concreto?». «Te va a hacer mal tanta precisión, te vas a morir de literalidad», le contestó el gurú asesor, «cada votante sabe qué es para él la felicidad, a nosotros no nos importa, cada quien completa con su propio deseo», dijo, «probá, respondete vos mismo, si es que podés», remató y pasó a la siguiente pregunta. A nadie más pareció importarle. Sin embargo, lo que le hizo ganar la antipatía definitiva de Sebastián fue que Sylvestre le dio a Rovira la razón absoluta en cuanto a los motivos por los que había que dejar a La Plata afuera de cualquier territorio que quisiera gobernar antes de ser presidente: la ridícula maldición de los gobernadores. La maldición de Alsina. Sebastián entendía que Rovira quisiera dejar La Plata afuera —como podía entender cualquier capricho de su jefe—, pero no podía avalar sus motivos. Habría preferido que le dijera que lo quería de ese modo porque sí, porque se le cantaba, porque lo marean las diagonales, o porque La Plata no le gusta y punto. Pero confirmar el valor de una maldición y sus efectos, eso no. O Sylvestre es menos inteligente de lo que parece o la mayor parte de lo que cobra es por decir lo que quiere oír quien lo contrata. Y Rovira quería que le dijeran eso, que La Plata tenía que quedar afuera porque lo maldeciría. Una locura, ni él en sus momentos de mayor confusión podría pensar seriamente que la maldición sobre una ciudad pudiera tener algún efecto real sobre el destino político de los hombres que la gobiernen. Qué importaba, Rovira lo creía y Sylvestre lo consentía, así que no se discutió más. Se definió que la línea divisoria iría por debajo de la ciudad de Buenos Aires siguiendo el río Matanza para dejar esa intendencia tan poderosa políticamente —La Matanza— dentro del sector que quería conservar Rovira, la nueva provincia para la que se postularía como su jefe máximo: Vallimanca. Un nombre que muy pocos votantes habrán oído antes del proyecto de Sebastián Petit. Según dicen, viene de «yegua baya y manca». «Es cuestión de encontrarle una buena música», sentenció Sylvestre. Un compañero propuso «La yegua baya» de Cafrune pero el asesor lo rechazó por demasiado «autóctono». «Una melodía que se quede pegada en el oído ni bien se escucha, el jingle adecuado y al poco rato todos dirán "Vallimanca" como si fueran *born and bred*». No le importó a Sylvestre que la zona haya sido parte de la Campaña del Desierto: Bolívar, ciudad que atraviesa el arroyo Vallimanca, surgió en el afán de poblar la pampa, como Nueve de Julio, 25 de Mayo, General Alvear, Tapalqué y Olavarría. Ni que haya sido Adolfo Alsina, el mismo de la maldición, quien le propuso al entonces presidente Nicolás Avellaneda y al gobernador Carlos Casares la fundación de una ciudad donde estaba el fuerte San Carlos. Sí le interesó sobremanera que fuera oriundo de Bolívar el conductor más importante de la televisión argentina, «eso sí que es bueno, él es probablemente el personaje público con más porcentaje de conocimiento en el país, de una punta a la otra lo conocen todos; tengámoslo en cuenta para la campaña», recuerda que remató Sylvestre, excitado. «¿Qué te hace pensar que podría aceptar participar en la campaña de Fernando Rovira?», le preguntó Sebastián. «Se lo mete en la campaña, después se le pregunta», contestó Sylvestre. Y él calló, cansado de usar argumentos que nadie escuchaba.

En la pared que da al oeste Sebastián Petit junta antecedentes para una investigación que recién comienza sobre las reservas de litio en la zona de Jujuy, una de las más grandes del mundo. Más allá del potencial real, les tiene miedo a algunos negocios relacionados. Se empezó a ocupar del litio desde que se lo prescribieron; está convencido de que detrás de la indicación de algunos médicos se esconde un negocio con los laboratorios no exento de corrupción que quiere desentrañar en cuanto se saque de encima otras cosas.

Y sobre las ventanas que dan al balcón que mira al este, anuladas no sólo por las persianas bajas sino porque Sebastián las forró con papel madera para que nada se vea desde el exterior, agrupó la información que necesita para ayudar a su amigo Román Sabaté. Hace rato que sospecha que Román está en peligro. Y esas sospechas aumentaron cuando mataron a Lucrecia Bonara. Si alguien quiere detener a Fernando Rovira tiene que ir sobre lo que más le importa: su mujer, su hijo, Román Sabaté. Sobre su mujer ya fueron. Su hijo y Román pueden ser los próximos. No entiende cómo Rovira se conformó tan rápido con la versión del sicario y las mafias que nadie pudo identificar. Él juntó información, ató cabos, confirmó hipótesis, y aunque cada día siente que se acerca más a las causas y los culpables, teme no llegar a tiempo. Tiene que protegerlo, hacerle de escudo. Está convencido de que quienes pueden hacerle daño no están tan lejos, que pertenecen al círculo de Fernando Rovira, quien en pos de su crecimiento ha tenido que relacionarse con lo mejor y lo peor de la política y sus alrededores. Incluso tiene pendiente analizar en detalle el accidente que casi le cuesta la vida a la madre de Román; advirtió elementos que no le cierran, teme que pueda estar vinculado con estas amenazas aunque todavía no quiso ni mencionárselo a su amigo. Por eso tomó distancia de él a partir del asesinato de Bonara, porque no quiere que nadie sospeche que está de su lado. Él siempre va a estar de su lado. No le importa quién se pare enfrente. No le importa que no le convenga. Román no lo sabe, pero Sebastián siente que le debe la vida. Cuando fue al refugio de montaña en Uspallata estaba en medio de una fuerte depresión. Sin ser absolutamente consciente de ello en aquel momento, hoy puede asegurar que había ido a Mendoza a matarse. Y resultó que allí se encontró con Román, un tipo sencillo, diferente de la gente con la que solía rodearse. Román no tenía dónde parar, le pidió compartir el refugio justo la noche que él había decidido llenarse de pastillas. Al comienzo le molestó, estuvo a punto de rechazarlo con cualquier excusa; ese santafesino bonachón venía a cambiar sus planes. Por supuesto que no podía matarse delante de él, ni siquiera con una muerte que en principio se confundiría con un sueño profundo y largo. No sabe por qué le terminó diciendo que sí. Primero pensó que se trataría sólo de un aplazamiento, lo dejaría dormir allí y al otro día seguiría adelante con sus planes; pero esa misma noche la amabilidad de Román y su don de gentes lo hicieron sentir mejor hasta torcerle la voluntad. Hacía rato que nadie lo trataba así. No recordaba cuánto. La gente que lo rodeaba, más tarde o más temprano, se terminaba cansando de él y se lo hacía sentir. Román, en cambio, tuvo y tiene una paciencia infinita. Nunca dijo una de esas frases que tanto le molestaban y que solían usar otros cuando no sabían qué hacer con él: «Tranquilizate, Sebastián», «Pará, viejo», «Calmate, amigo». Odia que le digan esas cosas. Logran el efecto contrario. Y entre todos ellos, su madre es quien saca lo peor de él cuando las usa. Para colmo, algunas frases le gusta decirlas en inglés: *«Keep calm, boy»*, *«Rise and shine»*. Quisiera darse la cabeza contra la pared con tal de no escucharla. Por eso hace tanto que no la ve. Le gustaría ver a su padre, pero en su caso un progenitor viene incorporado al otro así que prefiere saltearse a los dos. Con él se entendió mejor, será por eso que ella solía rematar después de algún episodio en el que le reprochaba su comportamiento: «Como tu padre, pero peor». Sebastián no puede tranquilizarse como un acto de voluntad, no puede parar, no puede calmarse. ¿Tanto les cuesta verlo? Román sí que lo ve. Él lo percibe, se da cuenta y entonces no pide lo imposible. Las veces que estuvo así frente a él —en cualquiera de sus dos variantes, alterado o deprimido—, en lugar de palabras huecas Román lo tranquilizó con actos. En Uspallata lo llevó a caminar por la montaña, lo hizo escalar, cruzaron juntos un arroyo, y aunque Sebastián estaba al borde del abismo, con la vista perdida, ausente, nunca le dijo:

«¿Qué te pasa?». Propuso otra actividad, otra excursión, pero jamás preguntó lo que no debía preguntar. Cuando se postularon para ingresar a Pragma, Sebastián no fue seleccionado y se enojó hasta ponerse violento; ni aun así Román le pidió que se calmara. Dijo: «Yo lo voy a arreglar». Y lo arregló. Hace unos meses lo encontró gritando solo en medio de su oficina, totalmente sacado, había tirado la silla, revoleado un cesto con papeles y volteado un estante. Cuando Sebastián se dio cuenta de que su amigo estaba allí, mirándolo consternado, le preguntó: «Estoy loco, ¿no?». Román contestó: «¿Quién no?, ¿quién que esté metido en la política no está loco? Decime uno». Y sin esperar respuesta empezó a poner en orden el lugar. En apenas un rato la oficina volvió a ser lo que era antes del ataque de Sebastián. «Algunos lo disimulan mejor, eso sí», siguió Román. «Los ves bien vestidos, hablando con palabras precisas, diciendo frases grandilocuentes, serios. El tema es cuando se quedan solos, ellos y sus miserias, ahí no hay disfraz ni careta que esconda lo que son.» «Vos no estás loco, Román», dijo Sebastián, señalando la excepción. «Es que yo no estoy adentro, nunca estuve, nunca estaré verdaderamente adentro. Miro de afuera, aunque viva en la misma casa que Rovira.» «¿Y el correligionario?» «¿Mi tío Adolfo?, ése también está medio chapa. Pero chapa bien, porque es buena gente. Ves, ésa es la diferencia entre unos y otros. La política los hace picadillo de carne, les revienta las neuronas e inevitablemente terminan medio locos. Hay locos buenos, como mi tío, y locos malos.»

«Locos malos», recuerda Sebastián, se le viene a la cabeza una lista de nombres y en una hoja en blanco los apunta. Escribe los datos clave con tinta verde. Las líneas, con marcador naranja. Los nombres propios, con rojo. Otros datos, con azul. Deja la lista y va apurado a anotar sobre la pared. Traza una nueva línea naranja desde el mapa que divide la provincia de Buenos Aires en dos hasta la foto de un grupo de hombres en un acto público. Con el mismo marcador naranja circula la cabeza de tres de esos hombres. Con tinta azul anota, «locos malos». Vuelve al escritorio. Al rato repite la operación de manera casi idéntica, sólo que escribe otra palabra, va a otro mapa u otra foto, traza otra línea. Vuelve al escritorio. Su silla está ubicada justo en el medio de la habitación —midió desde las cuatro paredes y marcó con una cruz el centro exacto—. Frente a ella acomodó el escritorio donde trabaja. Y el espacio que va desde allí hasta las paredes forradas de datos está ocupado por toda clase de objetos. Pilas de libros de distinto tipo haciendo equilibrio inestable en un orden que sólo Sebastián entiende: atlas varios, *Soy Roca*, de Félix Luna; *El simbolismo en la masonería*, de León Meurin, *Los 33 temas del aprendiz de masón*, de Adolfo Terrones Benítez y Alfonso León García, tres manuales de álgebra, *Los siete locos* y *Los lanzallamas*, de Roberto Arlt, *A First Rate Madness (Uncovering the Links Between Leadership and Mental Illness)*, de Nassir Ghaemi, el *I Ching* con prólogo de Jung, el primer tomo de las obras completas de Borges —dentro del cual hay una fotocopia del facsímil de su cuento «Del traidor y del héroe»—, *Arlt, política y locura*, de Horacio González, y varios tomos del diccionario de la Real Academia Española. Contrastando con el desorden anterior, hay tres pilas ordenadas y separadas del resto, como si a esos otros libros hubiera querido reservarles un lugar especial: una pila de veinte ejemplares de *Un pasado para La Plata*, de Daniel Badenes, que compró en distintas librerías de esa ciudad hasta agotar el stock, y cinco ejemplares de *Misterios de la ciudad de La Plata*, de Nicolás Colombo, sólo cinco porque aún no pudo conseguir más; otra pila con varios ejemplares de cada uno de los tomos de *La historia oculta de la ciudad de La Plata*, de Gualberto Reynal, que después de mucho buscarlos consiguió en una librería de viejo; una última pila con cincuenta juegos de fotocopias de *Mitos y leyendas de La Plata. Breves historias urbanas,* de Ramón Tarruela, libro inhallable que un integrante de Pragma fue en persona a fotocopiar en la Biblioteca de la Universidad y del que luego él mismo hizo cuarenta y nueve copias adicionales por si hicieran falta. Láminas, fotocopias de esas láminas, serigrafías. Más papeles. Ropa sucia que fue dejando tirada a medida que la cambió por otra. Bolsas de supermercado con la última compra que nunca guardó —sabe que como mínimo debería tirar los yogures antes de que empiecen a dar olor, aunque todavía no lo hace—. Orden implica invertir tiempo y él, tiempo, no tiene. No puede detenerse a ordenar más que lo que amontona dentro de su cabeza y vuelca en las paredes de su departamento. Está a punto de entender, de completar los huecos, de llegar a las conclusiones que necesita. Sobre el escritorio reposa el litio que hace rato no toma. Se necesita brillante, activo, lúcido. Román lo necesita así. Si no lo ayuda él, su amigo estará en problemas. Román no sabe cuidarse. Pero él está atento, y se ocupa de que esté bien. Lo hace de distintas maneras, incluso a través de esa amiga periodista que tiene, la China Sureda. Le mandó en forma anónima material que le puede servir para ese libro que está haciendo. Lo hizo en un período en que Román estaba muy mal, luego del asesinato de la mujer de Rovira. Pensó que si le mostraba algo interesante para investigar podría sacarlo de su ensimismamiento. Si hubo resultados, él no los vio. Román tardó en conectar otra vez con el día a día, y la chica resultó menos inteligente de lo que parecía. O más lenta. Al menos para él. Sebastián sabe que nadie puede seguirle el pensamiento, nadie tiene su velocidad, llegan tarde. Y le cuesta esperar. Intentaría ir más despacio pero no puede. Ahora que todo empieza a aclararse no puede. Sabe que en cualquier momento su cabeza puede ser pura confusión. Ya le pasó. Elige no recordarlo.

Suena su teléfono celular, duda si atender, eso también lleva tiempo, eso también lo distrae. Mira el nombre de quien lo llama. Fernando Rovira. Rovira a esta hora. Si pide alguna modificación del proyecto antes de la rueda de prensa de mañana, el cambio implicará no dormir hasta que termine. Él ya lo dio por cerrado hace un par de horas, no quiere tocarlo más. Preferiría no atenderlo, pero no hay nada que ponga más nervioso a Fernando Rovira que llamar a alguno de sus asistentes, a la hora que sea, y que no lo atienda. Hace dos meses echó a un compañero de Sebastián, uno de los más eficientes, porque lo llamó un domingo entero y no consiguió dar con él. No quiere trabajar el resto de la noche, necesita dormir. Si lo logra, aunque sea un par de horas, todo saldrá mejor. Pero no puede dejar de atender este llamado.

—Sí, Fernando, decime...
—¿Todo bien?
—Sí, todo bien, todo listo para mañana...
—Okey...
Los dos quedan en silencio un instante. Sebastián se inquieta, no entiende a qué viene el llamado. Esta tarde, temprano, ya le había confirmado a Rovira que cada elemento necesario para presentar el proyecto estaba listo: computadora, pantalla, Power Point, su intervención, el listado de posibles preguntas con sus respuestas.
—¿Necesitabas algo, Fernando, o querías rechequear lo que hablamos a la tarde?
Otra vez Rovira se queda en silencio.
—Hola...
—Sí, sí, acá estoy. No, okey. Nos vemos mañana. Decime, Sebastián, ¿estuviste hoy con Román?
—No, estuve metido completamente en la presentación y no me lo crucé para nada.
—Tampoco te llamó...
—No, no. ¿Pasa algo?

—No. Se quedó sin batería y no lo ubico. Si sabés de él avisame.

—Le digo que te llame...

—Sí, eso, que me llame.

—Nos vemos mañana.

—Nos vemos mañana.

Sebastián Petit se queda mirando el celular. Luego marca el número de Román. «El teléfono se encuentra desconectado o fuera del área de cobertura.» Se levanta y va hacia el balcón tapiado con sus papeles. Se para frente a una foto de Román que pegó en el centro de uno de los gráficos. Mira la foto como si quien estuviera allí fuera él y le habla:

—¿Qué está pasando, amigo? ¿Qué es lo que hace que vos y Rovira dependan tanto el uno del otro? No es el poder. Esta vez no es sólo el poder. ¿Entonces qué?

15

Fue poco después de haber cumplido un año de estar en Pragma que Rovira me planteó, por fin, qué era aquello que necesitaba de mí. La verdadera razón por la que yo había sido contratado para formar parte del «equipo». No lo vi venir. No estaba preparado. Un viernes a la tarde me pidió que los acompañara a él y a su mujer a Cariló. La idea era pasar allá el fin de semana. Mintió. Dijo que lo había decidido esa misma mañana, que se le había producido un hueco en la agenda y antes de que apareciera otro compromiso quería aprovecharlo para descansar. Y no me dio tiempo para pensarlo: era sí o no. Rovira quería salir en un par de horas. Yo ya había ido con ellos a varios viajes de trabajo pero éste, era evidente, no sería de ese tipo. Lo dejó claro con la actitud, con el tono con que me lo dijo, con la mirada. Además, esta vez no había una orden detrás del pedido, no era una instrucción a cumplir, más bien intentaba convencerme, casi seducirme. Me llamó la atención esa diferencia en el trato. Dudé, no es que tuviera algo especial que hacer el fin de semana, no me estaba resultando fácil organizar salidas con amigos en Buenos Aires debido a las demoledoras jornadas de trabajo que no me dejaban tiempo libre más que para dormir. Aunque temía quedar atrapado en una situación demasiado familiar, casi íntima, de la que no pudiera salir fácilmente y que, para colmo, transcurriría a casi cuatrocientos kilómetros de mi casa, debo admitir que conocer Cariló me resultaba un plan tentador. Insistió: «Vamos sin papeles de trabajo, sin computadora, sin agendas, sin temas pendientes, sólo relax. Y libres de compromisos, cada uno hace lo que le venga en gana». Más allá de la extrañeza que me producía, había algo seductor en el hecho de que me invitaran a ir con ellos; Rovira lo sabía y era parte de su estrategia de manipulación. Mi sentimiento era ambivalente. ¿Por qué llevarme a mí?, ¿de qué les serviría mi presencia en medio de ellos? Me parecía lógico que llevaran a algún miembro del personal de seguridad, a un chofer, incluso a uno de los cocineros de Pragma. Si no había cuestiones de trabajo no tenía sentido llevar a «su secretario más privado». Como si Rovira me hubiera leído el pensamiento agregó: «No te quiero meter presión, pero sabés que te necesito. Cariló es un lugar soñado, soy capaz de tirarme en la arena como un vago, de no hacer nada de entrenamiento físico. Vos me vas a mantener activo, en forma, sos el garante de mi vida sana. El único que puede conmigo». Era cierto que lo entrenaba todos los días y la apelación a «el único» me halagó, tanto que negué la evidente manipulación. Nadie podía con él, aunque se tratara de decirle cuántos abdominales tenía que hacer. «Quiero desintoxicarme, limpiar totalmente los pulmones, generar endorfinas para todo lo que resta por hacer. Solo no voy a tener la voluntad.» Agregó que los baños de agua salada son antiestrés, que los últimos meses de trabajo habían sido muy duros, que a los tres nada nos vendría mejor que despejar la mente mirando el mar y otros argumentos parecidos. Entendía sus razones, pero me seguía sintiendo algo incómodo. Fernando Rovira y Lucrecia Bonara no parecían el tipo de parejas de muchos años que no saben qué hacer uno con el otro cuando están solos y se las arreglan para tener a mano un chaperón que los libre de intimidad. Al menos no daban esa imagen. Cuando entré a Pragma, Lucrecia era joven, a medio camino entre los treinta y los cuarenta años; yo no sabía cuánto hacía que estaban casados, pero suponía que no tanto. Es cierto que la política deja poco espacio para el afecto más personal, el que no se queda sólo en la piel sino que cala más profundo. Se encuentran momentos apropiados para el sexo de descarga, el intercambio rápido, incluso con cierta violencia. La urgencia desplaza las caricias. Pero el afecto necesita un reposo del que la política no dispone. Yo no podía predecir qué tan lejos o cerca estaban Lucrecia Bonara y Fernando Rovira en la intimidad. Tal vez, así como dicen que un año en la vida de un gato equivale a siete de la humana, un año de vida amorosa de un político equivale a mucho más. Hasta donde yo podía ver, Lucrecia parecía verdaderamente enamorada de Rovira. Lo miraba con admiración, hablaba de él con cariño. Mantenía una posición de respeto, sin protagonismo, pero a la vez estaba al tanto de cada paso que daba su marido. En cambio no sabía cuánto amor podía tener Rovira para darle. Ni a ella ni a nadie. No había dudas de que él era un hombre que ponía su deseo, su pasión y su libido íntegramente en la política. Aun así, creo que lo mucho o poco que le quedaba era para Lucrecia Bonara. Si Rovira podía amar a una mujer, era a ella. ¿Podía? No lo sé. Sí sé que no había otra. Al menos no la había en aquel tiempo. Si hubiera existido alguien más en la vida de Fernando Rovira yo lo habría sabido.

Dije que sí. Salimos para Cariló ese viernes antes de que anocheciera. Su secretaria se encargó de conseguirme una muda de ropa. Comimos algo en la ruta apenas pasamos Dolores, y para la medianoche estábamos instalados frente al mar. Lucrecia desapareció en cuanto llegamos. Dijo que el viaje en auto la había mareado y que necesitaba tirarse a descansar. Rovira me dedicó un rápido recorrido por la casa que parecía conocer bastante bien, a pesar de que aclaró más de una vez que no era suya sino de un amigo. «Un amigo», dije. «Un amigo», repitió. No pregunté más, cuando él decía así, «un amigo», y no completaba con un nombre, era que no quería dar datos precisos. Podía ser un contacto, un empresario que ponía dinero en su campaña, un político aliado, un alto funcionario o un testaferro. Pero en cualquier caso, alguien que le debía un favor. O que quería que Fernando Rovira sintiera que se lo debía a él. Qué más me daba. Era una casa impactante, de no menos de quinientos metros cuadrados distribuidos en dos plantas. Con un deck de madera que continuaba el living desde el ventanal hacia la playa. No podía ver el mar a esa hora de la noche, aunque podía olerlo. Hacía frío, de todos modos Rovira abrió las puertas para mostrarme el resto de la casa. Prendió las luces del exterior. Por una escalera se bajaba a otro deck donde estaba la pileta, reposeras de lona a rayas azules y blancas, un bar. Recién después la arena. Apenas podía ver un par de metros más allá de la última farola, pero me daba cuenta de que entre el mar y la casa había un médano y arbustos que lograban darle una gran privacidad. Era septiembre, una época del año en que no suele haber demasiada gente en la playa, menos a esa hora de la noche. Daba la sensación de que estábamos absolutamente solos.

Volvimos al living. Rovira me ofreció un whisky que no acepté, aunque lo acompañé mientras tomaba el suyo frente al ventanal. «¿Vamos a dormir?», me dijo cuando lo terminó, «así mañana nos levantamos temprano y salimos a correr por la playa». «Claro», contesté. Me indicó que lo siguiera para mostrarme mi habitación. «Cualquier cosa que necesites nosotros estamos en el cuarto de al lado, ¿de acuerdo?», preguntó y señaló la puerta que seguía a continuación por el mismo pasillo. «De acuerdo», dije, y me metí en el mío. No sabía dónde dormirían el chofer y el hombre de la custodia que nos había acompañado en otro auto. Les había perdido el rastro desde que habíamos llegado; la casa, era evidente, estaba dispuesta sólo para nosotros tres. Dejé mis cosas a un lado, sin acomodar nada en los placares. Estaba muerto de cansancio, me saqué la ropa, la tiré sobre una silla y me metí en la cama dispuesto a dormir. Lo hice de inmediato, pero en medio de un sueño profundo me desperté. No sé si habrá sido por los sonidos que venían de la habitación contigua o por algún otro motivo. El hecho de estar despierto un instante alcanzó para que los jadeos de Rovira y su mujer me desvelaran. El golpe seco repetido y constante que acompañaba a esos jadeos, no había dudas, era producido por el cabezal de la cama que chocaba contra la pared que separaba su cuarto del mío, en cada movimiento de Rovira al penetrar a su mujer. Así lo imaginé, él arriba, ella abajo. Quién sabe. Lucrecia gritó un par de veces, primero unos ayes contenidos, y luego un grito largo, casi un llanto, hasta que no escuché nada más. Me quedé un rato esperando en medio del silencio, temiendo que volvieran a empezar. Tenerlos cogiendo pared de por medio, lejos de excitarme, me incomodó, casi podría decir que me produjo cierto enojo. Me preguntaba si no se darían cuenta de que los sonidos de su intercambio sexual me llegaban casi en estéreo o si no les importaba. Me costó volver a dormirme. Di vueltas en la cama a un lado y al otro. Pensé en levantarme y salir a caminar por la playa pero el frío me acobardó. Logré dormir apenas un rato más, cuando ya estaba amaneciendo.

A las ocho Rovira golpeó a mi puerta y la abrió levemente sin esperar mi respuesta. «¿Desayunamos algo y vamos a entrenar?» Por un instante, no entendí dónde estaba. Tuve que hacer memoria para reconocer el cuarto. Tenía una erección y mi única preocupación era que Rovira no la notara debajo de la sábana. «Sí, claro», dije. Me maldije por haberme calentado en medio del sueño, como si hubiera sido un hecho voluntario. Esperé que se me bajara. No podía ir a mear al baño, tenía miedo de encontrármelos en el pasillo y quedar frente a alguno de ellos, así, con la pija parada. Tan pronto como pude me vestí, pasé por el baño y fui a la cocina. Rovira y Lucrecia estaban sentados, esperando, no a mí sino a que los sirvieran. Una mujer que no conocía traía desde la mesada de mármol los elementos del desayuno: café, tostadas, medialunas, mermelada, manteca, jugo, yogur, cereales. Había para elegir casi como en un hotel con desayuno continental. «¿Dormiste bien?», preguntó Rovira, y al intentar contestarle me di cuenta de que aún me sentía molesto con ellos por haberme desvelado con su concierto sexual de la noche anterior. «Sí, perfecto», dije, seco, y no mencioné mi desvelo. «¿Querés venir a correr con nosotros, amor?», le preguntó a su mujer, que sentada junto a él hojeaba una revista vieja que debía haber quedado ahí desde el verano pasado. «Ni loca», dijo, y se rió, «en cuanto el sol caliente un poco me tiro en la arena a broncearme y no hacer nada más». Rovira le dio un beso en los labios y nos fuimos. Creo que fue la primera vez en el tiempo que había trabajado en Pragma junto a ellos que los veía besarse, aunque sea con tibieza, en la boca. O sí los había visto, pero en una sesión de fotos propuesta por Sylvestre, y ésos, aunque lo parecieran luego en la revista, no eran besos.

Fuimos a la playa. La temperatura aún estaba muy baja y el viento de esa mañana se sentía helado. Nos cerramos las camperas hasta el cuello; para el frío en las piernas, al aire por los pantalones cortos, no había solución. Lo mejor era entrar rápido en calor. Empezamos trotando hacia el lado de Villa Gesell. Primero un trote lento, después picamos, luego un trote lento otra vez. Paramos a hacer abdominales, flexiones de brazos y sentadillas. El sol iba calentando de a poco y estábamos más templados gracias al entrenamiento. A la vuelta, a pedido de Rovira, caminamos a paso rápido, sin llegar a correr en ningún momento. Le pregunté si se había cansado mucho y me dijo que no, que no era eso, que caminar le permitía «pensar mirando el mar». No le creí. Estaba callado, supuse que se debía a la falta de aire, a que necesitaba recuperarse del ejercicio. «¿Estás bien, no?», insistí. Me miró sin responder. Unos metros más adelante empezó a hablar. «Sí, sí. Me quedé colgado. Estoy con algunas preocupaciones», dijo. Al rato agregó: «Lucrecia quiere tener un hijo». Lo miré esperando que siguiera, pero no decía nada. «Y vos no», afirmé rotundo, dando por cierta la respuesta que sospechaba. De alguna manera me sentí identificado con él, su planteo me llevó directo a Carolina y su presión para que tuviéramos un hijo. Distintas circunstancias, distintas edades, pero podía entenderlo. Él también tenía derecho a no querer ser padre. Sin embargo, antes de que yo avanzara por el camino equivocado aclaró: «No es que no quiera, es que no puedo». El comentario me dejó sin argumento. No quise preguntar. Esperé que él siguiera contando lo que quisiera contar. Y si no contaba más, lo comprendía y hasta me aliviaba; no me sentía cómodo escuchando de Rovira asuntos tan íntimos. Al rato retomó el relato. «Y para colmo, según Arturo Sylvestre es fundamental que tengamos un hijo. La gente vota padres, ¿sabías? Eso asegura Sylvestre. Dice que los que son padres tienen más posibilidades de ganar las elecciones.» Le dije que cómo explicaba entonces a Perón y el peronismo. Y me contestó que él hace rato que no puede explicarse ninguna de las dos cosas. Fernando Rovira se rió y luego siguió unos pasos en silencio, como si se hubiera ido a otro sitio a partir de ese recuerdo; unos minutos después retomó la charla desde donde la había dejado. «Y que en todo caso, como no hay ni habrá otro fenómeno como Perón, que es mejor que yo tenga un hijo.» «Qué consejo más práctico», ironicé, «un hijo para ganar una elección». «Bueno, no lo plantea en términos tan utilitarios. Se basa en estadísticas, en sondeos, él es el que sabe. Aunque vuelvo a lo que te dije antes, la razón primordial es que

Lucrecia quiere ser madre. Necesita serlo. Está empezando a sentirse sola. El mundo de la política no es fácil, ya te habrás dado cuenta. Un hijo sería una solución en muchos sentidos. Pero no puedo dárselo», dijo y otra vez se quedó callado. Lo lógico, a esa altura, era preguntar por qué, creo que Rovira esperaba que lo hiciera. No me atrevía, me incomodaba. Tampoco me parecía correcto buscar otra conversación y olvidar el asunto. Nos acercábamos a la casa y afortunadamente fue él quien cambió de tema, empezó a hablar del entrenamiento, de si convenía que corriéramos otra vez por la tarde o si sería mejor que intentáramos nadar en ese mar que parecía helado. Cualquier aclaración de la última frase con la que había cerrado la caminata previa —«Pero no puedo dárselo»— quedó pendiente, flotando en el aire, superpuesta con comentarios menores y triviales. Como si esas palabras no hubieran sido dichas.

Al mediodía hizo un asado, dijo que quería ocuparse de la comida él mismo, que le divertía, que solía ser un buen asador en otras épocas. Parecía contento. El chofer se ocupó de ir a comprar la carne, sólo le dio una indicación: «Que haya entraña, después traé lo que quieras». Me llamó la atención el pedido, y que cuando se la ofrecieron más tarde dijera que él sólo comía lomo. El almuerzo fue agradable, tranquilo, puso música, un cedé de Ligia Piro que fue a buscar al auto. La cocinera que preparó el desayuno retiró los platos sucios y trajo una ensalada de fruta recién preparada. Al rato quedamos otra vez los tres solos. Mirando el mar. Hablando poca cosa. Luego Rovira se disculpó, necesitaba dormir la siesta, dijo. Y señalando a Lucrecia, me pidió: «Te la encargo». Me sonreí sin saber muy bien qué más decir. Rovira se perdió dentro de la casa y yo me quedé en el deck tomando café con su mujer. La verdad es que también me habría ido a dormir la siesta de buena gana, pero no podía hacerlo, me parecía grosero dejarla sola allí, sobre todo después del «te la encargo». Ni sé de qué hablamos. El tiempo se me hacía lento, incómodo. Ella se tendió en una reposera frente al sol. Aunque era una tarde de primavera bastante fresca, se sacó la ropa que llevaba encima y quedó en bikini. «¿No tomás sol?», me dijo, y desde su reposera señaló otra vacía junto a ella. Casi sin pensarlo me paré y dije: «Prefiero ir a caminar un poco, ¿te importa?». «Como quieras», respondió, y cerró los ojos.

Fui hasta la orilla. Estaba casi tan molesto como la noche anterior en que los oía gemir. Me sentía un idiota; si sabía que no iba a ser una buena idea pasar un fin de semana entero con ellos en una playa y de descanso, ¿para qué había ido? No tenía una respuesta sincera, no me la podía dar aún. Caminé hacia Pinamar unos veinte minutos y luego regresé al punto de partida. No me animaba a perder la casa como referencia, no conocía el lugar. Me recosté en la arena y me quedé dormido. Cuando desperté Rovira estaba sentado junto a mí, con las piernas cruzadas, mirando el mar. «Qué falta me hacía esto», dijo no bien se dio cuenta de que ya no dormía. «Dan pocas ganas de volver, ¿no?» Habría respondido: «No sabés las ganas que tengo de rajarme ya mismo». Por supuesto no dije nada. Decidí en silencio que estando allí y a poco más de veinticuatro horas de regresar, lo mejor era aflojar la tensión, relajarme y dejar que las horas pasaran, sin hacerme mala sangre por cada cosa que los Rovira hicieran, dijeran o por los jadeos que emitieran. Mi convicción duró poco. «Criptorquidia», dijo. Lo miré sin entender, creyendo que esa rara palabra era alguna otra que yo no había escuchado bien. Como si me hubiera leído la mente la repitió, esta vez mirándome: «Criptorquidia». El término me era desconocido, no lo había escuchado en mi vida. No podía ni siquiera asociarlo con algún tema de los que habíamos hablado. Continuó: «Por eso no puedo tener un hijo». «No sé qué es», le aclaré. «Dichoso de vos si no sabés», dijo, y siguió explicando. «Es un problema con el que nacemos algunos hombres que hace que no bajen los testículos al escroto; si te lo detectan de muy chico no hay problema, se interviene quirúrgicamente y se soluciona. Pero si pasa de largo sin que nadie lo note, los testículos quedan perdidos en alguna parte del abdomen, atrofiados, y si los encuentran, te los tienen que sacar. Es una esterilidad irreversible.» Con gran esfuerzo, lo miré mientras me hablaba, aunque apenas terminó su explicación miré hacia el mar y me pregunté con amargura qué hacía yo allí hablando de los testículos y el escroto de Fernando Rovira. Al rato siguió como si nada. «Lucrecia insiste, Sylvestre también, y yo en medio de sus exigencias, sin poder satisfacer los reclamos de ninguno de los dos.» «¿Lucrecia no sabe que no podés tener hijos?» «Ahora sí, desde hace un par de años, cuando nos casamos no. Por eso no le dije el motivo, si se lo decía era fácilmente deducible que tendría que haberlo sabido antes. No se lo dije porque... no sé, no me pareció necesario. Yo me hubiera casado igual con ella si no podía tener hijos. Me resulta difícil ponerme en la cabeza de una mujer. Después, cuando la vi tan obsesionada con el tema, pensé que lo mejor era manejarlo de esta forma. No quería perderla. Espero que me guardes el secreto», dijo, y esperó mi respuesta. «Sí, claro, por supuesto», asentí. «Ella cree que es por causa de una afección posterior al matrimonio, o al menos que yo me enteré con posterioridad. Incluso hasta hace un tiempo, Lucrecia mantenía la esperanza de que con tratamientos lo pudiéramos solucionar. Poco a poco le fui haciendo ver que no. Sabe que no puedo producir espermatozoides pero no sabe por qué.» «Entiendo», dije. Testículos, escroto y ahora espermatozoides eran palabras nuevas en mis conversaciones con el líder de Pragma. «Evaluamos la adopción. Eso a Sylvestre le cierra, dice que hasta podría sumar mucho si no revelamos detalles de quién de los dos tiene el problema. Sugirió vehementemente que adoptáramos un chico de otra raza, un refugiado o algo así. Lucrecia no quiso saber nada. Ella quiere la panza, los nueve meses, el parto. Viste cómo son las minas.» Asentí, no creía que todas las mujeres fueran iguales, pero debía reconocer que en mi corta vida amorosa me había tocado una que, como Bonara, quería ser madre por encima de cualquier otra cosa. «Así que la opción de adoptar está descartada. Hay que embarazarla», dijo. «Hay que embarazarla» me sonó fuera de registro en su discurso, una falsa nota, como si se estuviera refiriendo a una tarea y no a su mujer. Casi sobre sus palabras, Lucrecia llegó hasta donde estábamos, tiró una toalla junto a nosotros y, señalando el mar, nos invitó a seguirla: «¿Alguien se anima?». «¿Con este frío?», preguntó Rovira. «Hay sol y es primavera», contestó su mujer. «El agua está helada y Román y yo el lunes tenemos que trabajar como perros, así que no nos podemos dar el lujo de agarrarnos una gripe. Andá vos, que podés descansar tranquila cualquier día de la semana, amor.» Otra vez me chocó el trato, ese «amor» para llamarla que nunca lo había oído decir antes. Y en medio de una frase que guardaba cierta ironía. «Como quieran, ustedes se lo pierden», dijo ella con una sonrisa, y fue hacia el mar. La seguimos con la mirada, saltó de frío en cuanto el agua le tocó los pies, y un par de veces más; luego se zambulló y empezó a dar brazadas. Por primera vez me di cuenta de que tenía muy buen cuerpo, trabajado, femenino, bien proporcionado, lindas tetas, lindo culo. De esas mujeres que no llaman la atención porque no intentan resaltar lo que tienen, pero que una vez descubierto excita aún más que si hubiera sido revelado antes. Rovira sonreía. «Es linda, ¿no?», me dijo. Me sentí en falta, como si otra vez hubiera podido leer mi pensamiento. ¿Será que Rovira tiene ese poder? No supe qué decir. «¿No es linda?», insistió ante mi silencio. «Sí, sí, claro», dije, «es una linda mujer». Se mostró sorprendido. «¿Mujer?, ¿la ves muy mayor?, no tiene tantos años más que vos.» «No, claro, dije mujer porque es una mujer, no estaba pensando en su edad.» Rovira asintió con un gesto ambiguo que no pude descifrar y luego volvió a quedarse en silencio otro rato. Pensé con alivio que luego de ese tiempo callados cambiaríamos de conversación; me equivoqué, aún faltaba lo peor. Sin quitar la mirada de ella dijo: «Otras parejas recurren a un banco de esperma, a una donación anónima. Nosotros no podemos por varias cuestiones. Por un lado por un tema de confidencialidad. Sylvestre me lo advirtió en cuanto se lo conté. Si vamos a un banco de esperma y los votantes se enteran de que su candidato es estéril, estamos perdidos. Aunque sea un error, la gente asocia esterilidad y potencia». Un hombre que avanzaba por la playa paseando un perro lo reconoció y se acercó a saludarlo con sorpresa y admiración. Rovira le respondió el saludo con la amabilidad con que lo hace cualquier político en campaña. Ésa es otra de las enseñanzas que me dejó Pragma: los políticos siempre están en campaña. Cuando el hombre ya estaba a unos metros Fernando Rovira retomó el relato donde lo había dejado: «Esterilidad, no impotencia. De todos modos, sería el fin de mi carrera política. Nadie votaría hoy a un candidato al que creyera impotente. O lo votarían, siempre y cuando no lo supieran». «Claro», dije, y asentí con la cabeza, aunque mis respuestas eran meras réplicas de forma, sin voluntad de persistir en esa conversación sino de acabarla. «Imaginate», siguió él, «en el circuito de la donación de esperma hay demasiada gente involucrada y por más confidencialidad que te garanticen el sistema puede hacer agua. Además, hoy cualquier idiota te ve entrar a una clínica de esas, sin saber por qué vas, te saca una foto, la sube a las redes, y al día siguiente sale un informe sobre tu esterilidad en continuado, de la mañana a la noche, en los programas de chimentos. Incluso en algún programa político». «Sí, es muy probable», dije casi con desgano ante la evidencia de que la conversación continuaría. En cambio, él parecía cada vez más entusiasmado, o no notaba mi incomodidad o no le importaba en absoluto. Antes de seguir me miró un rato, directo a los ojos, con una rara sonrisa, como si estuviera decidiendo si me diría o no lo que vendría. Aunque hoy creo que ese gesto no era otra cosa que parte de su puesta en escena. «¿Te confieso algo...?», dijo como si por fin se hubiera decidido a revelarlo. «A pesar de todo lo que te dije, lo fundamental, para mí, no es el tema de la confidencialidad. Lo fundamental es que a nosotros no nos termina de cerrar el método. Aunque pudiéramos comprar el silencio de todos con una certeza del ciento por ciento, no lo haríamos así. Esa cosa de la masturbación, de la manipulación de la jeringa, del congelador donde guardan el esperma antes de metérselo adentro. No podemos ni imaginar que nuestro hijo sea concebido de esa forma. Estamos pensando en otras alternativas», dijo, y no sólo le dio a la última frase una entonación especial sino que la repitió.

«Estamos pensando en otras alternativas.»

Luego se quedó en silencio otra vez. Con seguridad esperaba que yo preguntara cuáles, qué otras alternativas, pero no lo hice. Yo no quería seguir indagando sino escapar de esa charla íntima que me perturbaba. Si le hubiera hecho caso a lo que me interesaba, sólo le habría preguntado si él deseaba ser padre o no, más allá de Lucrecia Bonara, más allá de Sylvestre, más allá de los votos. ¿Fernando Rovira quería ser padre? ¿Se lo habría preguntado a sí mismo como me lo pregunté yo ante la insistencia de Carolina? ¿Se lo habría respondido? ¿O, como me pasó a mí y aunque casi me duplicaba en edad, él tampoco tenía una respuesta aún? No pregunté nada, pesaba más la necesidad de que por fin concluyera con su confesión que mi interés en saber acerca de su deseo o no de paternidad. Bonara terminó su baño y vino corriendo hacia nosotros. El viento de septiembre sobre el cuerpo mojado debía ser difícil de soportar. Tenía piel de gallina y los labios morados. Los pezones se le marcaban a través del corpiño. Rovira se incorporó y la envolvió con la toalla. Pasando las manos arriba y abajo, la secó. Se rieron juntos. «Te vas a agarrar una pulmonía», le dijo, «andá a pegarte una ducha caliente». Se besaron, esta vez en la boca e intensamente. Clavé la vista en el horizonte. Una ola se armaba a lo lejos y empezaba su camino hacia la orilla. No me animaba a sacar la mirada del mar para no encontrarme con ellos aún entrelazados. Oí un suspiro profundo de Rovira, y luego: «¿En qué estábamos?». Me apuré a hablarle de cualquier otra cosa, intenté con la fecha de fútbol de ese fin de semana. Sonó patético, los dos sabíamos que no habíamos estado hablando de fútbol. Y Rovira tenía muy claro de qué quería hablar. Se volvió a sentar a mi lado. «Tengo que embarazarla, ella se lo merece», dijo, y me di por vencido. «Con Lucrecia acordamos que lo mejor sería encontrar a alguien que pueda hacer que llegue naturalmente ese hijo que tanto espera.» Me perdí, no sabía si me hablaba de un médico o de qué, no entendía el uso de la palabra «naturalmente». Me miró. «Queremos que sea una concepción limpia, con alma, con esencia, con cuerpos. Que se conciba como si yo estuviera ahí aunque no sea mi esperma ni mi cuerpo, ¿me explico?» «No», respondí con rapidez, en un impulso, terminante ante un peligro que intuía aunque no podía determinar. Fue una respuesta que no lo invitaba a explicar sino a frenar. Pero a Fernando Rovira, cuando tiene algo decidido, es imposible ponerle un freno. Así que, por fin, lo dijo:

«¿Vos serías capaz?»

Me quedé en blanco, de verdad no entendía de qué me hablaba, o no quería entender.

«¿Serías?», insistió.

«¿Capaz de qué?»

«De ayudarnos a tener ese hijo que necesitamos.» Hizo una pausa y agregó: «Y no hablo de donación de esperma».

Permanecí mudo, a pesar de lo evidente de su pedido mi cabeza no lograba ordenar las palabras que decía. Las oraciones no cobraban sentido. Mi aturdimiento lo llevó a decirlo sin eufemismos:

«¿Serías capaz de coger con mi mujer como si fuera yo el que está en esa cama? ¿Serías capaz de coger con ella hasta que quede embarazada?»

Ya no pude desentenderme de lo que decía. Me sentí petrificado en esa arena que ahora levantaba el viento y me pegaba como alfileres. Sin pensarlo junté fuerzas para ponerme de pie, me incorporé y de inmediato empecé a andar el camino hacia la casa. Rovira me siguió. «¿Dónde vas?», preguntó. «Me voy para adentro, este viento se puso insoportable», respondí cuando ya estaba a unos metros de él. «Okey, tranquilo...», dijo él con calma, como si hubiéramos acabado de tener la conversación más normal del mundo. Rovira iba a seguir hablando pero me adelanté lo suficiente para no darle oportunidad. Caminaba cada vez más ligero por el sendero de tablones de madera que llevaba a la casa. Él corrió para alcanzarme. Cuando estuvo casi a mi par me detuvo: «Tranquilo, en serio... Pensalo. No te estamos pidiendo que seas el padre, no vas a tener ninguna responsabilidad sobre ese chico, de eso me encargo yo ciento por ciento. Esto no tiene que ver con tu paternidad sino con la mía. Yo seré el padre a todos los efectos». Seguía mareado, cada cosa que me decía la sentía pronunciada en otro idioma, distorsionada, dicha como en un eco. Quise deshacerme de él. Rovira se adelantó, se puso delante de mí y me cortó el paso. «Si te preguntás por qué te propongo una cosa así, por qué soy capaz de llegar al sacrificio de darle mi mujer a otro hombre, te lo explico otra vez. Lucrecia quiere ser madre, no estamos dispuestos a someternos a un método que le saque toda la magia a tener un hijo. Soy capaz de entregar a mi mujer por un bien mayor para los tres.» «¿Qué bien me harías a mí?» «No me refería a vos, me refería a mí, a mi mujer y a mi hijo. Vos no vas a estar, aunque esté tu cuerpo.» «No va a estar mi cuerpo porque no lo voy a hacer», dije sin vacilar. Lo corrí a un lado y avancé. Llegamos a la casa, antes de entrar me tomó del brazo para detenerme una vez más. A pesar de que lo hizo con firmeza se lo notaba calmo, seguro, manejando la situación. Yo era una pila de nervios. «Pensalo, cuando te calmes vas a ver con más claridad. Sería entre ella, vos y yo.» «Y Sylvestre», dije, con una ironía que no sé de dónde saqué. «Sylvestre no tiene por qué saber los detalles, él da sus sugerencias y yo, si acepto, ejecuto. No tengo que decirle a quién elegí para que se coja a mi mujer.» Lo miré, la frase me sonó brutal, creo que él lo vio en mi cara.

«A quien elegí para que se coja a mi mujer» resumía muy bien su extenso planteo por más vueltas que le haya querido dar.

Había hablado de «nosotros», de «nuestra elección», de «Lucrecia quiere», pero él elegía. Sólo él. Intentó mejorar su discurso, volvió al «nosotros», y trató de incluirme. «Román, quiero que tengas claro que esto es también una muestra de afecto y de confianza hacia vos. Mío, pero sobre todo de ella. Hace tiempo que la idea nos daba vueltas en la cabeza y no nos decidíamos. Viniste a Pragma, te postulaste, tenemos cierto parecido físico, el color de pelo, los ojos. Queremos que nos salga un bebé parecido a nosotros. Faltaba conocerte como persona, saber quién eras, confiar en vos. Y lo logramos, eso es lo que te tenés que llevar hoy de esta larga charla, que nosotros confiamos en vos.» La confianza en mí como un logro de ellos, no mío. «Esto es un acto de absoluta confianza y entrega. Pensalo. Te pido eso solamente, que lo pienses. Es como si alguien quisiera regalarte algo y vos lo rechazaras.» Sentí deseos de pegarle en el medio de la cara. Respiré profundamente, traté de calmarme, no podía empeorar aún más las cosas. Con gran esfuerzo, fingí que empezaba a serenarme. «¿Tenés conciencia del lugar que te estamos dando, no?» «Sí, tengo», dije con contundencia. Y entré a la casa.

No sé qué hizo él pero yo me metí en mi cuarto y cerré la puerta con llave. Como una película en *fast forward* me pasaban por la cabeza las imágenes de aquel día en que había hecho la cola en la vereda frente a Pragma, junto a Sebastián, cuando sentí que alguien nos miraba desde la ventana del primer piso. Puse lo poco que había llevado en el bolso, me lavé la cara con agua fría y me fui. No me crucé a nadie en el camino hacia la puerta de entrada. Salí y empecé a andar sin saber a dónde. De alguna manera lograría salir de ese lugar para volver a Buenos Aires y alejarme de ellos.

Al menos por un tiempo.

16

¿Dónde estás, Román?, se pregunta la China por enésima vez. Sabe que la noche va a ser dura. Ya tomó demasiado, mal, mezclado. Campari, whisky, otro Campari. El día lo fue llevando, se cargó de trabajo para no pensar todo el tiempo en lo mismo. Pero no sabe cómo va a lograr dormir las horas que le quedan. Elige el que cree es el más aburrido de los capítulos de su manuscrito y trata de agregarle sustancia. Si no la duerme revisar eso, le queda algo de vino; y si no las pastillas. Le vendría bien un porro pero hace tiempo que sólo fuma si le convidan, perdió esa costumbre adolescente de tener piedras en el cajón de la mesa de luz para armar en cualquier momento. Prueba en el orden más sensato, el libro primero. Revisa el capítulo del diamante y de las maldiciones en Estados Unidos que Eladio Cantón casi le obligó a incluir. «Hay que pensar en todos los mercados, China, no te podés quedar con el mercado en lengua española nada más. *Think big.* Metemos algo de Norteamérica, algo de Europa, Asia si podés mejor, es un mercado difícil pero entrás en China y son millones de lectores. Así cubrimos todo.» «¿Pero no se va a sentir forzado para los lectores de acá?» «Se lo saltean y listo. ¿Nunca leíste un libro al que le sobran cincuenta o cien páginas? La lista de best-sellers está llena de páginas que nadie lee. Y los otros libros también, ojo. O las leen en diagonal, saltando párrafos. Que sobren páginas no espanta lectores. En cambio un detalle que los interpele puede enganchar a algunos más, pensemos en otros mercados. ¡Vayamos a por ellos!... como dicen los españoles.» «A por ellos», «un detalle que los interpele», recuerda la China, y no sabe si reír o llorar.

Es cierto que políticos que recurren a brujas o creen en maldiciones hubo y hay en todas partes. Le gustaría usar en el libro la frase «en todas partes se cuecen habas», pero además de lugar común es un dicho antiguo que ya pocos usan. La mayoría de los jóvenes ignora la palabra «habas». Y duda de que conjuguen «cuecen». Le impresiona pensar en «los jóvenes» como si ella no estuviera incluida, ¿cuándo fue que dejó de sentirse parte de ese colectivo, si apenas pasa los treinta? Pero no deja de ser una diferencia considerable que ella sepa lo que quiere decir «cuecen habas» y los que vienen detrás de ella no. A pesar de esas consideraciones le gustaría usarlo. Cree que calza justo. Necesitaría introducirlo con un «como dice mi abuela, en todas partes se cuecen...». Ella abuela, si tuvo, nunca la conoció. Y no está dispuesta a poner en boca de su difunta madre esa frase o cualquier otra en un libro que escribe. Le resultaría una forma de traerla viva al único ítem de su existencia donde nunca la dejó entrar con el fin de que no se lo arruinara: su trabajo. La salud no le dio grandes complicaciones pero las que tiene —hipotiroidismo, jaquecas, displasia— las heredó de ella. Y el amor se le da atravesado. La China cree que gran parte de su fracaso en mantener una relación estable se lo debe a la educación sentimental que le dio su madre, siempre a la defensiva, desconfiada, precavida de cualquier posible candidato a novio de su hija. «Es que no quiero que te sientas usada como me sentí yo.» Y la China nunca le preguntó qué es exactamente sentirse usada porque sospecha que producto de ese uso es que ella está dando vueltas por este mundo y no quiere agregarle patetismo a la novela de su propia vida.

161

Apuntes para La maldición de Alsina

4. Maldiciones fallidas

Maldecir es desear un mal. Un mal específico a alguien en particular. El concepto parte de un supuesto más que interesante: le otorga un poder mágico a la palabra. El lenguaje opera sobre la realidad. Alguien maldice, alguien dice el mal, y el mal se concreta. La fuerza de la palabra.

UNA IRONÍA DE LA POLÍTICA: LA PALABRA DEGRADADA A SU MÍNIMA EXPRESIÓN EN EL DISCURSO Y CONSIDERADA CON POTENCIA CONTUNDENTE EN UNA MALDICIÓN.

En la larga tradición de las maldiciones —aparecen mencionadas en la Biblia, en la Ilíada, *en las tragedias de Sófocles, en cuentos de hadas—, sólo algunas pudieron ser neutralizadas o revertidas.*

Dos ejemplos.

La maldición de Tippecanoe, o maldición de Tecumseh, o maldición de los años terminados en cero, o maldición de los veinte años.

Según esta maldición todos los presidentes norteamericanos elegidos en un año finalizado en cero (lo que se da cada veinte años) morirían durante su mandato.

El primer presidente maldito fue William Henry Harrison; con él se inicia la serie. En 1811 había vencido al pueblo Shawnee en la batalla de Tippecanoe, donde murió el cacique Tecumseh, líder nativo no sólo de su pueblo sino también de la gran confederación indígena. Tecumseh es considerado uno de los más grandes personajes indígenas en la historia de América del Norte, hombre noble, estadista, guerrero, instruido, sabio, un líder respetado al que aún hoy se le rinden honores. Muchos años más tarde, en 1836, mientras posaba para un retrato, su hermano Tenskwatawa, apodado El Profeta, oyó hablar a su alrededor de las próximas elecciones en las que uno de los candidatos presidenciales era Harrison. Entonces, por la memoria de su hermano, lo maldijo a él y a los siguientes presidentes norteamericanos. Dicen que dijo: «Harrison no ganará este año el puesto de Gran Jefe, ganará la próxima vez. Pero no terminará su mandato porque morirá. Y cuando muera recordarán la muerte de mi hermano Tecumseh. Y después de él, todo Gran Jefe elegido en un año que termine en cero morirá mientras sea presidente. Cuando cada uno muera, que todos recuerden la muerte de nuestro pueblo».

La maldición surtió efecto. El 4 de marzo de 1841, un día lluvioso y helado, el presidente Harrison (ganador de las elecciones de 1840) dio su discurso de toma de posesión a la intemperie y sin abrigo. Fue el discurso inaugural más largo de la historia de la presidencia de EE.UU., duró más de dos horas. Allí contrajo neumonía y murió el 4 de abril. El presidente Abraham Lincoln (elegido en 1860) tampoco terminó su mandato, murió asesinado por el actor John Wilkes Booth no bien comenzaba su segundo período. Ni lo terminó James Garfield (elegido en 1880), a quien mató el abogado Charles Jules Guiteau en la sala de espera de la estación de trenes de Washington. Ni tampoco William McKinley (elegido en 1900), que luego de ser reelecto murió por dos disparos del anarquista Leon Czolgosz. Warren Harding (elegido en 1920) murió antes de terminar su presidencia, según la versión oficial por una apoplejía, aunque algunos hablan de envenenamiento. Franklin Roosevelt (elegido por tercera vez en 1940), murió de una hemorragia cerebral. Y John Kennedy (elegido en 1960), fue asesinado, supuestamente por Lee Harvey Oswald.

Sin embargo, la maldición parece haberse roto en 1980, en las elecciones en que resultó presidente Ronald Reagan. Reagan completó sus dos períodos presidenciales. Aunque a los pocos meses de comenzar la presidencia sobrevivió a un intento de asesinato. La maldición lo rozó pero no lo volteó. ¿Cómo logró Reagan romper la maldición de Tecumseh? Nadie puede asegurarlo, aunque distintas fuentes coinciden en que Nancy Reagan fue el factor fundamental. La primera dama norteamericana recurría con frecuencia a consultas con astrólogos y se dice que ellos dieron la receta para revertir la maldición de Tecumseh. Una receta que se mantiene en secreto. Magia que neutraliza la magia. Hechizo y contrahechizo.

CHEQUEAR QUÉ PORCENTAJE DEL PUEBLO NORTEAMERICANO CONOCE LA MALDICIÓN DE TECUMSEH. QUÉ PORCENTAJE CREE EN SUS EFECTOS. QUÉ PORCENTAJE DE POBLACIÓN VOTA EN LOS ESTADOS UNIDOS.

La maldición del diamante Koh-I-Noor.

En un texto hindú que habla de la primera aparición del diamante Koh-I-Noor en 1306, cuando su dueño era el Rajá de Malwa y la gema era el símbolo del poder del imperio, se transcribe el siguiente proverbio que funciona como maldición: «El que posea este diamante será dueño del mundo pero conocerá sus desgracias. Sólo Dios o una mujer pueden usarlo con impunidad».

La maldición augura poder pero también desgracia. Es evidente que muchos creyeron lo del poder y desestimaron lo de la desgracia, porque a lo largo de la historia la piedra fue codiciada por una gran cantidad de personajes que deseaban dominar alguna parte del mundo. «Montaña de luz», así su nombre traducido al castellano, fue un trofeo de guerra que pasó de mano en mano. Perteneció a gobernantes indios, mongoles, persas, afganos y británicos, en virtud de distintas luchas, guerras o robos. Es original del estado de Andhra Pradesh, India, una de las regiones diamantíferas más importantes del planeta. Como su doble, el Darya-ye-Noor («Luz del Mar»). Se decía que tenía tanto valor que podía alimentar a la población mundial durante dos días y medio. Todos lo querían, hasta que se lo regalaron al príncipe Humayun, que lo usó tres años, dos meses y seis días, cayó de una escalera y murió. Quienes lo sucedieron no se animaron a usarlo. Shah Jahan, que mandó construir el Taj Mahal, se atrevió a lucirlo y fue destronado por su hijo. Como un castigo aún mayor, el nuevo príncipe encerró a su padre en la Torre de Agua y puso en la ventana el diamante para que sólo pudiera ver el Taj Mahal a través de la piedra.

Nuevas luchas y saqueos. El diamante viajó de un país a otro escondido en un turbante, un príncipe lo puso en la brida de su caballo para admirarlo cada vez que cabalgaba, y se le atribuye ser la causa de una larga lista de asesinatos y traiciones. Por fin regresó a la India. Hasta que ese territorio pasó a formar parte del Imperio Británico. Una de las cláusulas del Tratado de Lahore, el acuerdo que oficializaba esta ocupación, decía que la gema debía ser entregada a la reina de Inglaterra. El gobernador de la India, lord Dalhousie, trató al diamante como trofeo de guerra, dio algunos rodeos (DICEN QUE HABRÍA QUERIDO QUEDÁRSELO, BUSCAR FUENTE), hasta que finalmente lo envió a Inglaterra junto con un príncipe de la edad de un niño para que se lo entregara a la reina Victoria. Fue en abril de 1850, al conmemorarse los doscientos cincuenta años de la East India Co. de Inglaterra. Una vez que fue suyo, la reina Victoria decidió retallarlo en forma oval, así la piedra original, que pesaba 186 quilates, pasó a tener sus actuales 108,93. Hasta hoy es parte de las joyas de la Corona británica.

¿ALGUNA VEZ SE DEVOLVERÁN ESTOS «TROFEOS DE GUERRA» A SUS DUEÑOS ORIGINALES? PREGUNTA RETÓRICA. BUSCAR ARCHIVOS DE CUANDO LA REINA ISABEL II VISITÓ LA INDIA, HUBO RECLAMOS PIDIENDO QUE DEVOLVIERA EL DIAMANTE KOH-I-NOOR. BUSCAR LA ENTREVISTA DE 2010 A DAVID CAMERON DONDE AFIRMA: «SI DICES QUE SÍ, UN DÍA VERÁS EL MUSEO BRITÁNICO TOTALMENTE VACÍO».

¿Cómo se neutralizó esta maldición?

Dicen que como la reina Victoria era supersticiosa puso en su testamento una cláusula estableciendo que la corona con el diamante nunca pasara a un rey (varón). En ese caso sólo podría usarlo su esposa.

(CHEQUEAR SI EXISTE ESA CLÁUSULA Y POSIBLES NUEVAS DESGRACIAS.)

DE EMILIO SALGARI A JAMES JOYCE, FUERON VARIOS LOS ES-
CRITORES QUE USARON EL DIAMANTE EN SU LITERATURA. SALGARI
EN SU LIBRO LA MONTAÑA DE LUZ. JOYCE EN ULISES: «BLOOM LE-
VANTA LA MANO DERECHA EN LA QUE REFULGE EL DIAMANTE KOH-I-
NOOR. SU PALAFRÉN RELINCHA. SILENCIO INMEDIATO».

En todas partes se cuecen habas.
Va una selección de ejemplos:

Hugo Chávez, las sesiones de espiritismo, las apari-
ciones de espíritus de muertos (desde su bisabuelo a Simón
Bolívar), la santería cubana, las predicciones de su vidente
de cabecera, Cristina Marksman. Ella le habría anticipa-
do la muerte antes de los sesenta años. La mujer trabajaba
con cartas y sacó esa conclusión luego de ver una carta de
espadas sobre una de bastos. Informe del diario El Mundo
de Madrid, de abril 2016, y bibliografía relacionada.

El líder catalán Jordi Pujol y Adelina, su vidente sana-
dora gallega. Según dicen, visitaba a la mujer primero en
Andorra y luego en Barcelona. La consultaba por distintos
temas, desde un tic en un ojo hasta decisiones de alta políti-
ca. Ella le hacía «limpiezas espirituales». La mujer le contó
al diario La Vanguardia *de Barcelona, en septiembre de*
2014, que trabajaba pasándole un huevo por la espalda.
«El huevo se ponía negro porque absorbía todas las malas
energías que llevaba encima», comentó al diario la sana-
dora y concluyó: «Es que tenía muchas envidias».

El colombiano Luis Alberto Moreno, que cuando fue
embajador en Washington contrató un cazafantasmas. De-
cía que por la embajada de Colombia paseaba una niña que
se había suicidado. Fue el psicobiofísico venezolano, Chucho
Barranco, quien, según dicen, logró echar al espectro.

México y una larga tradición de políticos que recurren
a chamanes. El periodista José Gil Olmos da una extensa
lista en sus libros Los brujos del poder *y* Los brujos del
poder 2. *Catemaco, en el estado de Veracruz, es probable-*

mente la ciudad más conocida como sede de chamanes, y un sitio al que han asistido la mayoría de los políticos y funcionarios de distintas ideologías.

Francisco Franco y sus varias asesoras espirituales, desde la hechicera magrebí Mersidas hasta la «madre catalana», la monja Ramona Llimarga, que entre otras cosas le prohibió ir a un banquete en Zaragoza donde —según ella— lo iban a envenenar. A Llimarga le decían «la monja bilocada» porque tenía el don de la ubicuidad. Dicen que varios de los consejos que le dio a Franco fueron en estado de bilocación.

Perón y su ministro José López Rega, que escribió un único libro: Astrología esotérica. «Cada una de sus 737 páginas resulta ilegible e irreproducible. La dedicatoria es quizá lo más claro: "Dedico esta obra a todos los seres humildes del modo que buscan elevarse hacia un destino que se halle más de acuerdo con la verdadera condición del género humano", escribe el brujo.» Texto de Guido Carelli Lynch, Revista Ñ, febrero de 2013. López Rega ordena el cosmos en cuatro partes: el Zodíaco multicolor, el Zodíaco vegetal, el Zodíaco musical y el sistema abreviado de astrología. Mantuvo el cargo de ministro de Bienestar Social durante los gobiernos de Héctor J. Cámpora, de Raúl Lastiri, de Juan Domingo Perón e Isabel Martínez de Perón, desde donde organizó la Alianza Anticomunista Argentina o Triple A, grupo parapolicial de extrema derecha que secuestró, torturó y asesinó a cientos de personas. Sus actividades fueron calificadas como delitos de lesa humanidad.

¿EN MANOS DE QUIÉNES ESTÁ NUESTRO DESTINO?
¿QUÉ BRUJAS, EN SUS DISTINTAS VARIABLES SEGÚN EL SIGLO, NOS GOBERNARON, NOS GOBIERNAN Y NOS GOBERNARÁN?
NO SE CONOCE QUE FERNANDO ROVIRA TENGA «BRUJAS» O RECURRA A VIDENTES O SANADORAS. ¿LAS TENDRÁ? EN CUALQUIERA DE SUS VERSIONES: CLÁSICAS, RELIGIOSAS, SANADORES NEW AGE, REPARADORES DE AURA, MÍSTICOS.

EN TODOS LADOS SE CUECEN HABAS.
Y ELLOS NOS CUECEN A NOSOTROS.
VOLVAMOS A LÉVI-STRAUSS:
LA MAGIA FUNCIONA SI EL PUEBLO LE CREE AL HECHICERO.

¿Cómo neutralizar la maldición de Alsina?
¿Recurriendo a brujos?
No necesariamente, sólo si es indispensable para hacer-
les creer a quienes votan que se neutralizó la maldición.
Acciones posibles:
COMPLETAR. BUSCAR MÁS CASOS RESUELTOS.
LA ELEGIDA POR FERNANDO ROVIRA: CORTAR POR LO SANO,
SACAR LA CIUDAD DE LA PLATA DEL TERRITORIO QUE QUIERE
GOBERNAR ANTES DE POSTULARSE A PRESIDENTE.
OTRAS ACCIONES POSIBLES: BUSCAR EXCLUSIONES A LA
MALDICIÓN.
POR EJEMPLO, ¿LA MALDICIÓN DE LA TOLOSANA INCLUYE
MUJERES? ¿O COMO EN EL CASO DEL KOH-I NOOR ELLAS QUE-
DARON FUERA? ¿LA TOLOSANA MALDIJO «A QUIEN GOBIERNE»?
¿O DIJO, «AL HOMBRE QUE GOBIERNE»? ¿UNA MUJER GOBER-
NADORA DE LA PROVINCIA DE BUENOS AIRES SÍ PODRÁ LLEGAR
A SER PRESIDENTA DE LA ARGENTINA?
NO IMPORTA LO QUE DIJO LA BRUJA, SINO LO QUE SE QUIE-
RA HACER CREER QUE DIJO.
COMO EN LA POLÍTICA.
COMO EN CASI TODO.

Ahora sí. Una pastilla. O las que hagan falta. Saltear el vino es una buena decisión. Mañana va a ser un día intenso. En especial si en la rueda de prensa no está Román Sabaté. A esta altura de la noche, la China Sureda no quiere seguir evaluando hipótesis acerca de por qué se evaporó en el aire. Su teléfono sigue desconectado. Lo único que espera es que si no aparece sea por propia voluntad.

17

Amanece.

Un haz de luz se filtra a través de la persiana.

Fernando Rovira apenas durmió. Debería haberlo hecho, dormir, descansar, para poder lucir fresco. Se duchó al llegar de la casa de su madre, para relajarse, como ella le había aconsejado tantas veces, pero es evidente que en esta ocasión no surtió efecto. No quiere que las ausencias de Román y Joaquín empañen la presentación del proyecto de ley que es su estandarte político. Sigue dando vueltas en la cama, mientras su cabeza va de los argumentos y considerandos económicos, sociológicos, políticos y de representación para defender la creación de Vallimanca —que una vez más repite de memoria— a las indicaciones que le dio su madre para no trabar la energía de Román y empeorar la situación. Ella le aseguró que no debía preocuparse ni por su hijo ni por quien ayudó a concebirlo. Así nombra Irene a Román: el concebidor. Su madre sabe que la palabra no existe pero, a falta de otra adecuada para ella, la inventa. No es el padre, no es un donante anónimo de esperma. Es lo que es, un facilitador de la concepción. «El arrebato dejalo para cuando tengas que hablar en el Congreso o en un debate televisivo, para la vida real, ésta, la que nos toca batallar día a día, pie de plomo.» Y lo hará de ese modo, tal como le aconsejó su madre. Al menos por ahora. Su única preocupación por el momento debe ser convencer a periodistas, intendentes y políticos de la oposición de que no existe mejor opción para gobernar la provincia de Buenos Aires que dividirla en dos. Fernando Rovira no tiene dudas de que Román eligió ese preciso día para irse de la cobarde manera en que lo hizo porque especuló con que él, el líder de Pragma, no podría abandonar el proyecto al que dedicó tanta energía, tiempo y esperanzas para salir corriendo a perseguirlo. Si lo pensó así, mostró cierta inteligencia, o cierta astucia al menos. Por supuesto que él no puede salir corriendo detrás de Román hasta después de que termine este evento programado hace tanto y con tanto esfuerzo. Primero, la rueda de prensa y defender el proyecto, más tarde tendrá todo el día para ocuparse de encontrarlos. No pueden haber ido demasiado lejos. Y, desde luego, no pueden haber cruzado ninguna frontera. Román no tiene ni recursos ni contactos suficientes. Y él ya dio aviso a los suyos, Vargas en persona le confirmó que las fronteras están cerradas para Román Sabaté. Se lo imagina escondido, temeroso, casi deseando que lo encuentre. Y él, está absolutamente convencido, lo va a encontrar.

Mira la hora en su teléfono que está cargándose sobre la mesa de luz. Es temprano aún pero no quiere seguir enroscándose en las sábanas, girando a un lado y al otro. Así que se levanta y se viste. Todavía podría demorarse un poco más, aunque prefiere ponerse en marcha, eso le calmará ansiedades. Descuelga un traje azul, una camisa blanca. Los deja tendidos sobre la cama. Se toma unos minutos para decidir qué corbata usar. Tiene que ser llamativa aunque no estridente. Descarta la turquesa que tanto le gusta y se decide por una con dibujos de arabescos en tonos rosados. Una Pineda Covalin que le trajo Lucrecia de un viaje a México. Se pregunta si esa corbata tendrá buena energía y concluye que sí. Si ella se la hubiera regalado en los últimos tiempos no la habría elegido, pero es un obsequio de la época en que su mujer todavía creía en él, tal vez hasta lo amaba. Se pone la camisa, la abrocha. Luego se para frente al espejo y hace el nudo de la corbata. Lo ajusta y se mira: es una suerte que no necesite afeitarse todos los días. Busca el saco que llevaba la noche anterior cuando fue a ver a su madre. Mete la mano en el bolsillo y toca las tres piedras que ella le deslizó dentro, justo cuando él estaba subiendo al auto. Las saca, juega con ellas: tres ágatas, piedras de cuarzo que lo van a proteger, su madre se lo aseguró. Las pone dentro del saco que llevará a la rueda de prensa. Bolsillo derecho. Se pone el saco y se mira al espejo. Aunque con disimulo, mueve las piedras para renovar la energía que aportan, como le indicó Irene. Le explicó que son las aconsejadas para vencer en una batalla porque convocan al poder y al éxito. Y esto es una batalla, la que librará por la división de Buenos Aires y la que librará contra Román Sabaté. Estudia su gesto frente al espejo, una mano en el bolsillo, la otra colgando a un lado del cuerpo, o saludando, o señalando a izquierda y a derecha.

Nadie puede sospechar qué es lo que hace con su mano oculta: mover las piedras que le dio su madre para convocar al poder y al éxito.

Nadie lo sospechará en un rato, cuando esté frente a periodistas y políticos para hablarles de Vallimanca. Y, sin que lo sepan, de cómo romper finalmente con la maldición de Alsina.

Canta el zorzal.

Es siempre el mismo. Ella lo sabe. Por eso le puso nombre, Pablo. Un zorzal colorado que la visita cada mañana con la primera luz del día. El pájaro se para en la cornisa de su ventana. Y canta. Es su reloj despertador. No necesita otro. Antes de desayunar piensa meditar, como hace a diario. Luego va a pedir por su hijo, para que su proyecto se concrete. Va a encender incienso. Y cuatro velas, una en cada punto cardinal. Pero sobre todo controlará la energía del concebidor. Ella le aseguró a Fernando que no tiene que preocuparse por Román. Es cierto. O era cierto la noche anterior. Las energías de la gente cambian de un instante a otro y hoy ella no puede cometer ningún error. No puede fallarle a su hijo otra vez. No se lo perdonaría. Su gran falla, la constitutiva, la primordial, fue no advertir que no le habían bajado los testículos. Ese error es el origen de la desgracia que los persigue hasta ahora. Si Fernando hubiera podido tener un hijo propio no habrían tenido necesidad de hacer sucesivas «correcciones». Y no padecerían lo que padecen.

Desde casi siempre, Irene fue una madre soltera, sin un hombre. El padre de sus hijos estuvo presente sólo los primeros años de matrimonio. Aunque tampoco es que haya aportado tanto a su crianza. Ella no sabía de testículos. ¿Cómo iba a saber? Ni se lo dijo nunca el pediatra al que consultaban. Se enteró cuando se enteró Fernando, en una revisación de rutina cerca de los veinte años, demasiado tarde para hacer ninguna otra cosa que lamentarse. Falló, fue su error. Y no hubo piedras, ni reiki, ni reparación del aura que pudiera revertir el daño. Los médicos lo dijeron exactamente así: daño irreversible. La condena a la infertilidad.

Después, una sucesión de errores menores, como cualquier madre. Hasta que volvió a cometer un error fatal cuando recurrió a Vargas para que vigilara que su nuera no hiciera un disparate. Porque esa chica estaba desencajada. Se puso así aquella tarde en que Irene fue a visitar a su nieto, ella lo recuerda muy bien. Antes de eso podía señalar mil defectos de su nuera, pero ninguno que significara un peligro para Fernando y su carrera política. A partir de esa tarde, sí. Lucrecia acababa de bañar a Joaquín y se había olvidado los pañales y el óleo calcáreo en otro cuarto. Le pidió a Irene que lo cuidara un minuto mientras iba a buscarlos. Lo hizo con recelo, porque no le quedaba otra alternativa. Ella tenía claro que su nuera no permitía que nadie tocara a Joaquín. Su hijo le había explicado lo de la depresión posparto y esas patrañas posteriores que Lucrecia seguramente inventó para que ella no opinara acerca de la crianza de su nieto. Como si Lucrecia supiera criarlo tan bien, pensó con desprecio. Ese chico ya no estaba para pañales, y menos para óleo calcáreo. Ella se los había sacado a Fernando apenas cumplió un año. Eso que era invierno. Con Pablo tardó un poco más, por rebelde, «Pablo, el rebelde de la familia», y de todos modos fue antes de los dos años. Pero aquella tarde ella no iba a cometer la torpeza de reprochar nada, hacía mucho que había aprendido que para que la dejaran entrar en esa casa era mejor callar algunas cosas. Así que dijo que sí, que por supuesto, que fuera por los pañales tranquila que ella lo cuidaba. Entonces Irene, viéndolo allí, desnudo, recordó no sólo su propio bebé sino su propio error y aprovechó para palparle los sacos y así comprobar que a Joaquín sí, a diferencia de su padre, le habían bajado los testículos al lugar donde debían estar. Donde deben estar, a menos que algo salga mal, como con su Fernando. Uno, luego otro. Respiró aliviada. Es cierto que Joaquín no lleva los genes de su hijo, pero a veces la desgracia entiende más de karma que de genes. No vaya a ser que le pasara lo mismo dos veces en su vida, primero como madre, después como abuela. Por las dudas, como sabía que los testículos suelen retraerse y bajan y suben, los palpó una vez más. Fue en ese preciso instante que Lucrecia regresó y la encontró en medio de la maniobra. Se mostró sorprendida, algo confusa, no terminaba de interpretar qué estaba pasando. Y ella con total naturalidad le dijo: «Le estoy tocando los huevitos al nene, no quiero que le pase lo mismo que a Fernando». Lucrecia se quedó un instante sin decir nada, con los ojos entrecerrados, parecía que su cabeza estuviera trabajando a pleno, haciendo cruces de información, atando cabos. Ella lo notaba aunque no llegaba a darse cuenta de por qué, qué era lo que la perturbaba tanto. Creyó que tal vez le molestaba que le hubiera tocado los testículos a Joaquín sin su permiso. Si fuese eso lo entendería. Ella no habría permitido que nadie le tocara los huevitos a sus hijos. Sin embargo, no, era otra cosa. La muy escondedora se recompuso y quiso confirmar su sospecha. «Ah, claro, lo de Fernando. Lo de él fue de más grande, ¿no?» «Más grande nos enteramos, pero los huevitos no bajaron nunca.» «¿Cuándo se enteraron?» «Tendría unos veinte años, ya no había nada que hacer.» En ese momento Lucrecia se puso blanca, dejó caer los pañales y el óleo calcáreo, el espeso aceite se deslizó por el piso de la habitación. Irene se acercó a ayudarla. Fue peor, su nuera empezó a gritar. La echó del cuarto de su nieto a los gritos. Hasta hoy recuerda sus alaridos, los escucha por las tardes, cuando empieza a bajar el sol. Irene no terminó de comprender qué pasaba, pero salió de inmediato y fue a buscar a su hijo. Pensó en una de esas crisis nerviosas inesperadas que sufren algunas madres. En cambio Fernando enseguida entendió qué estaba sucediendo. Así se enteró Irene de que él no le había dicho a su mujer que era estéril antes de casarse. ¿Por qué no le avisó? Vaya a saber. Fernando fingió enterarse cuando pasaban los años y ella no quedaba embarazada. Tampoco era para tanto. Lo habían resuelto bastante bien. Lucrecia tenía a su hijo, después de todo. Y ese hijo era de los dos porque el concebidor no era más que eso, el que ayudó a concebir. Tal como Irene le dijo a su hijo que tenía que ser para que ese bebé no perdiera el aura. Padre y madre es otra cosa. Nadie le cuenta íntegramente su pasado a una pareja antes de casarse. ¿O sí? Y esa chica, que no había sido más que una empleada administrativa de un banco, hoy era la mujer de uno de los hombres más poderosos del país. ¿Acaso no se habría casado si él se lo hubiera dicho? Que no se mienta a sí misma, se habría casado igual, si ya se veía en aquella época el gran futuro que le esperaba a Fernando. Lo cierto es que a partir del día del óleo calcáreo derramado, Lucrecia ya no fue la que era. Estaba desbordada, agresiva, explotaba por cualquier minucia. Amenazaba a cada rato con decir «toda» la verdad. ¿Qué era decir «toda» la verdad? ¿Anunciar que se había encamado con un empleado de Pragma como un trámite más? ¿En qué la podía beneficiar hacer una cosa así más que en perjudicar a su marido? ¿Le habría servido para algo más que sacarse la bronca que tenía encima? Era estúpido por el lado que uno lo mirara. Y su nuera, Irene nunca lo negó, era medio estúpida. Pero a su estupidez se sumaba ahora su locura desencajada y eso era una bomba nuclear. Entonces quiso curar en salud. Le contó el problema a Vargas. Él es algo así como el encargado de un edificio que arregla lo que sea que se haya averiado. Eso mismo hace Vargas, pero en vez de un edificio lo que arregla son los problemas de la vida, especialmente cuando la vida exige rigor. Lo llamó por teléfono y le contó. No lo de los testículos que no le habían bajado a su hijo. Eso no hacía falta. Sólo le dijo que Lucrecia había descubierto algo del pasado de Fernando y estaba convirtiéndose en alguien sumamente peligroso. «¿Una canita al aire del jefe?», preguntó Vargas con ironía. «Algo así», respondió ella. «¿Qué tan peligrosa?», quiso saber él. «Mucho», dijo Irene. «¿Alcanza con un susto o le ajustamos los zapatos?» Ella no entendió, se quedó callada, esperó que Vargas se lo aclarara. Pero más que aclararle, la siguió confundiendo. «¿Ajustamos al límite? ¿O más?» Ella, aunque siguió sin entender completamente, quiso terminar con el asunto para que Vargas se pusiera en acción y que esa acción fuera efectiva, así que dijo: «Más, lo que haga falta para pararla, más allá de los límites si es necesario, ajuste hasta donde sea». Cómo iba a saber. Ella no manejaba el código de Vargas, ni de ningún Vargas que ande por allí ajustando los zapatos de la gente. Parece que ajustar los zapatos es apretar a alguien con violencia pero sin pasarse de la raya. Al límite, como el nombre lo indica, es hasta el límite de las fuerzas del otro. Y más es más. Disparo, muerte. Pum. Cómo iba a saber ella. Si hubieran hablado en persona tal vez un gesto de Vargas, una mueca, el dedo índice en la sien imitando un revólver o cruzando el cuello de lado a lado como un cuchillo le habrían permitido entender de lo que hablaba. En cambio por teléfono no, por algo ella odia ese aparato que más que comunicar incomunica. La culpa, de alguna manera, la tiene el teléfono. Estaba hecho, había que hacerse cargo. No fue intencional. Un malentendido. Vargas se presentó en la casa. Dijo que era mejor no seguir dejando rastros de llamadas entre ellos. Que él se encargaría de las existentes. «El objetivo ya está fuera de circulación como usted me pidió», Irene estuvo a punto de darle una cachetada. «Qué pelotudo, hombre...», recuerda que le dijo, y eso que ella no es de insultar. «No era necesario.» «Me dijo más, me dijo lo que haga falta, que había que pararla.» «Sí, pero es la madre de mi nieto.» «Bueno, Irene, usted sabe que yo me tomo muy en serio lo que usted me pide. Y todo no se puede.» En eso Vargas tenía razón, todo no se puede. Al menos, ella consiguió que le jurara por la memoria de su madre muerta que Fernando nunca se enteraría de cómo habían sido los hechos. «Cuente con mi silencio de por vida, tiene mi palabra, por la memoria de mamá». Y si Vargas jura por «mamá», Vargas cumple. Fernando iba a saber apreciar que Lucrecia no lo extorsionara más, había estado muy preocupado las semanas anteriores al ajuste de zapatos de su mujer; hasta le debe de haber deseado la muerte más de una vez. Pero una cosa es desearla y otra concretarla. Él no habría aceptado llegar a ese extremo. Mejor que crea que fueron mafias opositoras, como dice el informe de Vargas, un informe detallado, puntilloso, que ya está incorporado a la causa y hasta sirvió de antecedente para que el juez pidiera la captura de un sospechoso. Es mucho más saludable que Fernando les agradezca a las mafias, y no a su madre, la muerte de su mujer.

En un rato encenderá el televisor para ver a su hijo anunciar la propuesta de dividir la provincia de Buenos Aires. Claro que tiene que dividirla, o no llegará a presidente. Es una de las pocas cosas en las que coincide con Sylvestre. Hay maldiciones a las que hay que pasarles por el costado porque no hay antídoto.

El zorzal ya no canta pero sigue en su ventana. Pablo. Ella le puso ese nombre por el hijo al que ya no ve. El hermano de Fernando que decidió no dirigirle más la palabra cuando en una discusión tomó partido por su hijo mayor. Pablo le debía dinero a Fernando y él se lo reclamaba. «Lo reclama de miserable, mamá, no lo necesita.» «Es suyo y vos se lo tenés que devolver, a menos que quieras ser como tu padre.» Y Pablo, casi de inmediato, como si lo hubiera pensado infinidad de veces antes sin atreverse a decirlo, respondió: «Sí, eso es lo que quiero, quiero ser como mi padre, ¿o ustedes se creen mejores que él?». Se fue y nunca más supo de ese otro hijo. Nunca más pudo hablarle, explicarle cuál fue su intención. Irene quería que fuera un hombre de bien. Cada tanto le controla la energía, le repara el aura a distancia. Pero no sabe dónde está ni qué hace. Por eso le conversa al zorzal al que le puso su nombre. Porque lo extraña. Y porque cree que ese pájaro es la buena energía de su hijo Pablo que viene a visitarla a su ventana, incluso a pesar de él. Todos tenemos alguna porción de energía buena. Todos menos el padre de sus hijos, la excepción que confirma la regla. Se acerca al vidrio sin hacer ruido.

—Hoy es un gran día para tu hermano —le dice como si el zorzal pudiera escucharla y comprender.

Y el pájaro, del otro lado del vidrio, levanta vuelo.

No consigue un taxi.

Hace más de diez minutos que espera en la esquina de Corrientes y Juan B. Justo, y no hay caso. Son las siete de la mañana. No debería ser tan difícil encontrar uno. Pero hay días que se presentan complicados. Sebastián ya tendría que estar de camino a las oficinas de Pragma. Quiere ser el primero en llegar, acomodar todo, revisar el equipo de proyección, los micrófonos. No le importa que ésa sea tarea de los técnicos, él lo quiere verificar. Nada puede fallar. Espera encontrarse allí con Román y que el llamado de la noche anterior de Fernando Rovira no haya sido más que una falsa alarma. Por Román, aunque también por Rovira y por su proyecto. El proyecto que Sebastián desarrolló para él. Mira el reloj. No puede creer el tiempo que hace que está allí esperando. Camina por Rivadavia hasta la próxima esquina a ver si tiene más suerte. Al fin logra que un taxi medio destartalado se detenga. En otras circunstancias no habría subido, él siempre elige coches de radiotaxi, en buen estado y con aire acondicionado. Y si cuando sube no le gusta, se baja. Pero hoy está jugado, no le importa el estado del tapizado, ni siquiera que el coche huela a cigarrillo. Lo único que le importa es llegar pronto a su lugar de trabajo y chequear que todo esté listo para una presentación que debe ser impecable y contundente. La provincia de Buenos Aires tiene que ser dividida en dos. Fernando Rovira tiene que ser el próximo gobernador de Vallimanca. Y en unos años el presidente de la Argentina. Para eso trabaja, ése es su propio objetivo.

Aunque él, Sebastián Petit, no crea en la maldición de Alsina ni en ninguna otra. A esta altura entendió que en política no importa tanto lo que uno cree sino lo que conviene creer.

Y sobre todo, lo que conviene que crean los demás.

Oye cantar un gallo.

No recuerda cuándo fue que oyó cantar un gallo por última vez. Se levanta, tapa a Joaquín, que aún duerme. Va al escritorio a ver la computadora, hace un rato sintió la puerta de calle, seguramente Adolfo salió a buscar algo. Se había olvidado, también, de que en algunas ciudades la gente amanece casi junto con el día. Román quiere revisar si hay noticias de la China. La computadora quedó abierta en el sitio del diario que lee su tío, y la noticia destacada en pantalla es la rueda de prensa de Fernando Rovira en las oficinas de Pragma para presentar su proyecto de división de Buenos Aires. Todo sigue su curso. Eso es bueno. De cualquier modo podría ser que Rovira hubiera mandado a alguien detrás de ellos, si es que descubre dónde están. Pero por el momento la energía de su jefe —o su ex jefe— está puesta en esa presentación, lo que le da un margen de horas, tal como lo había pensado. Entra al sitio del canal de noticias de la China. Busca los comentarios a su última columna. Ahí sigue el suyo, y debajo algunos más, ninguna contestación de ella, ni dirigida a él ni a nadie. Tendrá que seguir esperando, mientras pueda. Y si no, buscar otro camino.

Entra Adolfo con un paquete de facturas.

—Buen día. Mirá qué traigo —dice, y alza la bolsa de la panadería.

—Las huelo desde acá. Qué bien me van a hacer esas medialunas. Madrugaste...

—No tanto. ¿Vos dormiste bien?

—Bastante bien.

—Están por transmitir la presentación del proyecto de ley de tu ex jefe.

—Todavía falta como una hora.

—¿Tanto? Mirá vos... ¿Querés verlo?

—No sé si quiero. Pero debería. En un rato voy.

—Te espero con el café con leche listo.

Román asiente y le sonríe, su tío va hacia la cocina. Mira otra vez la pantalla. Nada. Duda si escribirle a la China un mensaje más claro que el de ayer. Mejor no. Mejor darle un poco más de tiempo. Ella también debe de estar en Pragma, cubriendo la presentación. O en camino hacia allá. Cierra el sitio en la computadora y va a la cocina. A ver lo que no tiene ganas de ver.

Suena otra vez el despertador de su teléfono.

Lo detesta. Es inhumano que ya sean las ocho de la mañana. Se siente como si apenas hubiera dormido un par de horas. No debería haber tomado el último Campari. Menos mal que sobre el final, antes de la pastilla, no agregó más vino. Negocia consigo misma: descarta la ducha, aunque se reserva tomar un café doble con mucha azúcar antes de salir. Lo necesita. Ya está harta del endulzante artificial, de Fernando Rovira y de su proyecto de ley. Pero en este caso no es sólo su libro sino su trabajo en la televisión; le debe el sustento a su sueldo de notera, así que allí estará, frente a la cámara, como corresponde. Confirmaron la asistencia a la presentación algunos políticos de la oposición a los que quiere entrevistar para su libro, y a los que ya llamó para adelantarles su intención. En especial quiere hablar con los que más saben de la provincia de Buenos Aires. Del resto, debe reconocer que lo único que de verdad le interesa es saber por qué Román no aparece. Lo llamó la noche entera y el teléfono estuvo siempre desconectado. Se ilusiona con que tal vez, cuando llegue a Pragma, lo encuentre allí y su ausencia no haya sido más que un malentendido. Viste cómo es «Ro». Mira el celular.

Mensaje de Perales, su jefe: «¿Vas a dejar desactualizada tu columna muchos días más? Aunque sea contestá un par de comentarios después de cubrir la rueda de prensa de Rovira». Lo detesta tanto como al despertador. Aunque tiene razón, hace días que no mira nada. Es la parte de su trabajo que menos le gusta hacer, para contestar a dos o tres comentarios razonables tiene que leer los tantos que hay de energúmenos que no logran descargar su enojo en otra parte. Enciende la computadora y mientras tanto pone agua a calentar para el café. Se pinta, todavía desnuda, delante del espejo del baño. Se agarra los pechos, esos pechos merecerían más cariño, que alguien los quiera. Se los ofrecería a Román de mil amores, a pesar de sus últimos desplantes. Pero Román no sabe no contesta. No encuentra el tapaojeras así que tendrá que ignorar las que lleva puestas. Si alguien comenta algo, dirá que estuvo trabajando sin descanso durante toda la noche. Y podría decirse que eso hizo, porque soñó con Fernando Rovira, soñó que Fernando Rovira la invitaba a andar en barco y que el capitán del barco era Román. Mientras se pasa rímel en las pestañas va recordando y se sorprende de haber soñado lo que soñó. Porque en un momento del sueño Román detecta algo flotando en el agua y se lanza a buscarlo. Cuando regresa, trae consigo el cadáver de Lucrecia Bonara. Román la apoya en cubierta, con cuidado. Ella tiene los ojos abiertos, y en el medio de la frente, como si fuera un tercer ojo, el diamante Koh-i-Noor. Increíble. No puede creer que haya soñado eso. ¿Cómo se le apareció tanta gente conocida en medio de la noche? Y hasta una muerta con diamante maldito. Cierto que una mujer sí puede llevarlo. Respira profundo y se promete no volver a tomar tanto antes de acostarse. Y menos aún sumar luego una pastilla para dormir. Dos pastillas, porque finalmente fueron dos, una ya no le hace efecto. Va al cuarto y se viste tan rápido como puede. La pava silba en la cocina y ella sólo puede pensar en ese café que se va a tomar. Apaga el fuego, pero antes de ponerse a prepararlo pasa por la computadora a cumplirle a Perales. Busca dos comentarios cualquiera para contestar y terminar con el asunto. Una mujer que le agradece la nota y que dice estar totalmente de acuerdo con ella. Y un hombre que disiente aunque con respeto. Listo, ahora el café. Pero cuando está por apagar la computadora, su mirada se clava en dos palabras: Punto ciego. Hay un usuario que se llama a sí mismo Punto ciego. Entre la mujer que coincide y el hombre que disiente. Se detiene un instante más y lee su comentario: «Necesito verte afuera de esto». Siente que el corazón le golpea el pecho. No es amor, la sobresaltó lo inesperado. La intriga de saber qué está pasando. Y siente temor. ¿Puede ser Román el que le habla por la página del noticiero? ¿Quién otro si no? Piensa con rapidez. Escribe: «Claro, ¿coordenadas?». Y espera. Va a la cocina, hace el café, trata de controlarse, vuelve con la taza a la pantalla. Nada. Mira el reloj. Ya no tiene un minuto más. Lo seguirá desde el teléfono.

Toma la cartera y emprende su camino a la rueda de prensa en Pragma. Se mira en el espejo del ascensor. Espera que nadie note que lleva en la cara a Román Sabaté.

18

La rueda de prensa está a punto de comenzar. Román agradece que Adolfo tenga abono de cable, y que en el abono esté el canal donde trabaja la China, así podrá ver no sólo el evento en directo sino a ella. Ojalá transmitan la conferencia entera, piensa, seguramente Fernando Rovira fue precavido y movió los contactos para que así sea. Hubo una época en que las relaciones con ese canal estuvieron tensas, «conflicto de intereses». Pero desde que Rovira apoyó la sanción de la ley que permitió a TvNoticias una fusión eternamente cuestionada se convirtieron en buenos aliados. Y seguirá siendo de ese modo mientras les convenga a las dos partes. No es un apoyo descarado, como en otros casos en que un medio parece el agente de prensa de determinado político o partido, aunque está claro que si Fernando Rovira tiene algo para decir, allí estará TvNoticias con una cámara para sacarlo al aire. Y no depende de la China Sureda, para ella eso es un dato, una orden. Por ahora, es un móvil intermitente, van de la sede de Pragma al estudio de televisión en busca de otras noticias que rellenen los espacios vacíos hasta que la rueda arranque. Cuando transmiten desde Pragma, el lugar donde en unos minutos Fernando Rovira estará presentando el proyecto de ley, la China repite a cámara lo mismo que se ve en pantalla: el ingreso de políticos y periodistas a la sala, los principales intendentes de la actual provincia presentes en el anuncio del proyecto que puede cambiar la historia de sus jurisdicciones, los técnicos ajustando micrófonos sobre un escritorio aún desierto, la ubicación de un atril para un orador junto a una pantalla gigante. A la China se la nota incómoda, tratando de capear la situación, como si la sacaran al aire cuando todavía no tiene mucho para decir. En esa pantalla —Román lo sabe porque ya estuvo en otras ruedas similares y porque participó de algunas reuniones de preproducción—, primero se verá un spot de tipo publicitario, con imágenes atractivas y frases contundentes que den una idea sintética del proyecto. Y luego alguien, Rovira, Sebastián Petit o uno de sus colaboradores, explicará la propuesta de división de la provincia de Buenos Aires más en detalle, usando imágenes animadas, gráficos, cuadros de doble entrada, porcentajes y lo que haga falta para convencer al auditorio. Un desarrollo estudiado exhaustivamente por Sebastián, pero seguido de cerca por Arturo Sylvestre «para que no fallemos por el lado de la comunicación». Román apuesta que el gurú del marketing político debe de haber dicho algo así como: «Palo y a la bolsa. Menos es más. Explicar lo necesario para convencer, ni una palabra que no haga falta, la gente no precisa tantas explicaciones, sólo convicción». Su manual de estilo, lo que dice habitualmente. Tal vez lo esté repitiendo en este momento en privado, antes de que Rovira y su equipo salgan a escena. Claro que intendentes, periodistas y políticos de la oposición no son exactamente «la gente» a la que suele apelar Arturo Sylvestre, ni siquiera «los votantes», así que es posible que una presentación tan lavada como las que él considera más exitosas no alcance. Su palo y a la bolsa, además de una frase que a Román siempre le pareció poco feliz, frente a un auditorio como éste puede convertirse en un boomerang que haga que el palo vuelva al origen para pegarle en medio de la cabeza a quien habla.

En la pantalla de la televisión aparece Sebastián acomodando papeles sobre el escritorio, y luego revisando él mismo los micrófonos que ya controlaron los técnicos. A pesar del lío en el que está metido, Román quiere que la rueda salga bien por él, por su ex compañero de cuarto, no por Fernando Rovira. No termina de sacar una conclusión definitiva, no logra arriesgar si dividir Buenos Aires sería bueno o no para el país, la provincia y los que allí viven. La vehemencia de Fernando Rovira por conseguirlo le genera dudas, entiende sus argumentos, hasta puede compartirlos, pero no le alcanzan, intuye que hay más intereses detrás de lo que dice. Cuando Rovira muestra un deseo tan visceral, esconde algo. Román bien lo sabe. Sin embargo, se resiste a pensar que ese algo sea aquella maldición de la que le habló la China. Rovira será lo que sea, pero es un tipo inteligente, no puede creer en maldiciones. Quién puede creer en maldiciones. Sí, tal vez, en lo que dice Sylvestre: que si la gente cree en la maldición no lo va a votar. ¿Pero está bien votar a un político que subestima de esa manera a quienes lo votan? Los supuestos efectos de una maldición no lo pueden haber llevado a una empresa tan trascendente como dividir una provincia. Tiene que haber otras formas más sensatas de conducir a los votantes para que se definan por un candidato. O eso cree, aunque sigue convencido de que él de política entiende muy poco. En cambio, que el proyecto haya sido desarrollado por Sebastián Petit le da garantías. Eso sí. Más allá de los motivos que muevan al líder de Pragma, Sebastián no aceptaría avalar algo descabellado y este proyecto lleva su firma y por lo tanto su aval.

Por los movimientos que se ven en pantalla, no tiene que faltar mucho para que el show comience. Un sector entero, sobre la derecha, ya está completo, es el reservado para los intendentes más poderosos de la provincia que son, tal vez, el mayor apoyo que necesita el proyecto. A la izquierda, los políticos. Atrás, los periodistas. La secretaria de Rovira acomoda a Ricardo Alfonsín y a Eduardo Duhalde en la primera fila. «Ahí está Ricardito», dice Adolfo pispiando desde la puerta de la cocina. La China se les acerca, se la ve en cámara pero les habla fuera de micrófono. Se detiene un rato con Alfonsín, y luego con Duhalde. Parece que estuviera grabando lo que hablan con su propio celular. La cámara la abandona y enfoca otra vez el escenario. Sebastián Petit enciende el proyector y sobre la pantalla se lee: «Vamos por dos Buenos Aires sustentables, para dejar atrás una Buenos Aires imposible». Adolfo trae otras dos tazas de café con leche y una de leche tibia con azúcar para Joaquín. Todavía quedan algunas medialunas y varias rodajas de pan. Se sienta junto a su sobrino, para estar frente al televisor. Joaquín juega con su camión de bomberos, lo carga con pequeños pedazos de madera de descarte que Adolfo le trajo de su taller.

—Mirá, Joaquín, no tengo los cereales que comés vos, pero te voy a preparar los que me daban a mí cuando era chico.

El nene se acerca a la mesa a buscar su desayuno. Adolfo toma una rodaja de pan, la corta en pequeños trozos que va metiendo en la leche tibia. Lo hace con gesto exagerado, con la pantomima de una ceremonia. Joaquín lo observa como si se tratara de un mago desplegando su acto de prestidigitación. Y en cuanto termina, el chico lo imita y se pone a cazar pedazos de pan dentro del tazón, como le enseña a hacer Adolfo. En la pantalla, Sebastián Petit se sienta detrás del escritorio, un instante después entra Fernando Rovira y se ubica junto a él. Saluda a un lado y a otro con gesto cuidado, les dedica un saludo especial a Ricardo Alfonsín, a Eduardo Duhalde y a un par de personas más que en la transmisión no se llega a ver quiénes son. Ya saludará al resto, pero deja claro que a algunos no puede o no quiere postergarles el gesto y lo hace no bien los reconoce en alguna fila. Arranca la rueda de prensa.

—Buenos días, gracias por estar acá —dice Rovira, y entonces Joaquín se da vuelta y mira el televisor.

—Papá —dice el chico, y se queda de frente a la pantalla un instante. Adolfo mira a Román con cierta preocupación, pero enseguida el chico gira y sigue tomando la leche.

—No te preocupes —dice Román—, en su cortísima vida ha visto más veces a su padre en la televisión que en persona.

—¿No es un buen padre Rovira?

—No es padre, nunca lo fue. Y no es una cuestión biológica. Nunca se hizo cargo de Joaquín. No pudo armar ningún vínculo con el chico que no sea para la pantalla o una entrevista de algún medio.

—¿Ni siquiera cuando no sabía que Joaquín era tu hijo y no de él?

—Siempre supo que Joaquín es mi hijo. Pero es una larga historia, ya te la voy a contar. Dame tiempo.

—Okey —dice Adolfo, aunque se muere por que se la cuente ya. Le interesa más esa historia que la rueda de prensa que está por comenzar.

—Gracias a todos por acompañarnos —dice Fernando Rovira en la pantalla—. Vamos por dos Buenos Aires sustentables, no tengo dudas de que ésa es la mejor opción para esta querida e imposible provincia.

—Dice «esta provincia» pero transmite desde Palermo —acota Adolfo—. Ya nos miente en cuanto arranca.

—Una de las tantas «licencias político-poéticas»; Arturo Sylvestre diría que no tiene ninguna importancia, que no hay que ser «literal». Le encanta esa palabra: «literal», le permite mentir —responde Román.

—Primero veremos un video que será ilustrativo —continúa Rovira. Queremos mostrar con imágenes nuestra propuesta, luego daremos una precisa explicación aunque tratando de ser breves, y por último estaremos abiertos a sus preguntas. Adelante —dice, y empiezan a aparecer las imágenes en pantalla.

Un mapa gris de la actual provincia de Buenos Aires se divide por animación en dos partes que se pintan de colores diferentes, verde la de arriba, arena la de abajo. Y luego sobre ellas se escribe, letra por letra, cada nombre: V-A-LL-I-M-A-N-C-A y A-T-L-Á-N-T-I-D-A. Imágenes de la pampa, playas, sierras, el arroyo Vallimanca, campos sembrados, ganado pastoreando, asentamientos de viviendas precarias, tránsito enloquecido en una gran ciudad. Gente mayor haciendo colas interminables frente a un banco, chicos en patios de escuelas demasiado pequeños, hombres y mujeres esperando en la guardia de un hospital que no da abasto, colectivos hacinados, ciudades vacías, ciudades atestadas, aulas de escuelas con apenas tres chicos dentro, una cárcel superpoblada de reclusos en condiciones lamentables. Las imágenes se suceden pero Adolfo casi no mira, está más interesado en Joaquín, en la conversación anterior y en la actitud del chico frente a la voz de Fernando Rovira, en ese niño que ignora la pantalla donde aparece su padre que no es su padre aunque a él le hayan dicho eso, y sigue concentrado en el camión y su carga.

—¿Y con él cómo lo vas a manejar? —le pregunta a su sobrino—. ¿Cuándo le vas a decir? Es chico, pero seguro que de algo se debe estar dando cuenta.

—No lo sé. Le dije que nos íbamos a dar un paseo. Cada tanto lo hacíamos, eso no es tan extraño para él. Aunque nunca tan lejos, ni nunca dormimos fuera de su casa. Eran excursiones de un día completo, no más. Por ahora lo veo bien. Voy a consultarlo con una psicóloga o alguien que entienda de estas cosas. No es algo fácil de encarar. Pero es lo que tengo que hacer.

—Ya lo creo que no debe de ser fácil, uno no le dice muy seguido a un nene que quien cree que es su padre no lo es, aunque ese padre del que lleva su apellido nunca lo haya tratado como su padre, y que en cambio su padre es uno mismo que sí lo trató como hijo. Si hasta intento decírtelo a vos y me trabo.

—Quiero que sea algo simple, como que caiga de suyo...

—Nada se ve simple por el momento, te soy sincero. Decime, Román, ¿vos tenés un plan?, ¿vas a tratar de salir del país?, ¿adónde vas a ir? No me gustaría que Rovira te madrugara. Yo ya hablé con un abogado de mi confianza, por las dudas. Le di grandes líneas, sin detalle, como para que esté a mano. Y contamos con el auto de una amiga. Buena gente, me lo suele prestar cada tanto. Le avisé que lo tenga listo, por si acaso. A ella tampoco le di explicaciones. Es llamarla y lo paso a buscar.

—Gracias, tío, pero no puedo salir del país. No tengo permiso para sacar a Joaquín. Y además Rovira ya tiene que haber movido sus contactos y alertado a los pasos fronterizos. Sé cómo se maneja. Lo ves tranquilo en la pantalla, como si no estuviera enterado, sin embargo no tengo dudas de que ya puso a andar la maquinaria para que den con nosotros. Y sí, tengo un plan: ocultarme hasta que llegue la China Sureda y me ayude con mi salvoconducto.

—¿Quién?

Román señala el televisor y mantiene el gesto hasta que la cámara enfoca a la periodista, sentada justo detrás de la última fila ocupada por los políticos.

—Ella, la morocha que está unas filas detrás de Alfonsín. Periodista del canal de noticias. Se llama Valentina Sureda, le dicen la China. ¿No la tenés?

—Sí, la cara la tengo vista pero no me sonaba el nombre. Entonces, esta chica, ¿cuando termine la nota viene para acá?

—No creo que tan pronto. Recién estoy tratando de hacer contacto.

—Ah, okey, recién estás tratando de hacer contacto —repite Adolfo con poco entusiasmo y cierta ironía. Luego agrega—: ¿Vos viste *ET*? —Adolfo apunta con el dedo extendido al techo—: «Mi casa... teléfono. Tratando de hacer contacto».

Román no le presta atención, tiene la vista fija en lo que está sucediendo en Pragma. Adolfo no insiste. Se quedan un rato en silencio mirando el video, que ahora explica las múltiples ventajas económicas, políticas, demográficas, de representación y de calidad de vida que traerá la futura división de la provincia de Buenos Aires, con letras de distintos colores y palabras voladoras que van conformando un listado de puntos sobresalientes por cada área.

—Linda chica... —dice Adolfo; Román lo mira un instante y le sonríe pero no dice nada. Su tío insiste—: la Sureda, digo, linda chica, ¿no?

—Sí, muy linda. Ya lo creo que es linda —responde por fin Román, y se le nota en la cara y en el tono que la China no le es indiferente.

Adolfo busca al único cómplice que le queda allí, Joaquín, y le guiña un ojo, satisfecho por la respuesta de su sobrino, intención que al nene le es ajena, y en cambio le ofrece una de las maderas para que se sume al juego. Él se acerca, la agarra y la sube al camión. En la transmisión, acaba de terminar el spot que queda congelado en la imagen de un mapa de la provincia con la división propuesta. Rovira se incorpora y va hasta el atril. Desde allí anuncia que Sebastián Petit explicará los detalles del proyecto pero que antes él mismo dará una breve introducción. Lo hace con tono convincente, seguro de sus palabras, señalando la pantalla con la mano izquierda.

—Decime, ¿Rovira es zurdo? —pregunta Adolfo.

—No que yo sepa.

—¿Y qué hace con la mano derecha adentro del bolsillo? Ves, ahí la mueve. ¿Estará nervioso?

—No creo, nunca lo vi nervioso. Jugará con las llaves, o con monedas.

—Sí, pero se lo ve muy incómodo señalando la pantalla con la izquierda... A éste la izquierda no le sienta bien —dice Adolfo, y se ríe de su propio comentario.

Rovira termina su intervención con aplausos promovidos por la gente de su entorno a los que se suman dos o tres intendentes que se ponen de pie, y unos pocos más. El resto aplaude con tibieza o ni siquiera. Antes de que terminen esos aplausos, Sebastián Petit pasa al atril y anuncia que se ocupará de explicar «los datos duros» del informe: cantidad de población en cada una de las dos nuevas provincias, cantidad de industrias, aumento del producto bruto per cápita en cada caso, impacto ambiental, obras de infraestructura necesarias, inversión requerida, redistribución de los sistemas de salud y educativo para atender a las dos regiones, nueva representación en el Parlamento de cada una de las provincias, etcétera. Hace hincapié en eso, en el sistema de representación. Habla de la ley Bignone. Pero no dice: «Una ley que aún nos rige y viene de la época de la dictadura militar». Román recuerda que la última vez que estuvo en una reunión con Arturo Sylvestre, un integrante del equipo dijo que el argumento de cambiar la ley porque venía de la dictadura militar había que ponerlo en primer plano porque «garpa». Y Sylvestre destacó lo certero de la apreciación. «Claro, hay que usarlo, sin dudas, buen punto» —y puso el «garpa» en sus propias palabras—. «Hay que usar todo argumento sencillo, directo y que lleve al votante a conducirse en la dirección que definimos. El argumento de que es una ley de la dictadura nos puede sumar mucho a la hora de acercar sectores más progresistas y de izquierda que nos cuesta traer con nosotros.» También se acuerda de que Sebastián fue el único que le contestó aquella vez: «A mí me gustan más los argumentos objetivos que los emocionales, la ley es mala, está desactualizada, eso se puede demostrar fácilmente». «Ahí está tu error», lo interrumpió Arturo Sylvestre. «No hay que demostrar, hay que convencer. Y no se trata de lo que te guste a vos sino de lo que sirva a nuestros objetivos», concluyó, rotundo, y le dio la palabra a otro participante, que elogió sus argumentos. Román aún se acuerda de la cara de Sebastián ese día, y de su propio temor de que su amigo se levantara y le diera una trompada a Sylvestre. No tenía dudas de que eso era lo que Sebastián quería hacer. Por suerte estaban sentados uno al lado del otro, Román le puso una mano sobre la espalda, con disimulo, como si fuera parte del movimiento con que se acomodó en su silla, y la dejó ahí hasta que su amigo volvió a la calma. Sin embargo, él no duda de que Sebastián, ahora y a pesar de aquella reunión, está desobedeciendo la orden de Sylvestre y explica más de lo que el asesor estrella recomendó. Sebastián, tanto como él, detesta el modelo «palo y a la bolsa», lo han hablado varias veces y hasta se han reído haciendo el gesto concreto de darle uno al otro un mazazo por la cabeza. No va a ir por ese lado, aunque luego se lo reprochen. El micrófono es suyo. Se lo ve entusiasmado y su entusiasmo parece transmitirse a los que lo escuchan. «El sistema de representación está definido en la Constitución Nacional, artículos 1, 16, 37 y 45: un diputado por cada treinta y tres mil habitantes. En el año 83, antes del regreso a la democracia, se eleva ese número a ciento sesenta y un mil, y se establece que después de cada censo el Congreso debe modificar ese número. Pero esa ley toma como base el censo de 1980 y nunca más se actualizó. En ese censo éramos algo así como veintiocho millones de argentinos. Pasaron muchos años y hoy somos, o éramos según el último censo de 2010, más de cuarenta millones. Esta desactualización de la base de cálculo, más el hecho de que la ley establece un mínimo de cinco diputados por provincia sin importar la cantidad de habitantes, determina desigualdades de distinto tipo que tienen su pico en la siguiente comparación:

hoy Tierra del Fuego elige un diputado cada veinticinco mil habitantes y la provincia de Buenos Aires uno cada doscientos veintidós mil. La relación es casi uno a diez. Le estamos dando una representación diez veces mayor al argentino que vive en Tierra del Fuego que al que vive en la provincia de Buenos Aires. ¿Creen que es justo?» La cámara enfoca a los intendentes y todos parecen coincidir plenamente con lo que Sebastián acaba de enunciar. Román se alegra por él y su larga explicación. Hasta siente cierto orgullo porque aquel compañero de cuarto, rechazado en la primera entrevista en Pragma a la que fueron juntos, y que luego tomaron gracias a su insistencia, haya logrado avanzar de tal manera en la carrera que tanto le importaba, aquello donde tenía puestas todas sus ilusiones. Aunque Román no pueda compartirlas. A él la política no le genera ninguna ilusión, al menos lo que aprendió en Pragma que es la política, algo más cercano a la ficción, por no decir la mentira, que a lo que su tío dice que alguna vez fue. Aquella otra política es hoy un mueble viejo, tiempo atrás muy valioso, que ya nadie quiere en el living de su casa. Sebastián sí se entusiasma con la nueva política del «hacer», y Román cree que es sincero, aunque los que estén por arriba de él no lo sean. Quién puede juzgar las ilusiones del otro.

Diez minutos después, Sebastián concluye su presentación. Se abre la ronda de preguntas. La atención de Adolfo y Román decae. No hay mucho más que explicar y las preguntas no dejan de ser sucesivas variantes de lo que ya escucharon. Por fin, Sebastián Petit advierte a los periodistas que sólo queda tiempo para una pregunta más. Le da la palabra a un corresponsal español:

—Muchas gracias. José Pérez Luengo, de la Agencia de Noticias Española. Mi pregunta va dirigida a Fernando Rovira. ¿Podemos afirmar que usted será el candidato de Pragma para gobernar alguna de las dos mitades en que se dividirá la provincia de Buenos Aires?

—No es tiempo de hablar de candidaturas —dice Rovira con firmeza—. Lo único que importa ahora es el proyecto. Muchas gracias, buenos días.

Rovira y Petit se levantan y dejan el escenario.

—Pero qué cínico hijo de puta... —dice Adolfo, que recobró el interés en lo que sucede en la pantalla—. Todos contestan lo mismo, «no es tiempo de hablar de candidaturas». ¿Se creen que somos idiotas?

—Están convencidos de que somos idiotas, tío...

La China aparece en primer plano. Adolfo le hace un gesto a Román para que escuchen lo que va a decir.

—Ahí está tu chica —dice. Román sonríe.

—Fin de la rueda de prensa —anuncia la China a cámara—. Volvemos a estudios luego de llevar estas imágenes a cada casa, a cada hogar, a cada «punto ciego» del país. Buenos días.

—¿Dijo «punto ciego»? —pregunta Román con asombro y excitación.

—Eso me pareció. ¿Qué quiso decir?

Román no contesta y sale disparado al cuarto de Adolfo a chequear los mensajes en la computadora. Joaquín se asombra de que salga corriendo de esa manera y va detrás de él como si la carrera fuera parte de un juego.

—¡Omán! —llama el niño con su media lengua, que le quitó la erre a ese nombre desde que empezó a hablar.

—Tranquilo —lo calma Adolfo desde el sillón—, tranquilo. La casa está en orden —y luego agrega por lo bajo—: Esperemos que lo esté.

19

Las calles de arena de Cariló estaban desiertas aquella tarde de domingo fuera de temporada en que escapaba del matrimonio Rovira y su propuesta. En cuanto vi a lo lejos la figura de una persona, corrí y me abalancé sobre ella para preguntarle cómo salir de allí. La urgencia me hizo hacerlo de un modo tan brusco que fue una suerte que no se asustara de mí y gritara pidiendo auxilio. Gracias a sus explicaciones llegué al centro de Cariló, tomé el Montemar hasta la terminal de ómnibus de Pinamar y allí el primer micro que salía para Buenos Aires. Apenas dos horas antes me había ido de la casa del «amigo» de Rovira, sin despedirme y sin saber qué haría a partir de ese momento. Sólo quería alejarme de ellos lo más rápido posible. De los dos: él y su mujer, de distinto modo. Sentía una mezcla de enojo, indignación, asombro. Y hasta vergüenza. Era un sentimiento extraño. Creo que si en mi camino de huida me hubiera cruzado con Lucrecia Bonara me habría turbado. Como si el que estuviera en falta fuera yo. Como si yo hubiera pedido o manifestado un deseo impropio.

El micro que por fin me llevaba a Buenos Aires avanzaba por la ruta que une Pinamar con General Madariaga. A los costados, campos vacíos y unas nubes negras de frío más que de tormenta, restos del invierno que no se terminaba de ir a pesar de haber empezado la primavera, y que sin dudas eran el marco perfecto para mi estado de ánimo. Una estación de tren que parecía abandonada, la entrada a una laguna, el casco de una estancia. Y otra vez campo vacío y nubes negras. Yo tenía la vista clavada en los últimos rayos del sol que se filtraban entre esas nubes, cada vez más apagados, buscando la línea del horizonte. No podía pensar con claridad pero me obligaba a repetirme que nada de lo que había pasado tenía que ver conmigo sino con ellos. Sin embargo, no podía dejar de sentir, ahora, también culpa. ¿Por qué? No lograba entenderlo. ¿Por haber ido? ¿Por haberme dejado seducir por la apariencia de pertenecer al círculo más íntimo de los Rovira? ¿O por haber dicho que no a la proposición que Rovira acababa de hacerme? ¿Era eso? ¿Alguien podría haber aceptado semejante propuesta? Tal vez sí. Pero no yo. O eso pensaba entonces. Resultaba extraño que se hubieran equivocado conmigo de esa manera. Me habían estudiado en detalle, era evidente. Y seguramente me habían elegido no sólo por mis ojos verdes, mi pelo oscuro y mi supuesto parecido físico con Rovira. Entre tantos test que me hicieron, ¿cuál de mis características les hizo suponer que yo diría que sí? ¿Qué debilidad vieron en mí? ¿O qué fortaleza? ¿Por qué? ¿Se equivocaron o en el fondo soy la clase de tipo que dice que sí a una propuesta como la que me hicieron aquella tarde? Estaba cada vez más aturdido, iba y venía por esas elucubraciones, por otras similares o por hipótesis absolutamente contrarias. Y para ninguna encontraba una respuesta satisfactoria. Me pregunté qué pensaría Sebastián Petit si supiera, por fin, cuál era el motivo por el que me habían elegido a mí antes que a él para ser un integrante de Pragma. Aunque estaba casi seguro de que no se lo diría nunca. Cómo decirle a él o a quien fuera que Rovira me había pedido que me cogiera a su mujer hasta embarazarla para poder tener un hijo que anotarían y criarían como propio.

Su hijo. No es posible contar algo así.

O eso creía, mirando la ruta, viajando en ese micro.

Antes de llegar a la Esquina de Crotto ya se había hecho noche cerrada. Un poco después de eso, una mujer que viajaba unas filas más adelante cambió de asiento y se sentó a mi lado. «¿Puedo? ¿Te molesta?», dijo antes de hacerlo. «No, no, por supuesto», dije, y otra vez me di vuelta hacia la ventana. Era evidente que la mujer tenía ganas de conversar y, aunque yo casi le daba la espalda, continuó: «Me tocó al lado un hombre que ronca como una pava silbadora, y no es que yo quiera dormir, pero es muy molesto. Me gusta pensar cuando viajo. Y así no se puede». «Entiendo», respondí de compromiso, para no resultar descortés. Era una mujer más o menos de la edad de mi madre. Me dijo su nombre y yo balbuceé el mío para no ser descortés. Y luego dijo que era profesora de filosofía en un colegio secundario y que iba a Buenos Aires a hacer un curso de perfeccionamiento. Seguramente yo habría olvidado este dato, como olvidé su nombre, si no fuera por el diálogo que mantuvimos a pesar de mí. Ella intentó darme charla dos o tres veces, se notaba que en los micros más que pensar le gustaba entablar conversación, y yo rehuí respondiendo con monosílabos. Pero la mujer era insistente y, debo reconocerlo, cálida, de esas personas con las que uno enseguida cree que se conoce desde hace tiempo. «Está pesada la ruta. A este paso vamos a llegar a Buenos Aires con por lo menos dos horas de atraso.» Asentí y le sonreí. Creo que eso, la sonrisa, le dio permiso para seguir. «¿Mañana madrugás?, ¿entrás a trabajar temprano?», preguntó y se quedó esperando una respuesta. «¿Trabajás?», volvió a decir. La miré. «Sí, supongo que sí», respondí. Pero en realidad no lo sabía. Su pregunta me hizo interrogarme qué haría yo al día siguiente. Me resultaba impensable presentarme en Pragma como cualquier otro lunes y cruzarme con Rovira o su mujer. ¿Con qué cara los miraría? ¿Con qué cara me mirarían ellos a mí? Lo más fácil era no ir más. Pero tampoco me parecía lógico desaparecer como si yo hubiera cometido un delito. «¿Suponés que entrás tem-

197

prano o suponés que trabajás?», dijo, y no estaba tratando de ser irónica sino que preguntaba con sinceridad. Su insistencia, el interés que ponía en charlar conmigo, mi desazón y el hecho de que era una desconocida a la que no volvería a ver en cuanto bajara de ese micro me hicieron contarle, en parte, lo que me pasaba. «No sé si sigo. Quiero decir, tenía un trabajo hasta el viernes, pero no sé si lo sigo teniendo...» «¿Y qué pasó?» Suspiré, me costaba acercarme al tema. «Mi jefe me pidió más de lo que yo estaba dispuesto a hacer.» «Ah, eso es muy común. Le dijiste que no y te echó», trató de adivinar. «No, en realidad, no. Me propuso algo descabellado, le dije que no y me fui. Él no me echó, yo me fui.» «¿Y eso cuándo fue?» «Hace un rato.» «¿En Pinamar?» «No, en Cariló.» «¿Tu trabajo es en Cariló?» «No, mi trabajo es en Buenos Aires. Y vivo en Buenos Aires. Me pidió que viniera con él a la costa... para... desarrollar un asunto en particular.» «Un proyecto...» «Algo así, sí. Me propuso una tarea puntual, que yo no quise hacer, y me fui.» «Entiendo. Y mañana tendrías que presentarte en tu lugar habitual de trabajo...» «Sí, en Buenos Aires. Pero no sé...» «¿Necesitás trabajar?, ¿vivís de tu sueldo?» «Sí, claro.» «Entonces no faltes, presentate. Si cada uno de nosotros nos tuviéramos que ir de un trabajo cuando un jefe nos pide algo alocado o absurdo que no estamos dispuestos a hacer, estaríamos todos sin empleo. Y sin indemnización, lo que es mucho peor. Si no le gusta que le hayas dicho que no, que te eche y te pague lo que corresponda. Vos no te anticipes.» Asentí sin estar seguro de si acordaba o no con su argumento; me quedé pensando en lo que la mujer me decía, callado. Ella esta vez me respetó el silencio, no lo interrumpió, ni siquiera me miró inquisidora. Por fin dije: «Es que después de lo que me pidió no me da la cara para cruzármelo como si nada y seguir con la rutina habitual». La mujer parecía entre sorprendida y curiosa, seguramente se estaría imaginando pedidos insólitos de distinto tenor sin siquiera acercarse al que me hizo Rovira aquella tarde. Era evidente que ella esperaba alguna explicación más de mi parte. Pero yo no podía dársela. Arriesgó: «¿Se quiso propasar con vos?». «¿En qué sentido?» «Sexualmente.» «No, no, nada que ver...», contesté de inmediato. Aunque me quedé pensando si de alguna manera la propuesta de Rovira no era en el fondo exactamente eso, un pedido sexual que propasaba los límites. «¿Lo que te propuso es delito?» «No es delito. No se quiso propasar ni es delito. Prefiero no dar detalles porque es algo... confidencial.» «Ah, sí, sí, por supuesto, si es así no hace falta que me cuentes, faltaría más», dijo, incómoda. El ómnibus entró a una estación de servicio donde hacía su parada reglamentaria de mitad de camino. Fui al baño y me lavé la cara. Me miré al espejo, me costó reconocerme, parecía como si hubiese envejecido, se lo atribuí al cansancio. Cuando volví al micro ella ya estaba sentada. Le pedí permiso para pasar y me dio lugar sin decir nada. El ómnibus se puso otra vez en marcha hacia Buenos Aires, y nosotros seguimos en silencio. Tuve la impresión de que mi compañera de viaje se había quedado molesta. Esa mujer era amable, me caía bien. No quería que se sintiera mal por mi negativa a contarle. Dudé, ella permaneció en silencio, seria. Unos kilómetros después, sin que me la pidiera, intenté darle una explicación evasiva que la dejara contenta, o que al menos le hiciera pasar el enojo. «Para mi gusto es poco ético, eso, nada más.» Ella siguió la charla inmediatamente, como si nunca se hubiera interrumpido. «Y nada menos.» «Sí, y nada menos.» «Mirá... ¿cómo era tu nombre?» «Román.» «Eso, Román. Mirá, Román, yo en mi escuela secundaria doy mucho Hegel... Por el programa podría hasta no darlo pero para mí es fundamental. ¿Vos sabés algo de Hegel?» «Poco...», mentí, en realidad apenas si me sonaba el nombre del curso de ingreso a la universidad. «Es así, te lo explico resumido. Incluso te lo voy a explicar más fácil que a mis alumnos porque hoy no estás para que te compliquemos la vida. La dialéctica del amo y del esclavo. Dos hombres tienen un deseo. O mejor dicho dos, porque cada uno tiene el suyo. Y esos deseos son incompatibles. Por lo tanto, luchan a muerte. Para conseguirlo, para satisfacer esos deseos. Luchan a muerte, ¿me entendés? Y hay uno de los dos que justo antes de morir decide que la vida es más importante que el suyo y se rinde ante el deseo del otro. Ése, el que eligió la vida, pasa a ser el esclavo, y el vencedor el amo. ¿Me seguiste?» «Creo que sí.» «Bueno, este tipo es el amo, y vos su esclavo. Pero atención, no te dejes llevar por la brutalidad de esas dos palabras: amo-esclavo. Porque el amo depende en todo, escúchame bien, en todo, del esclavo. El esclavo le provee su comida, su abrigo, su diversión, absolutamente todo lo que necesita. El amo termina siendo un vago que depende del trabajo del esclavo. Y el esclavo aprende a trabajar y dominar la naturaleza, y eso, a su debido tiempo, lo hará libre. Ésa es la lección que tenés que aprender hoy. Esto es fundamental para vos. Obvio que después vinieron otros filósofos que dijeron otras cosas, cambiaron la teoría, la refutaron. Hasta Lacan se metió con Hegel. Eso a vos hoy no te importa. Te importa esto que te dejan Hegel y esta vieja profesora de filosofía, en este micro, entrando a Buenos Aires: aguantá hasta que hayas aprendido lo necesario para ser libre.»

La mujer repitió la palabra «libre» y luego se me quedó mirando como si hubiera terminado, a la espera de la confirmación de que el alumno había entendido su lección. Y yo no le daba esa señal porque no estaba seguro de haberlo hecho. Ella se dio cuenta.

«A ver, voy a ser más directa. Hasta que vos no tomés de él todo lo que necesitás, no te vayas. Pero quedate sabiendo que un día lo vas a hacer, que un día te vas a ir.

Y mientras tanto, también tené muy en claro que él depende de vos. Vos necesitás el sueldo que te paga, en cambio lo que él necesita de vos es mucho más, infinitamente más: sin vos no puede sobrevivir.»

Llegamos a Retiro y nos despedimos como si fuéramos grandes amigos. Tal vez lo fuimos mientras duró el viaje. Sabíamos que no nos veríamos más. Que ni siquiera íbamos a recordar el nombre del otro. No sé qué habrá significado para ella ese encuentro, pero a mí me dio alivio y me permitió dormir un par de horas en la pieza que aún compartía con Sebastián, antes de presentarme al día siguiente en Pragma como si nada hubiera pasado.

Fingiendo que nada había pasado.

20

Apuntes para La maldición de Alsina

5. Entrevista a Ricardo Alfonsín, diputado nacional por la provincia de Buenos Aires, dirigente de la Unión Cívica Radical.
¿Qué opina del proyecto de Fernando Rovira que acabamos de escuchar? ¿Está de acuerdo con la división de la provincia de Buenos Aires que propone?
Sinceramente, no creo que los problemas de la provincia de Buenos Aires se solucionen con ninguna división, como plantea Rovira. A mí todas estas propuestas me suenan a «marketing electoral». No me parece que ahí se encontrarán las soluciones para la provincia. Pero más allá de eso, si así fuera, hay que dar una discusión en la provincia misma. Las provincias son preexistentes a la Nación, así que el poder constituyente lo tienen ellas y el pueblo que allí vive. Creo que es una falta de respeto y una actitud hasta algo prepotente plantear una división de cualquier provincia desde el poder central.

¿Y no alcanza, en ese sentido, lo que está haciendo Fernando Rovira con estas ruedas de prensa?
No, acá no le está preguntando nada a nadie, está presentando en sociedad su propuesta, anunciándola. Fíjese que ya tienen elaborado un proyecto de ley para que sea tratado en el Congreso Nacional. Eso va contra la Constitución provincial, sería un avance inadmisible de la Nación sobre la provincia. CHEQUEAR A QUÉ ARTÍCULO DE LA CONSTITUCIÓN DE LA PROVINCIA DE BUENOS AIRES SE REFIERE.

Esto lo tiene que aprobar también la Legislatura provincial. Yo me pregunto, ¿esta gente no tiene en cuenta esas cosas?, ¿no tiene respeto por las provincias, por los estados preexistentes? ¿Están pensando de verdad en la provincia o en lo que les conviene a ellos, vaya a saber uno por qué?

¿Entonces usted no va a apoyar la propuesta de Rovira?

Voy a hacerla estudiar por mis especialistas como hago con todo, por supuesto. *GESTO QUE INDICA QUE LO TIENE MÁS CLARO DE LO QUE AFIRMA.* Pero desde ya le digo, yo creo que antes de esta discusión bizantina, que será muy difícil de zanjar, hay que empezar por hacer otras cosas para solucionar los graves problemas de la provincia.

¿Por ejemplo?

Dividir intendencias monstruosas que no pueden manejarse. La intendencia de La Matanza, por ejemplo, tiene cerca de dos millones de habitantes y la provincia de Santa Cruz cerca de trescientos mil. *CHEQUEAR CIFRAS.* ¿Le parece razonable? ¿Cómo hacés para manejar una intendencia de ese tamaño? ¿Cómo conseguís que el ciudadano te conozca y además te controle? Es imposible. Dividir intendencias no necesita tanta discusión, como sí la necesitaría dividir una provincia. El procedimiento es mucho más sencillo. Y además de dividirlas, habría que darles a los municipios mayor autonomía. Pero por otro lado, y fundamentalmente, para solucionar los problemas de la provincia de Buenos Aires es necesario desarrollar otras zonas del país, aquellas de donde viene tanta gente escapando a la pobreza. En la zona norte de nuestro país, salvo excepciones, hay mucha pobreza. Si estas personas, en sus provincias, tuvieran trabajo, educación, salud, futuro, probablemente no emigrarían. *CONSULTAR CON EL ENTREVISTADO SI PREFIERE CAMBIAR EMIGRAR POR MIGRAR, PARA QUE NO SE LEA COMO IRSE DEL PAÍS.* Ése es el verdadero desafío.

¿Y qué opina de la maldición de Alsina?
¿Qué cosa?

La maldición de los gobernadores, la que dice que nin-gún gobernador de la provincia de Buenos Aires podrá llegar a presidente de la Argentina.

¡Ah, sí, eso! No, por supuesto que no creo en nada que tenga que ver con maldiciones. ¿Pero viene a cuento?

No, no necesariamente, es una pregunta al margen, por una investigación que estoy haciendo.

Ah, entiendo. No, yo no creo en maldición alguna. Yo creo que los gobernadores de Buenos Aires que no pudieron llegar a presidentes no lo lograron porque no su-pieron construir lo que era necesario para serlo. Más allá de cómo hayan sido como gobernadores, hay todo un trabajo por hacer para ser apoyado y votado en el gobierno central, ellos no lo hicieron. Y los pocos que lo hicieron fueron de alguna manera traicionados por sus propios partidos. Eso también pasó, que a alguien que sí había trabajado ese camino a la presidencia no le fallaron los votos sino que lo traicionaron sus propios compañeros y no los dejaron llegar. Fíjese en Cafiero, por ejemplo, él habría llegado pero no pudo pasar la interna para postularse a presidente. Y más allá de las diferencias que yo haya podido tener con él, Cafiero habría sido un muy buen presidente, no tengo dudas. No, qué maldición ni maldición, yo no creo en eso.

CONSULTAR CON EL ENTREVISTADO ALGÚN EJEMPLO MÁS DE POLÍTICOS TRAICIONADOS POR SU PROPIO PARTIDO.

Según registros del diario La Nación *de septiembre de 1997, en un acto en Bahía Blanca durante la última cam-paña, Eduardo Duhalde le pidió al pueblo que lo ayudara a vencer «la maldición de los gobernadores».*

Conozco a Duhalde, si lo dijo fue irónico, metafóri-co, estoy convencido de que él tampoco cree en ninguna maldición. Si hay alguien que cree que lo que necesita para ser presidente es vencer una maldición, ¡ojalá ése no nos gobierne nunca!

21

Apenas termina las entrevistas a Ricardo Alfonsín y Eduardo Duhalde la China se mete en la oficina de Román. Cierra la puerta y va directo a la computadora. No hubo forma de abrir los comentarios de la nota desde el celular. Y no está dispuesta a posponer esa lectura hasta llegar al canal. Se caga en el 3G, en el 4G, el LTE y sus descendientes presentes y futuros, en el país de la comunicación telefónica imposible. Más imposible que la provincia de Buenos Aires, piensa la China. Si entra la secretaria «viste cómo es Ro», ya se le ocurrirá algo para decirle. Si entra Rovira, también. Nunca se había dado cuenta de lo lenta que es la página web del canal. No puede creer lo que hay que esperar para que esos comentarios, que habitualmente le importan muy poco, se desplieguen en la pantalla. Por fin, ahí están. Baja buscando el de Román. Punto ciego. Ella le escribió pidiendo coordenadas y él por fin respondió: «Cerca de El Campito. Te espero acá con María». La respuesta no le aporta más que confusión e inquietud. ¿Qué es esto? El Campito, y con mayúsculas. ¿Quién es María? ¿Se fue con una tal María? ¿O se fue a lo de una tal María? El nombre de esa mujer le hace dudar de todo lo que hizo hasta ahora por él. ¿No se estará metiendo en un inmenso problema sólo para que cuando llegue donde está Román lo encuentre feliz, disfrutando de la vida con una mujer? Tan feliz como pueda ser un hombre que se esconde de Fernando Rovira por el motivo que sea. No, no puede ser. No quiere que la historia de su vida la lleve a pensar que, una vez más, será suplantada por otra, pero le es inevitable. Le suenan todas las alarmas. *Danger*. Aunque la China y Román no tienen una relación concreta, si llega y él está con otra, sentiría eso, que una vez más —como con su padre, como con Iván, como con otros novios, como con tantas relaciones que no se terminaron de concretar— ella no fue la elegida. Si así fuera, no cree poder soportarlo. Trata de que ese dolor, que no es de ahora, no se le instale. Lo espanta. No, no será eso. María no tiene por qué ser una pareja de Román, si no tenía, si nunca se lo veía con nadie. Se queda pensando un instante en los pro y los contra de ir a ayudarlo con esta incertidumbre, y se da cuenta de que aunque una vez más termine desilusionada, no tiene opción. Ella no lo dejaría en la estacada, ella no es así. Intenta tranquilizarse pero, antes que nada, intenta encontrar argumentos para no sentirse una tonta al hacer lo que, ya sabe, va a hacer irremediablemente. Y aparece el mejor argumento: ir por Román es ir por la noticia. Ahí hay una noticia y ella es periodista, por lo tanto ése es el lugar donde debe estar. Vuelve a la pantalla y sigue leyendo. Román se despide del mismo modo: «Necesito verte afuera de esto». Y ella lee esa frase de las dos formas, como un hombre que la necesita y como una primicia urgente. Así que no duda más. Googlea: campito. Demasiadas respuestas posibles. Acota la búsqueda a El Campito.

Una escuela y cancha de fútbol. Torneos de fútbol, eventos deportivos. En Buenos Aires mismo, demasiado cerca de Pragma para que Román esté escondido allí.

Una institución que rescata y recupera perros con distintos problemas físicos, en Esteban Echeverría. Raro, pero podría ser.

Uno de los principales centros clandestinos de detención durante la dictadura conocido como Los Tordos, que funcionaba en Campo de Mayo. Apostaría que no es allí. Aunque no lo descarta.

Una casa de campo en Carmen de Areco. Podría ser, el dato para ubicarla es muy ambiguo.

Un refugio para gente en situación de calle, en Mar del Plata. Tal vez.

Por dónde empezar. Román puede estar en las proximidades de cualquiera de esos sitios, dentro de ellos, o en ninguno. La indicación es demasiado confusa, no ve en esos casos relación directa con él y su escondite. Es buscar una aguja en un pajar. Podría preguntarle algo más a Punto ciego pero sabe que tanto intercambio puede llamar la atención en una página donde ella suele contestar cada tanto y con monosílabos. Está segura de que Román debe de haber puesto allí todo lo necesario para que lo ubique. Lo más probable es que la información esté y ella no lo vea. Relee. Refresca la búsqueda en Google. Si ninguna dirección se destaca como la opción correcta tendrá que investigar todas. Le saca foto a la pantalla de la computadora con su teléfono. Tiene que sacar más de una para que entren todas las opciones.

Por fin apaga la computadora y se dispone a salir. Maldice a Román por hacérsela tan difícil. Aunque lo hace de una manera extraña, inhabitual, porque cuando está por abrir la puerta de la oficina ella se dice: «Virgen Santa, cuánto trabajo me está dando este chico». Y entonces se sorprende por haber dicho «Virgen Santa», si ella es agnóstica, y puesta a elegir una forma de expresar lo que acaba de pensar habría dicho «puta, cuánto trabajo», o «mierda, cuánto trabajo», o «este pibe del orto, cuánto trabajo». Pero se le apareció la palabra «Virgen» y, como si se le iluminara el cerebro, por fin entiende lo que los celos y el sentimiento de abandono no le dejaron ver: que la Virgen siempre estuvo ahí porque María es la Virgen y que El Campito no es ninguno de los que encontró en Google sino el de San Nicolás. ¡Si ella hasta entrevistó a Gladys Motta, la mujer que decía que la Virgen se le aparecía a diario! ¡En El Campito! Vuelve, enciende la computadora otra vez, y googlea: El Campito Virgen. Y ahí sí está la respuesta correcta. El santuario de la Virgen de San Nicolás que empezó teniendo ese nombre y al que muchos siguen llamando así: El Campito. San Nicolás, la ciudad en donde, alguna vez Román le contó, vive su tío, «radical de toda la vida y de San Nicolás de toda la vida, pero que detesta El Campito y el lío que se le arma cerca de la mueblería cada vez que es el día de la Virgen». Se lo contó una tarde en que ella venía de cubrir una nota en una ceremonia pública de un pastor carismático al que le habían permitido poner un escenario en medio de la avenida 9 de Julio y la ciudad se había convertido en un caos de tránsito. «El pastor tiene más seguidores que la mayoría de nuestros políticos. Casi tantos como la Virgen de San Nicolás, si no preguntale a mi tío.» ¿Era mueblería? ¿O lo que vendía eran artículos electrónicos? No está segura. Por qué tiene tan mala memoria para los detalles. O para esos detalles, seguro que mientras Román le hablaba de su tío ella estaba pensando en sus ojos, los de Román, o en su boca, u oliendo su perfume. Su boca, está casi segura de que era eso lo que la distrajo, suele ser eso. Román Sabaté está ahí, en lo de su tío, ella no tiene ninguna duda. Y María no es una María sino la Virgen. ¿Cómo se llega a San Nicolás? Como sea, estará allí cuanto antes. Va a pedir un auto prestado, ya sabe a quién, a Iván, su ex, que sigue pagando la culpa de haberla dejado por su ex mejor amiga. No le va a decir que no. Nunca le dice que no. Si ella manejaba el auto de Iván como si fuera suyo cuando estaban juntos. Le inventará una excusa. En definitiva, él la metió en este lío, él le consiguió la entrevista con Eladio Cantón y por esa entrevista está escribiendo *La maldición de Alsina*. Cómo no le va a prestar el auto; si no fuera por él tal vez ni habría conocido a Román Sabaté. Además de esos argumentos —que no compartirá con Iván—, la realidad es que no se le ocurre otra persona a quien pedírselo. Sus amigas no tienen auto, sólo una de ellas tiene una Vespa roja que sería sumamente inadecuada. Los compañeros de trabajo con los que tiene más confianza, tampoco. Ya mismo va a ir a la oficina de su ex a pedírselo, lo debe de tener estacionado ahí cerca. Eso es lo bueno de no tener familia, nadie piensa, «¿por qué no le pide a un hermano, o a su padre, o a un tío?». Simplemente porque no tiene. Y no puede ir al rescate de Román Sabaté sin movilidad, debe llegar rápido y poder moverse libremente dentro de San Nicolás. Tal vez hasta necesiten el auto para escapar hacia otro sitio. La China Sureda no sabe con qué se va a encontrar, sin embargo no tiene miedo porque se siente la protagonista de una *road movie* en la que encabeza elenco junto a Román Sabaté. O sí, tiene miedo, pero mejor pensar que es la heroína de una película y no una mujer imprudente, manipulable. Eso le diría su propio miedo si dejara que le hablara. Ella ya fue imprudente y manipulable. Ahora es otra cosa. Y es periodista, carajo. No está dispuesta a que el miedo la paralice. Prefiere hacer lo que hace, ignorarlo. Saldrá hacia El Campito de la Virgen, de inmediato, manejando el auto de su ex, radiante, actriz principal en pleno rodaje.

Ahora sí puede irse y está por hacerlo, pero un instante antes de agacharse a apagar la computadora se abre la puerta y quien entra, para su sorpresa, no es ni la secretaria ni el mismo Rovira sino Sebastián Petit, que va directo al grano:

—¿Sabés algo de él?

—¿De quién?

—Del dueño de esta oficina.

—¿De Román? No, nada. No lo veo hace unos días. ¿Por? ¿Lo necesitás?

Sebastián no contesta, pero le sonríe de una manera que demuestra claramente que no entra en su juego de «acá no pasa nada». Va hacia el escritorio. La China se apura a cerrar en la pantalla las ventanas que estuvo revisando. Cuando Sebastián llega junto a ella, la computadora muestra el sitio del canal de noticias y los comentarios a la nota de la China, que es la única ventana que ella no llegó a cerrar.

—¿Qué hacías?

—Me tomé el atrevimiento de usarle la computadora a Román. Ya lo hice otras veces y me dijo que no hay problema. Tenía que mirar algo en una nota que subí al sitio del canal.

—¿Y encontraste lo que buscabas?

—Sí, claro, un asunto sin importancia, pero viste cómo son los jefes, se les mete en la cabeza que tenés que hacer algo y aunque no sea urgente se ponen ansiosos y te persiguen hasta que cumplís. Los crueles burócratas de las corporaciones... —dice la China, inclinándose para apagar la computadora.

Sebastián la deja hacer, pero sin sacarle ni un segundo los ojos de encima.

—Entonces... nos vemos —dice ella, que le regala una sonrisa de compromiso y va hacia la puerta.

—Nos vemos —responde Sebastián, con una sonrisa similar.

En cuanto la China sale, Sebastián se acomoda frente a la computadora y la prende. Busca la nota a la que se refería Valentina Sureda. La lee íntegra a pesar de que le aburre soberanamente lo que cuenta. No encuentra nada en el texto que pueda darle alguna clave. Tampoco en los primeros comentarios, que le parecen abominables. Hasta que llega a los tres que la China se tomó el trabajo de contestar. Descarta el del hombre que disiente y el de la mujer que está de acuerdo. Se queda con el del medio. Y deduce lo que está pasando con rapidez, esa rapidez por la que nadie, nunca, puede seguirlo. Para establecer la relación entre ese mensaje y Román, Sebastián no necesita ni sus cuadros sinópticos ni los mapas que despliega por su departamento. Le resulta de una evidencia brutal que el supuesto televidente que le da coordenadas para encontrarse en El Campito y con María no puede ser otro que Román escondido en San Nicolás, en casa de su tío Adolfo. Dónde más podría estar si busca refugio. Le preocupa que dejen rastros tan evidentes. Y que Román haya elegido San Nicolás en lugar de esconderse en el único sitio donde podría estar a salvo. Además, y esto es lo que más lo perturba, ¿por qué Román confía en esta chica de pocas luces y no en él? Le decepciona que su amigo no haya actuado mejor. Pero no importa. Él lo va a sacar de ahí y lo va a llevar a donde debería estar, el único sitio a prueba de Fernando Rovira. Lo va a ir a buscar a San Nicolás y lo va a poner a salvo. No sabe aún qué está pasando, qué hizo su amigo, por qué se fue, ni por qué lo buscan. Sí sabe de qué lado está él: del de Román Sabaté. En cuanto pueda irá a buscarlo. Pero Fernando Rovira acaba de convocar a una reunión de equipo para evaluar los resultados de la presentación de esta mañana, con almuerzo incluido, y si se va antes llamaría la atención de todos. Cómo no va a estar él, que desarrolló el proyecto como un sastre a la medida de Rovira. Saldrá para San Nicolás apenas termine ese almuerzo. Seguramente la China Sureda ya estará yendo para allá, va a llegar antes pero no es grave; mientras se queden ahí y no empiecen a moverse inútilmente, saldrá todo bien. Va a alquilar un auto, un coche que nadie conozca, porque con ese mismo auto llevará a Román a lugar seguro. Mira la pantalla, vuelve a leer: «Punto ciego, necesito verte afuera de esto». Se pregunta qué querrá decir esa parte del mensaje, y por qué Román habrá decidido ponerse ese apodo, Punto ciego. Eso sí que no lo entiende.

Tiene que hacer aún dos cosas antes de salir de esa oficina: borrar los rastros de que alguien estuvo allí y eliminar de ese sitio de noticias cualquier dato que pudiera conducir, a quien sea, hasta ellos. Sabe cómo hacerlo, no es tan difícil, con un poco de paciencia ni ese comentario ni ningún otro quedarán registrados al pie de la nota de Valentina Sureda.

22

Apuntes para La maldición de Alsina

6. Entrevista a Eduardo Duhalde, ex presidente de la Nación, dirigente del Partido Justicialista.
¿Qué opina de la división de la provincia de Buenos Aires que acaba de proponer Fernando Rovira?
Yo no estoy en desacuerdo con la idea de dividir la provincia, pero hay que estudiar muy bien cómo y ver si es posible hacerlo. Siempre pensé que hay dos provincias: el Conurbano y el resto. El gran tema es a quién le dejamos el Conurbano. No es tan fácil. Si juntás el Conurbano con la Capital armás otro lío. Yo no estoy de acuerdo con una provincia que tenga más del cuarenta por ciento de la población del país. *CHEQUEAR CIFRA.* Como no estoy de acuerdo con que se siga construyendo sin control. A mí lo que sí me gustó es aquel proyecto de Raúl Alfonsín de llevar la capital a otra provincia. Ése es un proyecto pendiente de la Argentina. Eso habría generado un nuevo polo de atracción. Tal vez yo no hubiera elegido instalarla en el Sur como propuso él, preferiría que fuera en el centro del país, pero sin dudas sería muy bueno hacerlo algún día. *BUSCAR EL PROYECTO DE R. A.*

¿Por dónde empezaría a trabajar para que la provincia sea más manejable?
Empezaría por dividir los municipios. Nosotros presentamos en su oportunidad un proyecto donde La Matanza se dividía en siete. Lomas de Zamora en cuatro. *BUSCAR ESTE ANTECEDENTE.* Lamentablemente no lo logramos. Insisto, yo lo que no veo factible del proyecto de Rovira es cómo acomodar el Conurbano. El gran problema de

los dieciocho millones de habitantes que viven en Capital y Gran Buenos Aires no lo solucionás dividiéndola en dos. *CHEQUEAR CIFRA*. Es un tema para analizar muy bien. Es algo para trabajar.

¿Y qué piensa de la maldición de los gobernadores, la que dice que ningún gobernador de la provincia de Buenos Aires será presidente de la Argentina?
RISAS.
Yo no creo en maldiciones. No creo para nada.

Hay un tal Salazar de la ciudad de La Plata que dice que lo ayudó a revertir la maldición...
MÁS RISAS.
No creo. Yo no creo. Ni siquiera se me ocurre tomar en serio una cosa así. Lo que sucede son otras cosas. La provincia de Buenos Aires es mal mirada por el resto del país. El puerto, el centro dominante, y muchos gobiernos que pasaron y la privilegiaron para sacar votos. Por todo eso se da el recelo.

Hay una nota del diario La Nación, *de septiembre de 1997, que transcribe una parte de un discurso de campaña suyo, en Bahía Blanca, donde supuestamente dice «le pido al pueblo que me ayude a revertir la maldición»...*
No recuerdo haberme referido nunca a ese tema...

Habrá sido metafórico...
¿Está en internet? Me extraña haber dicho eso...
BUSCAR ARCHIVO.

A lo mejor fue una declaración forzada, sacada de contexto...
Yo no me acuerdo. El tema no son las maldiciones. Es otro el tema.

¿Cuál es su hipótesis de por qué ningún gobernador de Buenos Aires llega a presidente de la República?
El Conurbano no vota al candidato de Buenos Aires, vota al del interior. Porque en el Conurbano un gran nú-

mero de votantes no es bonaerense, llegan desde otras provincias, mantienen la identidad del lugar de donde vienen, y votan al candidato del interior. Que es otro. No nos consideran. La provincia no tiene identidad propia. Vos vas a recorrer el Conurbano, yo iba con mi mujer todos los fines de semana, y escuchás música de las provincias, chamamé o lo que sea. En el Conurbano nadie se siente bonaerense. El verdadero bonaerense es el del resto de la provincia. Y por esa falta de identidad no sabemos hacer valer el voto en el Congreso. Por ejemplo, si hay un problema que afecta a una provincia norteña, se juntan todas las provincias cercanas y votan en malón. Ahora, ¿qué hace el diputado bonaerense?, vota con cualquiera, no se junta ni siquiera con los otros bonaerenses, vota con quien le parece.

¿Usted piensa que el sistema representativo vigente es justo para la provincia?

No, claro que no. Yo le llevé al actual gobierno un proyecto y hablé con la cámara electoral. A nosotros nos corresponden veinte diputados más. *CHEQUEAR CIFRA*. Es justo que así sea y hay que hacer respetar la Constitución.

Entonces, no hay nada que trabajar sobre maldición alguna.

No que yo sepa. *RISAS, EL ENTREVISTADO SE QUEDA EN SILENCIO UN INSTANTE.* Sobre lo que hay que trabajar es el fortalecimiento de nuestra identidad. No hay identidad bonaerense. Yo lo intenté en su momento estableciendo la bandera de la provincia, por ejemplo. Hay que hacer más cosas. Me acuerdo del caso de Cafiero y Menem. Cafiero era un político muy importante, de la provincia de Buenos Aires, pero cuando recorrían el Conurbano al que querían, al que reconocían, era a Menem, de La Rioja. Por eso Cafiero no fue candidato a presidente. No por ninguna maldición. A menos que ésa sea la maldición. *NO ME QUEDA CLARO A QUÉ SE REFIERE CON «ÉSA», LLAMAR Y REPREGUNTAR.*

23

Las semanas que siguieron a la propuesta de paternidad del matrimonio Rovira fueron de incomodidad y malestar. Tal como me había sugerido la profesora de filosofía que conocí en el micro de Pinamar a Retiro, el lunes me presenté a trabajar. Y esperé que fuera Fernando Rovira quien me dijera que no pertenecía más a Pragma. Pero no fue así, y un día siguió a otro sin que sucediera tal cosa. Entraba en Pragma y se me cerraba el estómago. El problema no era Rovira sino su mujer. Dejó de hablarme. Llegó a ignorar mi saludo delante de otra gente a la que sí saludaba. Y para colmo venía a las oficinas más que antes. O eso me parecía. Rovira, en cambio, se manejaba como si no hubiera pasado nada. No volvió a mencionar el tema. No modificó la forma de tratarme, la frecuencia de encuentros ni sus rutinas. Seguimos entrenando como todas las mañanas, y a pesar de que yo temía que en cualquier momento una bomba explotara en medio de nosotros, nada pasó. Sólo una vez, un día que salimos a correr y nos cruzamos con Lucrecia, él retomó el tema. Volvíamos a la casa transpirados. Ella salía apurada, muy arreglada, demasiado para esa hora de la mañana; se detuvo, cruzó dos palabras con su marido, lo besó en los labios, me miró con desprecio, dijo: «Qué horrendo, ¿no?», y siguió. Yo me puse tenso. Rovira lo notó y trató de minimizarlo: «No te pongas mal. Ya se le va a pasar». «No entiendo por qué me trata así», dije. «No entendés a las mujeres, entonces. Está ofendida, cree que rechazaste la propuesta porque ella...», buscó las palabras, «...no te motiva, por decirlo de alguna manera». Me sentí más incómodo aún; otra vez había logrado que el que se sintiera en falta fuera yo. «¿Vos qué le dijiste?», pregunté asombrado. «Nada en particular. Le dije que rechazaste la proposición pero que no diste ningún motivo. ¿O lo diste y no te escuché?» «No creí que hiciera falta.» «Okey, yo respeto tu silencio pero ella lo interpreta. Más que tu silencio. Te rajaste, saliste carpiendo como si estuvieras en peligro de muerte», señaló con un tono de burla, y hasta me pareció que se rió. «Fue una situación incómoda, no sabía cómo manejarme.» «Mirá, lamento si te incomodé. Para mí era algo natural, una cuestión relacionada con la vida y con los tiempos que corren. Y no te presioné, sólo te hice una propuesta. Ni siquiera te pedí una respuesta inmediata, te dije que lo pensaras. ¿Te acordás de que te dije que lo pensaras?» «Sí, me acuerdo», respondí. Claro que me acordaba, me acordaba de cada palabra que pronunció Rovira aquella tarde. «Pero te fuiste como si hubieras visto al demonio. No digo que haya que ofenderse como se ofendió Lucrecia, pero tu actitud fue cuanto menos rara». El raro era yo, el de actitud desubicada era yo. Nos cruzamos con dos integrantes de Pragma que se detuvieron un instante a saludarnos y, para mi alivio, eso interrumpió la conversación. Seguimos en silencio mientras entrábamos a la casa. Fui directo al gimnasio. Teníamos que elongar, como hacíamos cada mañana luego de entrenar; a Rovira le pesaba esa parte de la rutina pero si no lo hacía, una vez frío no se podía mover. Caminé delante de él, cosa que nunca hacía, para evitar la charla. Ya en el gimnasio y con la intención de que no volviera al tema, le hablé casi maníacamente de los ejercicios, repetí indicaciones que Rovira sabía de memoria, repasé las rutinas una y otra vez en voz alta. Cuando lo ayudaba a colocarse en el espaldar, como si no hubiera estado escuchando nada de lo que le decía, me preguntó: «¿Y?, ¿lo pensaste?». Me sentí violentado. Lo miré e intenté responder con firmeza para evitar más equívocos. «No hay nada que pensar. Por si no quedó claro, la respuesta es no, y es definitiva. No hay por qué ofenderse. Vos proponés, yo digo que no. Sólo eso.» Rovira se detuvo unos instantes en su posición, con la pierna arriba de la barra, estirando el isquiotibial. Al rato giró hacia mí, se sonrió y dijo: «*Touché*». Y sin que se le borrara la sonrisa volvió a decir, «*touché*», meneó la cabeza y retomó el ejercicio. Después de eso sí que no habló más del tema. Pero en cada oportunidad en que nos encontrábamos, al compartir una actividad o al cruzarnos en los pasillos de Pragma, yo sentía que Rovira me miraba de la misma manera en que me miró en el gimnasio elongando el isquiotibial. Aunque no repitiera la pregunta, yo sentía que la formulaba: «¿Lo pensaste?». Y adentro de mi cabeza escuchaba nítido su: «*Touché*».

La situación ganaba tensión cada día. Al cabo de un mes empecé a sentirme preocupado, no dormía bien de noche, estaba nervioso, tuve una gastroenteritis seguida de un sarpullido en el abdomen y las piernas, a los que los médicos no le encontraron más explicación que motivos psicosomáticos. Una mañana en que Bonara pasó delante de mí y otra vez ignoró mi saludo pero dijo «Qué horrendo, ¿no?», empecé a maltratar a la secretaria que tenía más cerca, descargando sobre ella una ira que no merecía. La chica se puso a llorar y yo no sabía cómo disculparme. Ese día decidí que me tenía que ir de Pragma, que si seguía allí todo iba a terminar muy mal. Peor que mal. Necesitaba encontrar otro trabajo lo más rápido posible. Recurrí a Sebastián, le pedí ayuda, él tenía contactos en gran cantidad de empresas. Le hablé con medias verdades, dije hasta donde podía. Muy poco. Argumenté que había tenido un problema con Lucrecia Bonara y que no me sentía cómodo trabajando con ellos. «¿Qué pasó?,

¿te la quisiste levantar y te cortó el rostro?», preguntó Sebastián. «No seas pelotudo», le contesté. Él se rió, pero a mí nada podía causarme gracia. Mucho menos eso. Intenté dar una explicación: «Viste cómo es esta gente, siempre piden más... bueno, ella quería que la entrenara los fines de semana para un triatlón, y yo no quiero trabajar más horas de las que trabajo. Dije que no y se ofendió». «Nunca me imaginé que ella corriera triatlones.» «Yo tampoco, pero parece que sí», mentí, y se notó. Sebastián lo dejó pasar, creo que me vio perturbado y me perdonó la vida. «Entiendo... un triatlón. Lo mío es una función técnica, conmigo se meten menos, a vos desde el principio te asignaron tareas personales y ahí la relación se resiente porque terminan creyendo que pueden pedir cualquier cosa, como si fueras de la familia.» «Así, tal como lo decís. Pero no es que crean que somos familia, lo que quieren es que lo creamos nosotros. Y yo familia ya tengo. No soy Rovira ni lo quiero ser. Así que me voy. ¿Me ayudás a conseguir algo?» «Claro, amigo, ya me pongo en campaña.»

A la semana Sebastián me había conseguido una entrevista de trabajo en un banco donde un compañero de la universidad era gerente de marketing. Se trataba de un puesto menor, asistente junior, pero yo era consciente de que sin tener más que el secundario completo era difícil aspirar a un puesto mejor. El amigo de Sebastián parecía entusiasmado, más que con mi perfil, con lo que Sebastián le habría dicho de mí. «Hace tiempo que no me recomiendan a alguien con tanto énfasis», dijo. Me alentó para que aceptara el puesto, me contó que había posibilidades de progreso, que era un área en crecimiento y que ellos mismos me iban a capacitar. El sueldo en mano resultaba levemente inferior a lo que cobraba en Pragma; eso no me importaba, mientras me permitiera vivir tranquilo. Acordamos que empezaría a trabajar en quince días, después del psicotécnico, el ambiental y la ficha médica, aunque me aseguró que esos pasos eran formalidades; «ya estás adentro, Román, bienvenido». Estaba adentro, y estaba afuera. Sentí alivio y también algo de desilusión porque mi historia en Pragma terminara de esa arbitraria manera. Hasta aquel fin de semana en Cariló yo había hecho un recorrido lleno de elogios y parecía que se venía para mí un futuro venturoso. En cambio de eso, y de un día para otro, lo que había construido se vio truncado de forma inesperada y abrupta. Me habían tomado con un objetivo inimaginable, pero yo desde el primer día y hasta el planteo de paternidad había hecho bien mi trabajo.

Estaba afuera. Sin embargo me faltaba aún hablar con Rovira, presentarle la renuncia y despedirme para siempre. Nada menos. Decidí que lo iba a hacer ese viernes; dejaría que avanzara la semana y anunciaría mi decisión el último día. Rovira se anticipó. El miércoles Sebastián me vino a ver: «¿Vos ya le dijiste al gran jefe que te vas?». «No, ¿por qué?» «Porque me dijo mi amigo que alguien en nombre de Rovira estuvo haciendo averiguaciones en el banco acerca de tu contratación. Es obvio que le pasaron el dato y está ofuscado. Estas cosas se filtran, tenés que decirle cuanto antes. Los jefes como Rovira son celosos, creen que les pertenecés y que irte con otro es una falta grave. No te dan la libertad así nomás porque sienten que se quedan en bolas.» «Hegel y la cuestión esa del amo y el esclavo», acoté. Sebastián se me quedó mirando, probablemente impresionado por un concepto que consideraba ajeno a mis conocimientos. «Bien esa referencia. Aunque estamos en el siglo XXI, así que no sabemos si Hegel aplica. No esperes que la cosa explote, si es que no explotó ya. Contale vos. Y hacelo sentir grande, adulalo, decile que fue una decisión durísima, que hubieras querido seguir en Pragma, trabajando para él por los siglos de los siglos, amén, pero

219

que no podés dejar pasar esta oportunidad. Mentile, como nos mienten ellos.» Juzgué razonable el consejo de Sebastián. No sabía si podría llevar la charla a tales extremos; lo intentaría de todos modos. Le pedí una reunión a la secretaria de Rovira y al rato ella me habló para decirme que mi jefe me recibiría al día siguiente, antes del almuerzo. Me llamó la atención, cuando pedía verlo me atendía casi inmediatamente, nunca me demoraba de un día para otro. Rovira estaba ese día en Pragma, más tarde o más temprano podía hacerse un hueco para recibirme. Solía ser así. No dije nada, esperé hasta el día siguiente y en el horario pactado para la reunión me presenté en su oficina. Me hizo sentar y hasta él mismo me sirvió un café. Fue directo: «Sí, contame, me dijo mi secretaria que necesitás hablar conmigo. ¿Qué pasa?». Lo intenté, pero apenas dije dos o tres palabras comenzó a sonar mi celular. Traté de encontrarlo en el bolsillo, con los nervios me enredé en el movimiento y antes de poder hacerlo el teléfono dejó de sonar. Me disculpé. «Ningún problema», dijo Rovira, «si tenés que recibir algún llamado...». «No, no», dije, «no tengo que recibir ningún llamado». Quise empezar desde el principio, el teléfono sonó otra vez. «No lo puedo creer», dije, «ya lo apago, perdón». «Atendé, no hay apuro, tal vez sea algo importante...», dijo él. Pensé que Rovira, sin haber hablado aún del asunto pero sabiéndolo, daba a entender que me estaban llamando del otro trabajo. «No, no, esta charla es más importante que cualquier llamado», dije, recordando la estrategia que me había marcado Sebastián. Metí la mano en el bolsillo, saqué el teléfono, y cuando fui a apagarlo vi que quien llamaba era mi padre. Eso me sorprendió y hasta me descolocó un poco. Mi padre no solía llamarme, mucho menos en horario de trabajo. Creo que nunca antes lo había hecho. Y no era propia de él tanta insistencia. Me quedé mirando la pantalla un instante, con preocupación, pero luego guardé el teléfono otra vez aunque sin apagarlo. «¿Pasa algo?», preguntó Rovira. «No. Bah, no sé. Espero que no. Es mi padre, es raro que llame.» «Por favor, atendelo o llamalo vos, yo de verdad hoy estoy tranquilo con la agenda, no tengo apuro.» Dudé. Rovira me mostraba una amabilidad y una empatía que no le había visto antes, pensé que tal vez el hecho de que sabía que estaba por irme de Pragma lo llevaba a un último y desconocido intento por convencerme de que no lo hiciera. Pero con Rovira nada es como parece. Interrumpiendo mis elucubraciones, el teléfono empezó a sonar otra vez; como en un acto reflejo me levanté de la silla y atendí. A partir de ahí lo que siguió fue vértigo y confusión. Los acontecimientos dieron un vuelco de ciento ochenta grados. Mi vida lo daría en breve. Mi padre lloraba en el teléfono, balbuceaba algo que era incomprensible para mí. Y mezclado en ese discurso enrevesado, yo sólo distinguía: «Mamá, mamá se nos va». A pesar de mi propia intranquilidad, trataba de calmarlo para que pudiera explicarme qué pasaba. Como pudo, logró decirme que mi madre había tenido un accidente en la ruta a Paraná. Que nadie entiende cómo ni por qué se fue a la banquina de esa manera, «en una de esas curvas de la isla Verdú, ni bien pasás el río Colastiné», que un médico de Buenos Aires que casualmente pasaba por allí la vio despistarse y chocar contra unos árboles, y fue a asistirla. Dijo que «en medio de la desgracia eso había sido un milagro porque gracias a Dios él le había podido dar los primeros auxilios ahí mismo». Las palabras «desgracia», «milagro», y en especial «gracias a Dios» me sonaron extrañas en boca de mi padre. Poner atención a eso me permitió escaparme unos instantes del accidente. Mi padre repetía una vez más el relato: mi madre iba en la ruta de Santa Fe a Paraná, él no sabía por qué, ella no había mencionado que tuviera que ir a la ciudad vecina, inexplicablemente también había mordido la banquina y para cuando los árboles la detuvieron ya estaba desvanecida, en paro, un médico la socorrió en la ruta haciéndole las maniobras de resucitación y la acompañó en la ambulancia al Cullen, el hospital de Santa Fe que recibe a los accidentados o heridos graves. «Hay que sacarla de acá, Román», me dijo. «Tranquilo, papá, el Cullen es un buen hospital.» «Pero el médico que la trajo está convencido de que no le están dando los cuidados necesarios para salvarle la vida, que no le dan al asunto la importancia que merece, porque ellos se ocupan de heridos y mamá no está herida, mamá tuvo un paro, parece que tuvo más de un paro, tal vez por eso se fue a la banquina, no sé, no sé ni siquiera por qué salió de casa, Román, no entiendo nada», dijo y se puso a llorar sin consuelo. Como pude traté de contenerlo, esperé a que se calmara. Al rato, él lo intentó una vez más: «Me aconseja el médico que la llevemos a una clínica en Buenos Aires, que es de vida o muerte». Mi padre repetía: «Es de vida o muerte». La frase me sacudió. Sentí que me desvanecía. Rovira, que pareció haber entendido lo que estaba pasando, me acercó una silla y me hizo sentar. Al hacerlo se me deslizó el teléfono de la mano, Rovira lo atajó en el aire y se lo llevó al oído. «Hola», dijo, «soy Fernando Rovira, despreocúpese de cualquier otra cosa que no sea acompañar a su mujer, señor Sabaté, acá estamos para ayudarlos. De verdad, usted sólo ocúpese de estar cerca de ella, de lo demás nos encargamos nosotros. Por favor, páseme con el doctor que lo está asistiendo así me dice bien qué necesitan». Entonces Rovira habló con el médico durante un rato largo. Me imaginaba a mi padre, igual que yo, abatido, sin poder tomar las riendas del asunto, aterrado, dejando que otros se ocuparan. Rovira atendió las indicaciones del médico, dijo que sí reiteradas veces ante propuestas que yo no llegaba a escuchar, y antes de cortar me pasó el teléfono para que me despidiera de mi padre. Me dijo en voz baja: «Tranquilizalo, y decile que en un rato sale un avión para allá a buscar a tu mamá». Repetí eso, alguna cosa más, corté y me puse a llorar como un chico. Rovira, parado frente a mí, me apretó un hombro y se quedó unos segundos en ese gesto. «De verdad va a estar todo bien. Yo me ocupo», dijo, por fin, y salió de la oficina.

Fui a buscar a mi madre en un avión sanitario dos horas después. Llegué al Cullen en ese momento de la tarde en que limpian el hospital y los parientes deben salir a esperar afuera, los más afortunados sentados en las reposeras que ellos mismos llevan. Eso me demoró unos minutos que me parecieron eternos. Me encontré afuera con mi padre y con el médico que ahí supe se llamaba Martín Capardi. Los médicos del Cullen insistían en que no hacía falta trasladarla, que el cuadro era menos dramático que lo que decía Capardi. Él los miró con desprecio, y luego nos dijo: «Hablan así porque no es la madre de ellos». No tuvimos dudas, por qué tenerlas. Capardi se quedó junto a nosotros y pidió viajar en el avión a Buenos Aires, «por cualquier eventualidad». Mi padre se lo agradeció, había depositado en él su confianza, y el hecho de que nos acompañara lo tranquilizaba sobremanera. Durante el viaje, Capardi no sólo asistió a mi madre sino que coordinó con Rovira detalles de la internación en la clínica de alta complejidad donde gracias a sus contactos habían conseguido cama para internarla. Yo consolaba a mi padre y trataba de mostrarme seguro, fingía que no tenía dudas de que todo iba a salir bien. Habían quedado muy lejos Cariló, Lucrecia Bonara, el nuevo empleo. El accidente de mi madre les había dado una nueva dimensión a las cosas, les había concedido un nuevo sistema de prelación. El doctor Capardi, a partir de aquel día, pasó a ser casi un santo para mis padres, venerado y consultado ante la más mínima duda, incluso en asuntos ajenos a su profesión. Y mi madre recibió la medicación y la rehabilitación indicada por él, que no le habría cubierto su obra social ni habríamos podido pagar nosotros, gracias a que Fernando Rovira se hizo cargo de la totalidad de los gastos. No fui a trabajar a Pragma por tres semanas. No llamé al nuevo trabajo, pero supongo que Sebastián habrá explicado lo que pasaba. Sólo acompañé a mi madre. Y a mi padre. Íbamos juntos todas las mañanas a instalarnos en la clínica, hasta la hora de la noche en que prácticamente nos echaban de los pasillos de cuidados intensivos. Le llevábamos música, *Amanece en la ruta* era la canción de cabecera. La acariciábamos, le hablábamos, no nos movíamos de allí aunque los horarios de visita de terapia intensiva eran muy cortos. Una tarde, cuando ya lo peor había pasado y teníamos la esperanza de que pronto mi madre volvería a ser la que era, mi padre, agnóstico igual que ella, me confesó que llevaba en el bolsillo una estampita de la Virgen de Nuestra Señora de los Milagros y un algodón de esos que dejan los curas debajo del cuadro que se supone sudó hace tantos años. No somos católicos practicantes, apenas católicos por herencia familiar, nunca en mi casa habíamos ido a las procesiones ni de la Virgen de los Milagros ni de la Virgen de Guadalupe, las dos que congregan más fieles en Santa Fe. Que mi padre le rezara a una Virgen y pasara un algodón embebido en supuesto sudor por la frente a mi madre cuando las enfermeras no lo veían fue algo que nunca me imaginé que iba a presenciar. Me pregunté si se animaría a contárselo a su hermano Adolfo, que tanto se quejaba de la invasión de multitudes que van a venerar a la Virgen de San Nicolás, muy cerca de su casa; no vi que lo hiciera cuando vino a vernos a la clínica. Pero cómo reprochárselo, cómo siquiera sorprenderme. Ojalá yo hubiera podido creer en algo. En lo único que podía creer era en esa música que le ponía y en la fuerza de mi madre. No contaba con nada más. Hasta que un día ella despertó, nos miró, nos reconoció, y volvió a ser casi como siempre. En cuanto se sintió mejor empezamos a hacerle las preguntas para las que no habíamos encontrado respuesta en tantos días: adónde iba, por qué había salido de su casa hacia Entre Ríos, qué la había hecho morder la banquina. A nada tenía respuesta, era como si hubiera borrado ese último día de su cabeza. «¿No me llamaste vos?», me decía. Yo negaba con la cabeza. «¿No te había pasado algo, y necesitabas...?» Yo volvía a negar, tratando de no ser duro con ella aunque sin dejarla persistir en la confusión. Me miraba, se quedaba así un rato, luego se le llenaban los ojos de lágrimas y decía: «No eras vos...». Y se largaba a llorar. Yo le agarraba la mano: «Tranquila, mamá, no te esfuerces, ya vas a saber». Pero no pudo salir de ahí, de ese recuerdo errado y confuso que no la conducía a nada. Decía que yo la había llamado pidiendo auxilio, diciéndole que estaba en Paraná, que tenía que ir urgente a llevarme un dinero. Con mi padre pensamos que podía haber sido uno de esos secuestros virtuales o extorsiones telefónicas con las que sacan plata a un familiar distraído y desesperado. Hoy sospecho que tampoco fue eso. Dejamos de preguntarle, para qué insistir. Ella estaba con nosotros y era lo único que verdaderamente importaba.

«¿Cómo vamos a hacer para pagarle a tu jefe lo que hizo por nuestra familia?», me preguntó mi padre el día en que le dieron el alta a mi madre y se volvían para Santa Fe en un auto de Pragma dispuesto para ellos por Fernando Rovira. «Y no hablo de plata, hijo. Le debemos nada menos que la vida de tu mamá. ¿Cómo se paga eso? Yo no sé.» Lo abracé, nos quedamos abrazados un rato, desahogándonos de la tensión que habíamos juntado en esos días. No quería soltarlo. «Yo no sé cómo se paga una cosa así, Román», repitió entre mis brazos y en un sollozo. Me separé de él, lo miré y le dije con una convicción que no reconocía en mí:

«No te preocupes, papá. Yo sí sé cómo se paga. Yo me encargo».

24

Convinimos en que lo mejor sería que nuestros encuentros sexuales fueran en la casa de los Rovira. Tuvimos un encuentro previo, de otro tipo, social, los tres, Rovira, Lucrecia y yo, donde acordamos ése y otros detalles. No recuerdo haber pasado por una situación más incómoda en toda mi vida. Fue más incómodo, incluso, que cuando me lo propuso en Cariló. En aquella época me podía sorprender, enojar, indignar, ahora no, yo estaba allí porque había dicho que sí, y eso cambiaba todo. Hablamos en la cocina de su casa, que estaba en el mismo edificio de Pragma, aunque con acceso exclusivo para la familia como el resto de las habitaciones: una zona del edificio en la que hasta ese día nunca había entrado pero que, no podía ni sospecharlo, un tiempo después llegaría a ser mi casa. El camino que yo recorría cada día terminaba en el gimnasio, que era el límite que separaba la zona de uso exclusivo de los Rovira de las oficinas. La convocatoria a esa reunión inicial era una invitación a desayunar. No había personal de servicio a la vista, así que daba la sensación de que el café que se hacía en la cafetera, las tostadas humeantes que acababan de saltar, o el jugo recién exprimido que Fernando Rovira acercaba a la mesa hubieran sido preparados por ellos, lo que me resultaba falso, una esmerada puesta en escena. Por supuesto, era lógico que si íbamos a hablar de lo que teníamos que hablar no hubiera otras personas presentes, pero no entendía la pantomima del desayuno preparado con sus propias manos. A esa altura era lo menos importante, sin embargo me concentré en aquel detalle: la falsedad; lo destaqué en mi mente, lo puse por delante de cualquier otro pensamiento, para que no me paralizara el verdadero motivo que me había llevado hasta allí.

Tal vez para ellos, al menos para Lucrecia que parecía algo inquieta, la ficción funcionaba con el mismo efecto, dilatando en el tiempo el tema que teníamos que abordar hasta juntar la fuerza suficiente para hacerlo. Así como estaba planteado el encuentro, parecía sumamente difícil poder pasar a lo concreto. Resultaba casi desubicado plantear el porqué, el cómo y el cuándo de nuestros encuentros sexuales mientras Lucrecia Bonara untaba una tostada con mermelada y Rovira me ofrecía jugo de naranja. Si alguien iba a romper el equilibrio absurdo de ese desayuno fingido, ése no era yo. Ellos iban a decidir cuándo moverían la primera ficha. Estaba a su merced, eran las reglas de un juego que les pertenecía pero que yo había aceptado jugar. Mientras me sintiera condenado a hacerlo, no tenía escapatoria. Entonces, una vez que tuve claro esto, también me serví café, traté de que mi ansiedad cediera o al menos pretendí que así era, intenté mostrarme relajado y me dispuse a esperar. No sé si habrá sido mi cambio de actitud, que se nos iba la mañana o simplemente que se trataba de la siguiente escena del guión que ellos escribieron, pero lo cierto es que cuando Rovira llenaba por segunda vez su taza de café, algo los animó a hablar. «¿Arrancás vos o yo?», le preguntó a su mujer. «Adelante», dijo ella. Y él empezó. Tiró una frase suelta, a manera de título o introducción.

«Lo más natural posible.» Esa frase.

Y luego siguió. Repitió que era su prioridad, y que quería aclararlo desde el principio. Un absurdo, cómo hacer natural una propuesta como la que me hacían. Pero Rovira hablaba con tanta calma, con tanta convicción, que por momentos me asaltaba la duda de si lo que planteaba no sería menos extraño de lo que me parecía a mí. Tal vez yo era demasiado estricto, demasiado conservador, demasiado inexperto. Tal vez la gente andaba por la vida ayudando a otros para que tuvieran hijos «naturalmente» y yo no me había enterado. Tal vez los hombres y las mujeres compartían los cuerpos de sus parejas con mucha más frecuencia de la que yo suponía. Pero todo junto, y con Rovira de por medio, hacía que se respirara en el aire una cierta perversión ineludible. «Casi como si no estuviera pasando. No el hecho sexual, claro, sino el reemplazo. Queremos que vos seas yo, no sé si se entiende.» No, no entendía, o prefería no entender, y se notaba. Rovira profundizó la explicación. «De alguna manera vos me prestás tu cuerpo, pero el que va a estar en esa cama soy yo, no vos. ¿Sí? Una sustitución en cuerpo, no en alma ni esencia.» El planteo me parecía inentendible, demencial, no me importaba nada de lo que me dijeran para justificarlo. Querían hacerlo y los ayudaría, no podían exigirme que, además, entendiera. Por mi parte, yo sólo quería cumplir con mi promesa lo antes posible y no deberle nada a Fernando Rovira. No necesitaba entender. «Por eso es que queremos que sea en nuestra cama, sobre nuestras sábanas, con nuestro olor, con nuestra energía dando vueltas en la habitación», siguió. Lucrecia lo acompañaba asintiendo, pero cada vez que Rovira intentaba darle la palabra, ella le pedía que continuara él. «Por ejemplo, a nosotros nos gusta mucho hacerlo con las velas de canela, si no lo ves mal las encenderíamos como hacemos siempre. Y con una luz tenue, cálida, nos gusta vernos», dijo y esperó mi respuesta. Hubiera preferido callar, pero ellos no lo habrían aceptado, era evidente que necesitaban que les siguiera el juego y eso implicaba decir mi parte del guión. La situación me excedía, no estaba preparado para asumir lo que planteaban como algo natural. Hice un esfuerzo; al fin y al cabo, lo importante era terminar cuanto antes con esa reunión. «Sí, sí, para mí es igual. Las velas que quieran, la música que quieran.» No les conformó. «En realidad, no me gustaría que fuera "igual"», dijo Rovira e inmediatamente se corrigió, «no nos gustaría, a ninguno de los dos, quisiéramos que fuera algo especial para vos también. ¿No, Lu?» «Sí, claro», respondió ella.

La conversación era un campo minado y yo tenía la desgracia de embocarle a todas las minas.

«No quise decir que me da igual en sentido peyorativo, sino que lo que para ustedes está bien, coincidentemente lo está para mí, jazz, velas, canela, luz, si eso es lo que quieren, adelante, me gustan», intenté aclarar, lo dije hasta con cierto énfasis, como para dar por terminado ese punto. De inmediato me apresuré a llevar la conversación a algo concreto dejando de lado velas, inciensos y demás detalles innecesarios para mí, fui directo a lo que me preocupaba: «¿Cuántas veces tendríamos que encontrarnos? Porque nada garantiza el embarazo en un primer... encuentro». Rovira y su mujer se miraron. «Las que haga falta, tendrás que hacerlo las veces que haga falta», dijo él, su tono era un poco más terminante que cuando habló del alma y la esencia, no llegaba a ser una orden pero marcaba quién mandaba y quién obedecía. El amo y el esclavo, recordé; el amo que necesitaba al esclavo incluso para tener descendencia. «Román, quedate tranquilo», dijo ella, «yo me voy a hacer una estimulación ovárica de manera de estar segura de que ovulo, y si es posible varias veces». «Eso tiene el riesgo de que se presente un embarazo múltiple», aclaró Rovira, «lo manejaremos, hasta un par de mellizos no nos parece mal». «Además me voy a tomar la temperatura rectal todas las mañanas antes de levantarme para acotar los días probables de ovulación, sabés cómo es eso, ¿no?» Asentí, claro que no tenía la menor idea de qué relación había entre la temperatura rectal de Bonara y su ovulación, pero no iba a decirlo, no preguntaría ni eso ni ninguna otra cosa que fecha, horario, y fin de la cuestión. Fue Rovira el que volvió a la temperatura rectal: «Ella te va a mandar un mensaje cuando la temperatura empiece a subir, lo que indica que en breve ovulará, a partir de allí tendrás que hacerlo tres o cuatro días para tener un margen de seguridad. Si se embaraza, listo, si no, repetimos al mes siguiente». El «repetimos al mes siguiente» se me quedó estampado en el medio de la frente; recién con esa frase fui consciente de que el trámite podía durar meses. Sonó el teléfono de Rovira, le recordaban que era la hora de una reunión con Zanetti en las oficinas de Pragma, se disculpó. «Ustedes sigan, yo tengo que ir a hablar de un tema mucho menos agradable: consolidar el apoyo económico para la próxima campaña.» Hubiera cambiado lugares sin dudarlo. «Tal vez a Román le quede alguna duda», le dio un beso en la frente a Bonara antes de salir, y se fue.

Su salida intempestiva me obligó a esperar un rato antes de poder irme. Se repitió la escena de Cariló, cuando me dejó con su mujer tomando sol en biquini y se fue a dormir la siesta. Me preguntaba cuánto tiempo después de que Rovira hubiera salido por esa puerta podría hacer lo mismo sin resultar guarango ni volver a ofender a Bonara. Mientras terminaba mi café, que ya estaba frío, ella no me sacaba los ojos de encima. Por fin dijo: «Te resulta horrendo, ¿no?». No respondí. Lucrecia aguardó un instante y siguió: «A mí me costó. No te juzgo. Después entendí. Aunque me costó, claro que me costó. A veces uno vive con demasiados prejuicios. No es fácil aceptar que tu marido te ofrezca a otro hombre. Fernando tuvo que convencerme. Cada tanto vuelvo a dudar. Pero me dio un argumento irrefutable: "Qué mayor respeto hacia una mujer que no sentirse el dueño de su cuerpo". Y tiene razón, ¿no?». Bonara encendió un cigarrillo, dio un par de pitadas y luego siguió. «Hay que hacerlo. A esa conclusión llegué venciendo mis prejuicios, que hay que hacerlo. Y tiene que ser así, como si estuviera él en un sentido íntegro, pleno, sin que se

231

pierda el alma en el acto de concebir a nuestro hijo. Me imagino lo duro que habrá sido para Fernando aceptar que no puede, que su cuerpo tiene una falla. Él, que lo puede todo.» Bonara hizo una pausa, se le llenaron los ojos de lágrimas y creo que fue un sentimiento genuino. Cuando comprobó que podía controlar el llanto, siguió. «Hay dos bienes superiores a tener en cuenta: cuidar a nuestro hijo y cuidar a Fernando. Eso es lo primordial. A nuestro hijo, haciendo que nazca de un acto puro, y a Fernando, cuidando que nadie sepa de su infertilidad.» Me impactó que Lucrecia definiera nuestros pactados encuentros sexuales como actos puros. Y que no nos incluyera ni a ella ni a mí entre las personas a quienes había que cuidar. Como si, de alguna manera, nosotros fuéramos los más fuertes. O los que llevábamos la mejor parte. O los que a nadie importábamos. «Lo que vamos a hacer es para mí un acto de amor en muchos sentidos, hacia Fernando, hacia el hijo que vendrá, hacia mí. Y hacia vos, Román, para nosotros esto también es un acto de amor respecto de vos.» Hizo otra pausa, no había terminado sino que se preparaba o me preparaba a mí para lo que iba a decir. «Por eso es que nunca hablamos con vos de dinero, porque nos pareció que eso no sólo sería humillarte sino que le quitaría toda la buena energía que estamos procurando en la concepción de nuestro hijo. Entiendo que vos tal vez esperaras...» La interrumpí: «No, por favor, yo no haría esto por dinero. De ninguna manera. Lo hago porque...». Me quedé sin palabras. «¿Por qué lo hacés?», me apuró ella y dio un paso hacia mí. Se acercó tanto que sentí su respiración sobre mi cara, el olor del cigarrillo que fumaba. «Por lo que acabás de decir, porque es lo que hay que hacer», respondí, y me separé de ella con la excusa de juntar lo poco que había llevado a la reunión, mi teléfono y una carpeta que ni sabía qué tenía adentro. Luego me disculpé: «Perdoname, se me hace tarde. Nos vemos cuando me avises, quedamos así». Lucrecia no agregó nada, aunque me despidió con una sonrisa que me pareció amarga. Temí haberla ofendido otra vez. Pero ya había hecho demasiado por ellos. Qué más querían de mí.

Finalmente tuvimos cinco encuentros. Dos antes de lo que ella llamó «el pico ovulatorio», uno el día del pico y dos después. Tal como lo habíamos pactado, fue en el cuarto matrimonial de los Rovira, en su cama, sobre sus sábanas, con las velas de canela encendidas y música instrumental de fondo, como la que se podría escuchar en la sala de espera de un consultorio médico, una música bastante anodina que me preguntaba si habría elegido ella o él. Las cinco veces repetimos el mecanismo. O casi. Me presentaba en la casa, Fernando Rovira en persona me llevaba a la puerta del cuarto, la abría y me hacía un gesto para que yo entrara. Lucrecia ya estaba allí. Él, sin mirar dentro de la habitación en ningún momento, me daba paso y cerraba la puerta detrás de mí. En cuanto quedábamos solos nos saludábamos, apenas, un gesto o una mirada, luego me desvestía y me acercaba a la cama, Lucrecia me esperaba acostada sobre las sábanas, sólo llevaba puesta una bata de seda que se desabrochaba cuando ya estaba junto a ella. Yo me ponía encima, con cuidado, como pidiendo permiso, me rodeaba con sus brazos, no era una caricia, me sostenía sobre su cuerpo. Pero sentir sus manos sobre mi espalda era el acto que me conectaba con esa mujer, el contacto más genuino, el más verdadero. Cuando ya estábamos cómodos en esa posición, yo me frotaba sobre ella hasta que empezaba la erección. No nos besábamos, pero nuestras caras se rozaban en el movimiento, respirábamos muy cerca uno del otro, nos olíamos, aunque nos mostráramos ignorantes de cualquier otra cosa que no fuera la procreación. Tan pronto como sentía que la erección era suficiente, le decía: «¿Puedo?». Ella no contestaba, sólo me ayudaba a meterme dentro suyo. Guiaba mi pene con su mano. La penetraba, nos movíamos un rato juntos, sin decir palabra, sin siquiera emitir sonido, hasta que yo eyaculaba. Después de irme, no tomaba casi tiempo para el reposo sobre su cuerpo ni junto a ella. Me levantaba casi de inmediato e iba al baño. Lucrecia permanecía en la cama. Me miraba vestirme. La primera vez aclaró: «Tengo que quedarme en posición horizontal unos minutos, para que sea efectivo». Fue la única vez que dijo algo. Juraría que cada ocasión en esa cama resultó una copia de este primer acto.

Hasta que tuvimos el quinto encuentro. Antes, las otras cuatro veces, a excepción de un día en que me pareció que por un instante me acarició el pelo, fue como un trámite. Y en silencio. Sin embargo, el último día algo cambió. Me di cuenta en cuanto entré. Ella no estaba sobre las sábanas sino debajo de ellas, desnuda. Era evidente que estaba desnuda porque la bata de seda había caído hecha un bollo a los pies de la cama. Yo hice lo de siempre, me desvestí y me acerqué. Dudé si ella se destaparía o tendría que hacerlo yo. En cambio de eso, Lucrecia Bonara levantó la sábana de mi lado, donde yo seguía parado, y con un gesto me invitó a meterme debajo. Cuando lo hice, estiró la sábana hacia arriba y cubrió, además de nuestros cuerpos, nuestras cabezas. Quedamos totalmente tapados. Entonces fue otra. Ella sc puso arriba mío y me besó. Me buscó la boca con desesperación. Una y otra vez. Me recorrió con su lengua. Se separaba, me miraba a los ojos, y luego volvía a besarme. Empezó a frotar su pelvis sobre mi pene erecto que la buscaba para penetrarla. No entendí qué decía pero hablaba, hacía ruidos, gemía. Aunque lo intenté, no me dejó meterme dentro de ella hasta que acabó. Lo hizo en etapas, como si una sola vez no le hubiera sido suficiente, como si a pesar de dejarse ir de la manera en que lo hacía, todavía le quedara algo dentro. Hasta que por fin se detuvo. Se quedó un rato inmóvil, sobre mí, juntando fuerzas antes de hacer el próximo movimiento. «Ahora sí que fue natural», susurró. Estaba tentado de abrazarla, de pasarle las manos por la espalda, por la cola, de acariciarle la entrepierna. Sin embargo, no hice nada de eso. Me quedé con los brazos extendidos, muertos, ocupando un lugar que no era el que debían ocupar. Con el pene todavía erecto. No sabía qué podía hacer y qué no. Y quería hacerle todo. Lucrecia, después de un rato que disfruté en silencio, se puso a mi lado, me invitó a que me pusiera sobre ella, nos destapó y me dijo: «Ahora sí, ahora cogeme como él quiere», al tiempo que con la cabeza hizo un gesto señalando un lugar de la pared frente a nosotros. En ese momento me di cuenta de que esos días, mientras estábamos con Lucrecia Bonara en esa cama, cogiendo para que ella quedara embarazada, Fernando Rovira nos había estado observando. Mientras la penetraba por quinta vez, ahora sabiendo, me pregunté dónde podría estar ubicada la cámara, desde qué lugar del edificio estaría fisgoneando, si lo haría en su teléfono o en una pantalla gigante, si simplemente observaría o si al mismo tiempo se masturbaría con nosotros. Lo detesté, aborrecí a Fernando Rovira. Pensé que Lucrecia tenía razón, que aquello en lo que estábamos metidos era horrendo. Temí que esta vez la erección se fuera antes de que pudiera acabar. Por el contrario, para mi sorpresa, estaba allí más excitado que nunca y la erección era brutal. Esa quinta vez cogí a la mujer de Rovira como no lo había hecho hasta ese encuentro, la penetré con un deseo desconocido. Antes de acabar me quedé dentro de ella todo lo que pude, moviéndome arriba y abajo, haciéndola sentir otra vez, o creyendo que lo hacía. Hasta que por fin me dejé ir hasta quedar vacío, exhausto.

Luego, la cita siguió como siempre. Fui al baño, me vestí, ella se quedó en la cama, sin moverse. Y me fui.

Mientras caminaba por los pasillos hacia la salida, el aturdimiento se me mezcló con el temor de que apareciera Fernando Rovira y termináramos a las trompadas. Porque eso sentía además de aturdimiento y temor: que él querría pegarme a mí, junto a mis propias ganas de romperle la cara. Nada de eso pasó. A Lucrecia no volví a verla en los días siguientes. A Rovira sí, por motivos de trabajo. Por supuesto, ninguno de los dos mencionó nada relacionado con nuestro pacto, aunque él estuvo distante conmigo, en ocasiones hasta agresivo. Cuando se estaba por cumplir un mes del primer intento de embarazo, pensé que iba a recibir algún mensaje para repetir los encuentros. Pero no lo hubo. Creí que, tal vez, nuestro contrato había terminado, que el quinto encuentro, quizás, había hecho que Fernando se replanteara el asunto, que ya no le cayera tan natural que alguien fuera él en su cama y se cogiera a su mujer. Traté de dar el tema por concluido. Yo había cumplido mi parte y nadie me reclamaba nada. Pero la inquietud no se iba.

Fue recién tres meses después que Rovira nos llamó a una reunión en su oficina a varios de los integrantes de Pragma, no sólo el GAP. Estaban desde Sebastián Petit hasta su secretaria. Arturo Sylvestre, que no era técnicamente un miembro de Pragma, también había sido convocado. Nos juntaron en la sala de espera de la oficina de Rovira unos minutos antes. Desconocíamos el motivo de la reunión, incluso Sylvestre, que se sentía molesto por ser uno más entre todos, sin privilegio: «No debe de ser algo relacionado con la campaña, si no yo tendría que haberlo sabido primero que nadie». Antes de hacernos pasar, un mozo nos repartió champagne y a medida que recibíamos la copa nos invitaba a que pasáramos a la oficina de Fernando Rovira. Adentro estaban él y su mujer, esperándonos, como nosotros, con una copa de champagne. Sonreían. En cuanto terminamos de entrar, Rovira alzó la copa. «Sólo vamos a robarles unos minutos. Ustedes son las personas que siento cercanas a nuestra familia y queríamos decírselo antes de que se enteraran por la prensa.» Rovira miró a su mujer, apoyó la mano libre sobre su vientre y dijo:

«Lucrecia está embarazada, vamos a ser padres. Estamos muy felices».

La mayoría reaccionó con sorpresa y con alegría. A mí se me cerró el estómago. Que Lucrecia Bonara estuviera embarazada implicaba, sin dudas, que yo quedaba liberado del pacto que tenía con ellos. Pero que me lo anunciaran como a los demás me resultó impactante. Era como si el Román Sabaté que había ayudado a concebir ese hijo y el que estaba en esa sala brindando no fueran la misma persona. Peor aún, era como si aquel otro Román Sabaté hubiera desaparecido, o incluso no hubiera existido nunca.

«Salud», dijo Rovira, y alzó la copa un poco más pidiendo el brindis. «Salud», repitieron algunos.

Y todos brindamos.

25

La China llega a El Campito sin más dificultad que
haber encontrado una bombacha de su ex amiga en la
guantera del auto de su ex novio. ¿Por qué alguien, conductor o copiloto, guarda una bombacha en la guantera
junto a la cédula verde y la tuerca de seguridad de las
gomas? No está en condiciones de responder a esto, ni
siquiera de planteárselo. Tiene problemas mucho más
importantes por resolver, ahora que ya está en el Santuario de la Virgen del Rosario. Así se llama la Virgen
de El Campito. Lo sabe porque de esa manera se lo
reconoció el GPS del teléfono cuando lo buscó antes
de salir de Buenos Aires. Cuando tipeó: «El Campito
San Nicolás», no. En cambio, el sistema reconoció «santuario San Nicolás». Y agregó el nombre de la Virgen.
También le indicó que estaba a 237 kilómetros y llegaría en 2,35 horas. A ella le tomó apenas cinco minutos
más. Ya se encuentra estacionada frente al lugar, decidiendo cómo seguir. Ése es apenas el punto de referencia, lo poco que Román pudo dar como pista en su
conversación a través de la página del canal. No el destino final. Ahora le queda recorrer las calles cercanas
hasta encontrar la mueblería de su tío. Si es que se trata
de una mueblería. Apuesta a que es una mueblería. Se
toma un instante más para juntar fuerzas y arranca el
recorrido. Barre las calles de los alrededores manejando
en un sentido y en otro. Va a menos de veinte kilómetros por hora para poder estar atenta a las dos veredas.
Algún apurado le toca bocina. Ella no se inmuta, nadie
puede tener una urgencia mayor que la suya. Si en tres

minutos no aparece lo que busca, preguntará. Se pone ese límite: tres minutos. Aunque si la ansiedad se lo permite, puede ser que lo extienda, supone que cuanto menos pregunte y menos la vean por la zona, mejor. No termina de comprender qué es lo que está pasando con Román, sin embargo, sea lo que sea, es conveniente llegar a él sin llamar la atención.

Sebastián atiende su teléfono celular. Le avisan que acaban de dejarle el auto que alquiló en la cochera de Pragma. Un auto caro, pero que les permitirá moverse con facilidad en una huida. Por si fuera el caso. Va a ser el caso, a esta altura ya tiene pocas dudas. Gris, le costó hacerles entender a los de la compañía de alquiler que el auto tenía que ser gris. Fue una larga conversación que dejó su teléfono con apenas quince por ciento de batería. Tiene que acordarse de llevar la batería adicional para recargarlo por el camino. Estuvo más de cinco minutos exigiendo que fuera del color pedido. Impensable escapar en un auto rojo, negro o blanco. En cualquier ruta, en cualquier ciudad, la mayoría de los autos son grises. Y el suyo tiene que pasar inadvertido en ese montón. Va a salir hacia San Nicolás de inmediato, aunque antes debe acomodar los papeles, las láminas y el proyector que usó para la presentación en la sala de reuniones más pequeña, la que usan cuando se juntan con la «mesa chica». Y eso hace en este momento, mal que le pese. Él habría guardado todo en su oficina y bajo llave, no quiere que nadie manosee su trabajo sin poder controlarlo. Pero Rovira le pidió que dejara el material allí, a disposición, por si algún periodista pide información adicional. Y teniendo en cuenta que él estará ausente, será mejor así, no sería bueno que lo busquen. No ve la hora de salir a encontrarse con Román, sin embargo no tiene dudas de que hizo bien, era preferible ir al almuerzo al que convocó el líder de Pragma y dejar todo listo tal como le pidió para no levantar sospechas.

—¿En San Nicolás? ¿De dónde sacaste eso? —le escucha decir a Rovira mientras abre la puerta.

Sebastián se pone en alerta. Fernando Rovira viene acompañado por Vargas y por una mujer. A uno de ellos dos acaba de hacerle esa pregunta.

—¿Todo listo, Sebastián? Pensé que ya estaba libre esta sala.

—Casi —responde él.

—Te presento a mi madre, no sé si la conocés...

—No, creo que no. Si nos hubiéramos cruzado la recordaría —responde él con galantería, y se adelanta a saludarla—: Buenos días, señora, Sebastián Petit.

—*Igréne,* mucho gusto.

—¿Qué tal, Vargas? —sigue él con los saludos.

—Todo bajo control —responde el hombre.

—Decime, Sebastián. ¿Te molesta dejarnos un rato a solas, que tenemos que ver un tema? Es por unos minutos, nomás.

—Sí, claro. Cómo no. Me falta acomodar dos o tres pavadas. Vuelvo cuando terminen y resuelvo lo que me queda.

—Genial, gracias.

Sebastián Petit se demora, sabe que tiene que irse pero no puede hacerlo sin intentar averiguar en qué andan esos tres, por qué Rovira dijo «San Nicolás». Y si algo de lo que van a hablar tiene que ver con Román Sabaté o si todo es una casualidad que alimenta su paranoia. Entonces, antes de salir y en un gesto rápido, finge que chequea su teléfono, lo pone en modo avión para que no entren llamadas y activa la nota de voz. Luego lo desliza en medio de una de las pilas de papeles con las que está trabajando. Y lo deja allí, grabando lo que dirán cuando él no esté presente. Ahora sí va hacia la puerta.

—En diez minutos volvé, esto es breve.

—Perfecto. Vuelvo en diez minutos.

Sale y ruega que la batería le dure esos minutos que necesita para averiguar por qué se refirieron a San Nicolás. Y confirmar lo que sospecha: que ellos también saben que allí se esconde Román Sabaté.

Si es así, Sebastián Petit deberá actuar más rápido de lo previsto.

«Mueblería Sabaté», lee la China encima de una vidriera cuando no había recorrido ni la mitad de las calles previstas. No tiene dudas de que es allí. Hoy está de suerte. O suerte relativa, porque apenas entra, la mujer que está preguntando por las medidas de una mesa de cocina la reconoce.

—¿Vos no sos la del noticiero?

El hombre que atiende la mueblería se pone alerta. Ella lo mira sin responder. La mirada que él le devuelve le confirma que es el tío de Román.

—Bienvenida a San Nicolás —sigue la mujer—. Cuando les cuente a mis amigas...

—No, no. No soy ella. Debo ser muy parecida, ¿no es cierto? Ya son varias las personas que me confunden.

—¡Idénticas! —confirma la clienta con entusiasmo.

—Acá te anoté las medidas y el precio —le dice Adolfo en un intento de despacharla.

—Ah, perfecto, gracias. Tomo las medidas de mi cocina y te confirmo si me sirve.

—Si no, te mando hacer una especial para vos, no te preocupes.

—No quiero que me la mandes hacer. Quiero que me la hagas vos.

—Te va a salir más cara...

—Soy cliente, me vas a hacer precio. ¿No es idéntica a la chica de TvNoticias, Adolfo? —insiste la mujer, que antes de salir del negocio se acerca a la China y la toma de un brazo.

—No sé, yo no miro TvNoticias. Demasiado oficialista para mi gusto.

—Idéntica... —vuelve a decir la mujer—. Separadas al nacer... —saluda y se va.

La China y Adolfo se miran en silencio mientras la mujer sale. Ninguno tiene que explicar quién es el otro ni por qué están ahí parados, uno a cada lado de un sillón de dos cuerpos de ecocuero color marfil, con un susto mayor al que quieren demostrar.

—Vamos, te llevo con Román —dice él.

—¿Cómo está? —pregunta ella.

—Para mi gusto, menos preocupado de lo que debería. Esperándote. Ruego que ustedes dos sepan lo que están por hacer.

La China le sonríe, pero no asiente, mientras se meten por el pasillo que separa la mueblería de la casa. Cómo asentir, si ella no tiene la menor idea de lo que están por hacer.

Sebastián Petit sale del estacionamiento de Pragma con destino a San Nicolás. Aún no da crédito a lo que acaba de escuchar en la nota de voz de su teléfono. Prefiere pensar que malinterpretó ciertas frases. Por el momento se concentra en que Rovira efectivamente sabe dónde está Román y que en dos horas saldrá a buscarlo con Vargas. Que lo lleve con él no es un dato más, porque Vargas, cuanto menos, está armado. Ésa es su ventaja, apenas dos horas, no puede desaprovecharla. Ya tendrá tiempo en la ruta de escuchar otra vez la grabación cuantas veces quiera. En cuanto el teléfono cargue un poco más de batería. Tiene que haber interpretado mal. Oír una conversación sin ver los gestos puede prestarse al malentendido. Si no, si lo que cree haber escuchado es lo que escuchó, no sólo su amigo está en grave peligro sino que él mismo tendrá que replantearse los últimos años de su vida. Dedicó su tiempo y esfuerzo para que crezca un proyecto político que lleva a Fernando Rovira como único líder. Los líderes políticos, él bien lo sabe, aun los que arrastran consigo las mayores pasiones, pueden ser autoritarios, manipuladores, sádicos, arbitrarios, perversos, mentirosos, incluso deshonestos o corruptos. Hasta incapaces. El verdadero problema es que si Sebastián Petit escuchó lo que cree haber escuchado, Fernando Rovira, además de cualquiera de esas otras cualidades, está chiflado. Totalmente chiflado. Detrás de un político asentado, que usa trajes elegantes y tiene buena oratoria, con un equipo consolidado y al que pertenece, que presenta proyectos de ley novedosos y propone cambios que van a la vanguardia de cualquier otra plataforma, metido en una carrera vertiginosa primero a la gobernación y luego a la presidencia de la Nación, puede haber un tipo que está loco. Y nosotros en sus manos. Sebastián Petit se pregunta cuántas otras veces habremos estado en manos de locos que simulan no serlo. Cuántas veces más lo estaremos en el futuro.

Entra a la Panamericana, al fin se siente en camino. Chequea la batería del celular. No está la carga completa pero será suficiente. Le da *play*. Más allá de la locura de Rovira y su madre, quiere confirmar si efectivamente Joaquín es hijo de su amigo, lo cual terminaría de atar los cabos sueltos.

26

Voz de Rovira:
En diez minutos volvé, esto es breve.
Voz de Sebastián Petit:
Perfecto. Vuelvo en diez minutos.
Silencio.
Sonido de puerta que se abre.
Sonido de puerta que se cierra.
Silencio.
Voz de Rovira:
¿De dónde sacaste que está en San Nicolás, mamá?
Voz de Irene:
Del Facebook.
Voz de Rovira:
¿Del Facebook?
Voz de Irene:
Sí, ¿acaso vos no tenés Facebook?
Voz de Rovira:
No, mamá, sólo tengo una página que me maneja un *community manager* para prensa.
Voz de Irene:
Bueno, yo sí, y me hice amiga de la madre de Román.
Voz de Rovira:
No lo puedo creer, yo había entendido que lo supiste por alguno de tus métodos...
Voz de Vargas:
Disculpe, Fernando, escuchémosla, hasta los más prestigiosos investigadores están recurriendo al Facebook para solucionar sus casos...

Voz de Irene:

Entré por ahí, por Facebook. Después lo confirmé con el péndulo. Y con el tarot. Les digo que está ahí.

Voz de Rovira:

¿Con la madre?

Voz de Irene:

No, la madre está en Santa Fe. En San Nicolás vive un tío, un tal Adolfo, hermano del marido.

Voz de Vargas:

Ya me comunico con mi gente para que me busquen información.

Voz de Irene:

Le pedí amistad en el Facebook a esta mujer, al rato me la dio, le chateé para agradecerle. Y entonces me puse a hablarle de Santa Fe, ella había ido a un colegio, yo le dije que había ido al otro...

Voz de Rovira:

¿Y vos cómo sabés de colegios de Santa Fe?

Voz de Irene:

Googleé, querido, como hace todo el mundo.

Voz de Vargas:

Ya está, ya hice contacto. En minutos nos van a estar informando.

Voz de Irene:

Le dije que extrañaba con gran dolor a mis hijos, que vivían en Jujuy y hacía tiempo que no los veía, le lloré la carta. No me preguntes por qué se me ocurrió Jujuy. No tengo idea. Me dijo que le pasaba lo mismo, que ella extrañaba a su único hijo. Que me entendía. Que querría que la visitara más, pero que está muy ocupado siempre. Y que para colmo ahora se enteró de que fue a visitar al tío y ni siquiera le contaron ni él ni el tío que está allí...

Voz de Rovira:

¿Y cómo sabe?

Voz de Irene:

Porque le contó la novia del tío. Dice que no la conoce, que también se hizo muy amiga por Facebook. Una tal Mónica, le pedí amistad, por las dudas, pero está pendiente. La mujer le contó que el chico está ahí, que no diga nada porque parece que es secreto. Cómo puede ser que tenga secretos con su madre, me dice ella, y yo le digo que claro, que eso está muy mal, que con la madre no se tienen secretos. ¿Querés que te muestre la conversación?

Voz de Rovira:

No, mamá, seguí contándome, sin detalle, lo esencial.

Voz de Irene:

Para mí todo lo que te estoy diciendo es esencial. En fin, se queja de que estando tan cerca cómo no se estira un poco y va a verla. Que incluso la novia del tío le va a prestar un auto para que viaje no sabe adónde, y ella se teme que no será a su casa. Un ingrato, le dije, y ella medio se quedó, no me habló por unos minutos, y al rato me dijo que no, que los hijos son así, que no se dan cuenta. Pero a riesgo de que otra vez abandonara la conversación, yo insistí con que para mí es un ingrato. Como tu hermano...

Voz de Vargas:

¿Qué hermano?

Silencio.

Voz de Rovira:

No es de tu incumbencia.

Voz de Vargas:

Perdón, Fernando, disculpe. Vuelvo al punto. ¿Se da cuenta que de la manera más tonta puede fracasar un buen plan? No digo que el de Román lo sea, pero...

Voz de Rovira:

Es aterrador. Todo es aterrador.

Voz de Vargas:

Cosas que no podemos prever. Como le pasó al tipo éste que robó el banco y lo delató su mujer cuando se dio cuenta de que se tomó el piróscafo y la dejó sin

246

un billete. O la esposa del espía inglés que tuvo que renunciar porque la mujer le subió la foto familiar a las redes. Aterrador, Fernando, usted usó la palabra justa. El mejor plan fracasa con mujeres así.

Voz de Irene:

A ver, Vargas, que la mayoría de los planes fracasan por culpa de los hombres. No me haga dar ejemplos... Y el primero que metió la pata ahí fue el tío, que le contó a la novia y, que yo sepa, el tío es hombre.

Voz de Vargas:

Disculpe, Irene, lo mío no quiso ser una cuestión de género.

Voz de Rovira:

¿Los chequeaste con el péndulo, mamá?

Voz de Irene:

Joaquín está bien. Y Román se mantiene con la misma energía.

Voz de Rovira:

Ahora sí, mamá, es hora de que lo trabes.

Voz de Irene:

Lo intenté, claro que lo intenté. No funcionó. Intenté otros métodos y tampoco. Hasta regresé a una vida pasada mía y desde allí traté de conectarme con una de sus vidas pasadas. Nada surte efecto. Está protegido. El concebidor tiene protección.

Voz de Vargas:

¿El concebidor?

Voz de Rovira:

Mamá...

Voz de Irene:

Es como si llevara un escudo alrededor de él. No entiendo qué es pero no me deja entrar.

Timbre de teléfono.

Voz de Vargas:

Acá Vargas. Sí, escucho... Entiendo... Entiendo... Afirmativo... Entiendo... Le aviso, gracias... Bueno, me dice un colega de San Nicolás que Adolfo Sabaté es un masculino nacido y criado en la ciudad, muy conocido en el pueblo, histórico afiliado radical, concejal en dos oportunidades, con mandato cumplido. En la actualidad se mantiene en el partido sin cargo público pero con participación activa en el comité.

Voz de Rovira:

¿Se fue a refugiar con un radical?

Voz de Vargas:

Una insensatez más...

Voz de Irene:

Es el tío, es familia...

Voz de Rovira:

De todos modos, un radical.

Voz de Irene:

Bueno, nunca fue un chico muy avispado. No lo elegimos por eso, lo elegimos por otras características... Parecía el indicado...

Voz de Vargas:

No entiendo...

Voz de Rovira:

Cuidado con las cosas que hablás en público, mamá...

Voz de Vargas:

¿Qué está pasando?

Voz de Rovira:

Olvidate de lo que escuchaste. Esto tampoco es de tu incumbencia, Vargas. No te contrato para que entiendas.

Voz de Irene:

No lo trates así, Fernando. Vargas es como de la familia. Nos ha ayudado en temas fundamentales para tu futuro.

Voz de Rovira:

¿De qué hablás, mamá?

Voz de Irene:

De nada en particular... Y de todo... En cualquier caso no te eduqué para que trates a gente que es incondicional con nosotros con tan malos modos...

Largo silencio.

Voz de Irene:

Vargas es propia tropa. Concentrémonos ahora en Román...

Timbre de teléfono.

Voz de Vargas:

Acá Vargas. Sí... Entiendo... Entiendo... Le quedo agradecido.

Dice mi contacto que la mueblería Sabaté estuvo abierta hasta hace un rato pero está cerrada en este momento, lo que no es de uso. Y que Adolfo Sabaté hizo algunas compras no habituales ayer y hoy. Más pan que de costumbre, más leche, facturas a mitad de semana, toallas, chupetines...

Voz de Irene:

Están ahí.

Voz de Vargas:

¿Lo hago ver, le pido a mi colega que entre? ¿O quiere que vaya en persona?

Voz de Rovira:

En persona. Vas a ir a San Nicolás, Vargas. Vamos a ir juntos.

Voz de Irene:

No me parece prudente que vayas, Fernando. Dejalo a Vargas.

Voz de Rovira:

Prepará lo que haga falta, salimos en dos horas. Lamentablemente tengo en minutos una reunión con Zanetti que no puedo cancelar. Y quiero hablar con Sylvestre antes de salir para allá.

Voz de Irene:

¿Para qué Sylvestre? En lo único que coincido con ese hombre es en que La Plata es una ciudad maldita.

Voz de Rovira:

Quiero hablar con él porque a lo mejor, quién te dice, todo esto termina siendo a favor mío...

Breve silencio.

Voz de Irene:

Hijo... vos sí que me saliste inteligente... A la adversidad hay que sacarle provecho.

Voz de Rovira:

Lo aprendí de vos, mamá.

Voz de Irene:

Andá yendo que yo le voy a controlar la energía a Vargas. Nada puede fallar, nada, vamos a hacer que todo funcione de perlas.

Voz de Rovira:

De acuerdo. Vargas, te aviso en cuanto esté listo.

Voz de Vargas:

Cómo no. Estaré esperando.

Sonido de puerta que se abre.

Sonido de puerta que se cierra.

Silencio.

Voz de Irene:

A ver, Vargas. Quiero que me atienda una cosa. Nosotros nos excedimos una vez, y mucho. Y nos vamos a llevar eso a la tumba, nunca nadie va a saber.

Voz de Vargas:

Por supuesto, le di mi palabra.

Voz de Irene:

Por eso. Pero el que se excede una vez, ya está excedido. ¿Entiende a lo que voy?

Voz de Vargas:

Trato...

Voz de Irene:

Si hace falta que cometa otro error, hágalo, yo tampoco voy a decir nada. ¿Me explico ahora?

Voz de Vargas:

Se explica, ahora sí.

Voz de Irene:

Perfecto. ¿Ve que usted es propia tropa, Vargas? Ya está, ocúpese de sus cosas.

Voz de Vargas:

¿No me va a controlar la energía, Irene?

Voz de Irene:

Su energía está diez puntos, Vargas, vaya tranquilo.

Sonido de puerta que se abre.

Sonido de puerta que se cierra.

Silencio.

27

El gran error de Fernando Rovira fue poner a Joaquín a mi cuidado. Su arrogancia le hizo creer que no habría riesgo, que hasta podría controlarme mejor que de ningún otro modo a través de esa relación. Apostó a que yo quedaría ligado a él para siempre, incondicional, esclavo eterno. Si no hubiera cometido ese error, probablemente yo no estaría contando esta historia. Si no me hubiera pedido que me encargara de ese bebé recién nacido, tal vez nunca me habría sentido su padre. ¿Qué define la paternidad? No digo legalmente, digo de verdad, ¿qué nos hace sentir padres? Yo creí que tener sexo convenido con Lucrecia Bonara y que de esa actividad sexual naciera un niño de ninguna manera me convertiría en padre. Me convencí de que lo que hice no era más que una donación de semen en condiciones particulares. «Naturales.» Podría haber sido eso, donación de semen. Pero resultó otra cosa. ¿Habría resultado así si yo hubiera desaparecido de sus vidas después de que Lucrecia Bonara quedara embarazada? ¿Habría sido así en la situación contraria, si permaneciendo en Pragma mi contacto con Joaquín hubiera sido mínimo? ¿Me habría pasado lo mismo con un hijo concebido por Rovira, que no tuviera ningún cromosoma mío y que por circunstancias equis hubieran puesto a mi cuidado?

Imposible saberlo.

Lo único que sí sé, de lo que no tengo dudas, es que hoy Joaquín es mi hijo.

Nadie me avisó que había nacido. Antes del parto, ni Rovira ni su mujer me habían hecho ninguna mención relacionada con el embarazo, tampoco. No hablamos del asunto. Era como si los tres hubiéramos borrado aquellos encuentros y Fernando Rovira fuera, efectivamente, el padre biológico. El padre en todo sentido.

Lo cierto es que apenas nació Joaquín, Lucrecia Bonara tuvo una depresión posparto. No podía darle el pecho, no podía cargarlo, ni cambiarlo, ni asistirlo en ninguna de sus necesidades básicas. Mucho menos darle amor, y creo que eso fue lo que los asustó. En especial a ella. No sé qué importancia puede darle Fernando Rovira al amor, a no ser por una expresa indicación de Sylvestre en alguna declaración de campaña. Una tarde me llamó a su oficina y me contó lo que estaba pasando. «El médico nos aclaró que es común, que le pasa a una gran cantidad de mujeres, y que seguramente en dos o tres meses volverá a la normalidad. Mientras tanto hay que ayudarla», me dijo. Parecía preocupado de verdad, aunque no puedo asegurar cuál era su preocupación. «Yo le quise contratar una nodriza, o como se llamen ahora. De hecho la contraté igual, esas mujeres que ayudan a otras con los bebés. Hay muy buenas. Hasta estudian para eso. Pero no hubo caso», se lamentó. Me dijo que Lucrecia no quería bajo ningún aspecto que nadie ajeno a la familia tocara al chico. «Está empecinada. Dice que si alguien lo hace gritará sin parar. Nuestra familia es reducida. Y complicada, como cualquier familia, no contamos con ayuda. En fin. El terapeuta que nos recomendó el médico dijo que el reemplazo tenía que ser yo, que lo mejor en estos casos es que se ocupe el padre.» En ese momento que él se llamara a sí mismo «el padre» me sonó extraño, no fue algo importante, apenas como si alguien hubiera venido por detrás y me hubiera tocado el hombro para que prestara atención. Pero no me perturbó, era lo acordado, enseguida me ubiqué en que el padre era él. «Entre nosotros, a los psicólogos no les creo nada», siguió. «Y éste en particular me parece francamente malo. O no entiende de política o no ve noticieros ni lee los diarios. Decime cómo podría yo reemplazar a la madre. En qué tiempo libre. No sé qué pretende, ¿que deje todo?» «No, claro», dije, y era sincero, le daba la razón genuinamente. A nadie que conociera a Fernando Rovira se le podía ocurrir pedirle sacrificio semejante. Su vida era su carrera política, había abandonado sus exitosos emprendimientos inmobiliarios para dedicarse a ella, había fundado Pragma antes de conocer a Lucrecia Bonara. ¿Era condenable por eso?, ¿era necesario que dejara algo tan importante, tan sustancial para él, porque su mujer no estaba dispuesta a recibir otra ayuda? «Yo quiero aportar una solución, pero inmolarme no.» Una vez más Rovira, con manipulación sutil, lograba ponerme de su lado. A esa altura yo le creía la preocupación y entendía la dificultad para resolverlo. «Tengo que ser yo, pero no puedo.» Mencionó circunstancias de las que ya habíamos hablado o que yo ya sabía por trabajar para él: su nivel de actividad que hacía imposible que se ocupara de un bebé, sus viajes de campaña, su dedicación *full time* al crecimiento de Pragma para que se consolidara como el partido alternativo a la vieja política. «Sin la política me muero, me matan.» Dijo eso, y al rato repitió lo mismo con distintas palabras. ¿Por qué da tantas vueltas?, pensé. En el fondo lo sabía, Fernando Rovira me estaba mareando, igual que a una presa antes de darle el tiro final y así acertar el disparo en el lugar preciso de modo que no hiciera falta otro. Casi lo logra. Tardé un rato en reaccionar, pero de pronto tomé plena conciencia de la situación. Intenté no escucharlo, distraerme con otro pensamiento mientras me hablaba. Era una táctica que yo había aprendido a aplicar con él: dejar la cara y no estar. Si era necesario, repetir en silencio algo que supiera de memoria: las tablas, la formación de Unión de Santa Fe en la final del 79 contra River cuando yo aún no había nacido, *Amanece en la ruta* o un Padre Nuestro sin ninguna connotación religiosa. Repetir lo que sea de lo poco que sabía de memoria, como un mantra.

Lo logré por un rato, hasta que por fin lo escuché decir: «Así que lo conversamos con Lucrecia, buscamos opciones, descartamos otras alternativas y no nos quedaron dudas: tenés que ser vos, Román. Vas a ser Fernando Rovira otra vez». Lo había visto venir, sabía que me iba a proponer eso, sabía que las vueltas que había dado eran para llegar ahí. Mientras Rovira seguía hablando, yo pensaba cómo iba a hacer para decirle que no, qué excusa iba a esgrimir. Incluso reevalué la posibilidad de renunciar. Mi cabeza funcionaba a ciento ochenta kilómetros por hora y podía sentir cómo latía mi corazón. Entonces agregó algo que oído al descuido podría haber pasado inadvertido y sin embargo marcó un límite: «Lucrecia y yo estamos poniendo en tus manos a nuestro hijo, Román. No hay mayor lugar que se le pueda dar a una persona que poner el hijo de uno a su cargo. A ninguna otra persona le tenemos tanta confianza como a vos para esta tarea». Lo dijo con tono distante, quizá soberbio, sin asomo de ponerse en mi lugar. Eran ellos. Román Sabaté no existía. Como en otras ocasiones, me ignoró. Pero en ésta dolió. Yo no era nadie. No me refiero a no ser considerado padre de Joaquín; en ese momento aún no podía pensarme como su padre, ni Joaquín existía como hijo mío. Lo que marcó un límite es que me negó como persona. Yo no tenía nada que ver con las circunstancias, me elegía porque «confiaba» en mí. Pero para él yo no había estado hacía nueve meses en aquella cama, yo no estaba ahora en esa oficina. Yo no era ni estaba nunca. Apenas constituía una masa informe, gelatinosa, que me amoldaba a lo que necesitaban en cada circunstancia, un instrumento, ahora y siempre. Si fuera posible comprar un hombre en un mercado, Fernando Rovira me habría comprado, usado y descartado según sus necesidades. Y se manejaba como si en efecto lo hubiera hecho. Una vez más sentí deseos de darle una trompada. Una vez más no era sensato. Nada era sensato. Medí fuerzas con él, no fuerzas físicas sino de poder. Y el poder no siempre pasa por los grandes asuntos. ¿Cuándo sería el instante preciso en que el amo pasaría a ser menos que el esclavo? ¿Cómo me daría cuenta de que ya era la hora? Tenía que ser en ese mismo instante. Si no era ahí no sería nunca. Lo miré, luego dije con tranquilidad y firmeza, aunque sin sometimiento:

«De acuerdo, yo me voy a ocupar».

Me sorprendió escucharme a mí mismo aceptar su nueva proposición con esa calma y esa seguridad. Creo que también lo sorprendió a Rovira. Sin dudas él esperaba salirse con la suya, como de costumbre, pero con una resistencia mayor de mi parte, después de un ida y vuelta, como había sido hasta ese día. Me miró, precavido. Esperó un par de minutos, fue un silencio tenso. Luego hizo un gesto que me invitaba a hablar, pedía una confirmación. Y se la di: «Yo me ocupo. Dalo por hecho». Por fin Rovira pareció bajar la guardia: «Enhorabuena», dijo, «me alegro de que estés tan bien dispuesto». «Sí, contá conmigo, Fernando.» Lo traté de Fernando, tal vez por primera vez. Yo no solía llamarlo por el nombre de pila, o decía su apellido o evitaba nombrarlo. Alguna vez él me lo había reprochado, pero seguí sin llamarlo por su nombre. Al contrario de lo que la mayoría hace en la política, usar el nombre de pila para evidenciar la cercanía, para mostrar que se pertenece al grupo de los que tienen el privilegio de poder llamar al líder de ese modo, yo me alejaba. Aquel día no, porque llamarlo Fernando significaba otra cosa, significaba colocarme en un pie de igualdad con él, aunque sólo yo lo supiera. No sé si Rovira habrá advertido esto; siguió como si nada, me necesitaba, y que hubiera aceptado era lo que le importaba. Fue otra vez a lo concreto: «No sé cuánto sabés o no de cuidar bebés, en cualquier caso la nodriza igual está contratada y te va a ayudar». «Lo que no sepa hacer se lo pregunto, quedate tranquilo.» «Recordá que ella no puede tocar a Joaquín. Ahora lo hace a escondidas, le decimos a Lucrecia que yo hago cosas que no hago. Pero no podemos sostener esa mentira en el largo plazo. Tengo que viajar la semana que viene, me voy a ausentar unos días. Por eso el apuro.» «Entiendo, Fernando». Volví a llamarlo por su nombre de pila y hasta imposté la voz cuando dije «Fernando». Tuve la sensación de que esta vez sí tomó nota y que me miró con recelo, como si hubiera percibido algo. «Perfecto», dijo al rato. Esperé un «gracias» que nunca llegó. «En lo inmediato, te voy a reasignar tareas para que quedes libre de otras obligaciones y te puedas dedicar de lleno a esto. Sabés cómo es ser padre: tarea de veinticuatro horas diarias, los trescientos sesenta y cinco días del año.» Asentí. Aunque claro que no sabía. No tenía idea de lo que era ser padre. Él tampoco.

De ese modo empecé mi relación con Joaquín. Primero con miedo, con cierta resistencia a entregarme a esa tarea, precavido de no encariñarme con ese bebé que nada tenía que ver con la mierda que nos rodeaba. Pensando que alguna mañana Rovira vendría y diría que Lucrecia ya estaba bien y no necesitaban más ayuda. Pero el alta de su mujer se demoraba. Hasta que un día, cuando le acomodaba la manta en la cuna antes de que se durmiera, Joaquín me agarró un dedo. Se aferró a mi dedo. No sé cómo fue, cuando me di cuenta toda su pequeña mano lo apretaba. No sabía que un niño recién nacido podía aferrarse con tanta fuerza. Su mano era como una pinza. Primero me asusté, no entendía si tenía que quedarme quieto o tratar de soltarme. Lo miré, Joaquín me estaba mirando directo a los ojos. No sonreía, me observaba como si me estuviera haciendo una pregunta. Nos quedamos así unos segundos, hablando con los ojos. Entonces, por fin, lo sentí: él me había elegido como su padre. Fue una revelación. No tuve dudas. Le sonreí y dije:

—Sí, campeón. Soy yo.

Como me decía mi padre cuando era chico: campeón. ¿Por qué dejó de llamarme así? ¿Por qué no se lo reclamé?

Alcé a Joaquín, lo puse en mi hombro, susurré una canción de cuna que no sé de dónde me vino a la cabeza, le di pequeñas palmadas y lo hamaqué sobre mí hasta que se quedó dormido. La nodriza me había dicho que lo durmiera en la cuna, que no lo acostumbrara a los brazos. Hasta ese día le había hecho caso. Pero esa noche Joaquín me hizo comprender que ya estaba en condiciones de decidir con mi propio criterio cómo era la mejor manera de criar a ese bebé. Y supe, además, que no me iba a ir más de su lado.

Aprendí a ser imprescindible para los Rovira. No fue difícil, Lucrecia parecía tan insegura que mi ayuda le resultaba tranquilizadora. Aun cuando la depresión había desaparecido, ella se mostraba temerosa en cada tarea que tuviera que hacer con el bebé. Fernando Rovira, por su lado, no tenía el más mínimo interés en ocupar el espacio que yo iba ganando. A pesar de que a los dos les resultaba cómodo que yo estuviera allí, no entiendo cómo Rovira no evaluó el riesgo. O cómo lo descartó. A veces me pregunto, incluso, por qué Rovira no se deshizo de mí definitivamente. Del modo que fuera. Tal vez se convenció de que dándome un lugar junto a «su» hijo yo nunca podría traicionarlo. Como si mi lealtad a Joaquín fuera lealtad hacia él por carácter transitivo. Quizás hasta prefirió tenerme así de cerca, pegado a ellos, para manejarme a su antojo y controlar todos mis pasos. Manipulación y control, algo que Rovira dominaba a la perfección. Me subestimó. Creyó que una vez más lo lograría. Sin embargo, se equivocó.

¿Debió haberme matado? ¿Cuándo? ¿Al principio? ¿O cuando asesinaron a Bonara y ella ya no estaba para reclamar mi asistencia? ¿Seguía siendo yo imprescindible para Rovira aun sin Lucrecia? ¿Por qué? Me hice estas preguntas y me las sigo haciendo. ¿Será capaz de matarme ahora que lo traicioné? No lo sé. Tal vez no, tal vez simplemente Fernando Rovira no sea un asesino.

Nadie es un asesino hasta que apunta, dispara y acierta el tiro en el cuerpo de su víctima.

Como nadie es padre hasta que puede responderle a un bebé que se aferra a su dedo, lo mira a los ojos y le pregunta si lo es.

28

Por fin Román se dispone a explicarles a la China y a Adolfo su plan. Pero antes, por qué se fue de esta manera de Pragma. Y antes, a la China, que Joaquín es su hijo. Lo dice así, sin vueltas, sin preámbulo.

—Joaquín es mi hijo.

La China no se sorprende demasiado. Más bien confirma percepciones anteriores. No hace preguntas. Es el hijo, punto. Quién es ella para reprocharle historias antiguas que haya tenido con la mujer que sea. Ella siempre vio a Román como el padre de ese chico. Hacía de padre, ahora resulta que además es el padre. Nada sería tan distinto de lo que era ni tan complicado si no fuera porque en medio de esa controversia de filiación está Fernando Rovira.

—Lo único que me interesa es que Rovira acepte públicamente que Joaquín es hijo mío. Que dé la versión que quiera de las circunstancias, la que más le sirva para su carrera política. A mí nada de eso me importa. Quiero que lo anotemos con mi apellido, que completemos los papeles y trámites que sean necesarios. Que después desaparezca de nuestras vidas. Y nosotros de la vida de él —dice Román.

—No parece fácil... —contesta ella.

—Ya lo creo que no —confirma Adolfo.

—Sí, será bien difícil. Pero no veo otro camino. No tengo dudas: tengo que alejar a la gente que quiero de Fernando Rovira. Y eso te incluye a vos —le dice a la China.

A ella la toma tan de sorpresa el comentario que no logra reaccionar.

Si mirara a Adolfo se daría cuenta de que a él también lo tomó por sorpresa, pero en cambio sonríe con aprobación. Ella no, ella quedó impávida. Lo que acaba de suceder es lo que desea que suceda desde hace tiempo, que Román Sabaté la incluya entre las personas que quiere. Dicho así, y en esas circunstancias, la deja muda. Cómo decirle a su vez lo que ella siente, si están metidos en un lío inconmensurable por el que aún no sabe qué precio tendrán que pagar. Por eso no dice nada, porque cualquier comentario de los que se le cruzan por la cabeza resultaría impertinente ante la inminencia del peligro que tienen por delante. Por ahora se lo guarda con ella, para el día que le pueda decir lo mismo, que él está entre las personas que más quiere. El que más quiere entre todos, el primero de la lista. Ahora sí mira a Adolfo, que la está mirando como si supiera lo que ella piensa. Él tampoco dice nada. Los dos esperan en silencio que Román continúe con el relato, sin llenar los huecos que se producen, lo único que importa es lo que tiene para decir Román Sabaté.

Antes de seguir, Román atiende a Joaquín, que se mueve entre sus piernas buscando una caricia. Lo alza. Se lo ve cansado, con sueño. Estuvo jugando el día entero, corriendo de un lado al otro de la casa sin parar, saltando en el sillón como si fuera una cama elástica. Hubiera querido llevarlo un par de horas a una plaza o al menos a dar una vuelta a la manzana; desde que llegaron el chico no sale de esa casa. Pero sabe que no habría sido conveniente. Román lo pone en ese mismo sillón, junto a él. Acomoda unos almohadones detrás del niño para que se recueste. Le ayuda a hacerlo, Joaquín se va dejando vencer mientras Román le acaricia el pelo. Recién cuando lo ve calmo y a punto de dormirse retoma su relato.

—Antes de ayer busqué una caja donde Lucrecia Bonara solía guardar los papeles médicos de Joaquín.

Necesitaba su libreta de vacunación. Me la venían pidiendo hacía rato en el colegio y me olvidaba de buscarla. El chico está vacunado, de eso no tenía dudas, si era yo quien lo había llevado cada vez que correspondía. Sólo faltaba el comprobante, no le di tanta importancia. Insistieron, me dijeron que ellos tenían que tener archivada una fotocopia de esa libreta para el legajo escolar, que la inspección se fija en esos detalles, que no querían tener problemas. En fin. Yo conocía de la existencia de esa caja y que Lucrecia Bonara la guardaba en algún sitio en el cuarto de Joaquín; como no la había necesitado hasta entonces, no había dado con ella. Ni yo ni nadie, por suerte. El martes la busqué y la encontré. Fue sencillo, estaba en el placard donde se guarda la ropa de Joaquín, en un estante alto pero a mano. Debo de haberla visto infinidad de veces sin notarla. La bajé, la puse sobre la cama y la abrí. Busqué la libreta de vacunación que necesitaba, la tomé y estaba a punto de volver la caja a su sitio cuando se me ocurrió revisar los otros papeles para saber qué documentos había, por si surgía alguna cuestión de salud con Joaquín y pudieran servir como antecedente. Aparentemente su breve historia médica estaba allí y le quise dar un vistazo. En una carpeta Lucrecia había archivado los papeles del sanatorio donde había sido el parto y Joaquín fue anotado por ella y Rovira como sus padres biológicos. En otro sobre había unos análisis de sangre que le pidieron al año de nacer, cuando tuvo una fiebre muy alta sin motivo aparente. En otro bastante más grande, unas radiografías de la vez que Joaquín se cayó de la cuna, y aunque el médico estimó que no había ningún daño indicó que le hicieran una serie de placas para que nos quedáramos tranquilos. Por fin, debajo de las radiografías, un sobre blanco, cerrado, que decía «Román Sabaté». Me sorprendió ver un sobre con mi nombre en esa caja. Y que estuviera cerrado. Dudé qué hacer. No me habría quedado tranquilo si lo dejaba así, sin averiguar qué tenía dentro. Lo abrí pensando que a lo mejor Lucrecia había querido completar la historia médica de su hijo con algunos antecedentes míos, dado que yo era el padre biológico. Hasta me pareció sensato que lo hubiera hecho. Pero me equivoqué. Adentro del sobre no había nada que tuviera que ver con mi salud, sino una foto, ésta —dice, y va a buscarla en la mochila.

Román vuelve y se la muestra primero a la China. Ella la toma, él se queda esperando, de pie, a su lado. Es una foto del día del casamiento de Fernando Rovira y Lucrecia Bonara. Tomada en la sala del Registro Civil donde fue la ceremonia. Se los ve sonrientes, felices, alzando la libreta de casados como si fuera un trofeo. Detrás de ellos está la jueza que los casó. Y a cada lado sus testigos, una mujer junto a Lucrecia y un hombre junto a Fernando, sonriendo como los demás.

—Dejó esa foto allí para que yo la encontrara. No sé si ella sospechaba que le podía pasar algo. Pero en cualquier caso fue su mensaje para mí.

—No entiendo —dice la China—. ¿Qué tiene que ver con vos una foto del casamiento de ellos?

Román no contesta. Le acerca la foto a Adolfo. Su tío se calza los anteojos y mira con concentración.

—¿Reconocés a alguien? —le pregunta Román.

—Rovira y la mujer, supongo —contesta Adolfo.

—Sí, pero hay alguien más que conocés. Aunque es una foto de unos años atrás hay otra persona absolutamente reconocible.

—No me doy cuenta...

—Mirá a la derecha de Fernando Rovira, su testigo.

—Le veo cara conocida, sí, pero no logro sacarlo.

—Martín Capardi, el médico que socorrió a mamá cuando tuvo el accidente. Si es que en realidad es médico... ya no sé.

Adolfo mira otra vez la foto y su gesto cambia, se endurece. Luego mira a Román y se queda un instante así, sin atreverse a confirmar lo que teme.

—Decime que no es lo que estoy pensado... —pide Adolfo.

—No entiendo... —se queja la China—. ¿Me pueden explicar qué pasa?

—Lo conocía de antes, lo conocía de siempre... Lo puso ahí Rovira para hacernos creer que sin su ayuda ella habría muerto. No puedo asegurar cuál fue el rol de Capardi ese día. Fue todo muy raro. Nunca estuvo claro por qué mi madre salió de su casa y cómo fue aquel accidente. Si es que fue un accidente. Sin embargo, sí puedo asegurar que fingieron no conocerse y son íntimos amigos. Ante nuestros ojos Capardi funcionó como un salvador. Y en cambio era su hombre allí. Rovira planeó que le creyéramos cada cosa que decía. Y que así yo sintiera que le debía un favor tan grande como para no poder negarme a tener un hijo con su mujer.

—No entiendo, ¿Lucrecia y vos eran o no eran amantes? —interrumpe la China.

—No. Fernando Rovira es estéril... —sigue Román.

—¿Dijiste estéril? —pregunta la China.

—Que lo parió... —dice Adolfo—. Te das cuenta de que hasta es posible que él mismo haya provocado ese accidente, ¿no?

—Sí, me doy cuenta... Y que el coma por paros cardíacos no haya sido otra cosa que coma inducido con medicación. Prefiero ni pensar en esas opciones porque me dan ganas de ir a matarlo —confiesa Román—. No sé si Capardi es médico o no, no sé si Rovira provocó el accidente o no, no sé si mi madre estaba tan grave o no, como en realidad sostenían los médicos que la atendieron en el Cullen de Santa Fe y no pudimos escucharlos. De nada tengo certeza. Lo que sí sé es que Fernando

Rovira mintió para manipularme, que no tuvo reparos en cómo hacerlo. Y que Lucrecia Bonara quiso que yo, en determinada circunstancia, supiera.

—Un hijo de puta... —dice Adolfo.

—¡¿Me pueden explicar qué está pasando?! —exige la China.

Román le explica: cómo Capardi pasaba supuestamente por el lugar donde su madre se accidentó y la asistió; la diferencia de opinión acerca de la gravedad de su estado de salud entre él y los médicos que la atendieron en Santa Fe; cómo Rovira puso todos sus contactos, su infraestructura y su dinero para atenderla; la gran deuda que su padre y él consideraban que tenían con Rovira por haberle salvado la vida. Mentiras que lograron que Román, que había dicho que no, finalmente aceptara ayudarlos para que pudieran tener un hijo. El hijo que ahora duerme en el sillón de la casa de los Sabaté en San Nicolás junto a él, su verdadero padre.

—¿Se entiende ahora? —pregunta Román.

—Creo que sí. Les donaste semen —afirma la China.

—No —corrige él.

—Me rindo... —dice ella.

—Tuve a Joaquín con Lucrecia Bonara, tuvimos sexo consentido y con esa finalidad. Me lo pidió Fernando Rovira y yo accedí.

—No salgo de mi asombro... —dice Adolfo.

—Yo trato de salir... —dice la China—. Denme un ratito...

—Me hago cargo de lo que hice. Nadie me obligó. Pero está claro que me manipularon. Y que en esa manipulación no tuvieron reparo en poner la vida de mi madre en peligro.

—Rovira no tiene límites —dice Adolfo—. Es así, se le nota, no tiene el más mínimo límite.

—Por eso no quiero estar ni un minuto más allí, ni yo ni Joaquín. Y no lo puedo hacer de una manera legal, ni siquiera lógica. Sería un juicio imposible, larguísimo. Además yo ya perdí el plazo para accionar que fija la ley.

—¿Cómo es eso? —pregunta Adolfo.

—Se supone que el padre biológico tiene hasta un año de plazo para accionar, a contar desde el día en que se enteró de que lo es. Y ese plazo venció hace rato para mí.

—Eso está muy mal... —dice la China.

—Es lo que dice la ley —aclara Román.

—Hay que cambiar esa ley... —insiste ella.

—Acaban de sancionarla —dice Román—, es lo que dice el nuevo Código Civil.

—¿Entonces? —pregunta Adolfo.

—Para quien no prescribe la causa es para Joaquín, pero tendría que hacerlo a los dieciocho años, y siempre que él quiera. Mientras tanto yo viviría alejado de mi hijo y eso sería un daño irreversible para nuestra relación. No estoy seguro de que lo que construimos en estos tres años juntos pueda resistir la manipulación de Fernando Rovira. No quiero correr ese riesgo. No quiero que lo corra Joaquín. Y tampoco quiero que lo críe ese monstruo, o los empleados que designe ese monstruo para la tarea. Es mi hijo. Y aunque no lo fuera... yo... yo amo a este chico. De verdad. No sabía que se podía querer a alguien tanto como yo quiero a este campeón.

Román se agacha y le besa la cabeza. Se queda así un instante, con sus labios en el pelo de Joaquín. Cuando se levanta tiene los ojos llenos de lágrimas.

—Decime cómo te puedo ayudar —dice la China.

—Rovira no nos va a dejar ir así como así. Por más que Joaquín le importe poco o nada. Te pedí que vinieras porque necesito armar con vos mi salvoconducto. Quiero contarte con lujo de detalles los hechos desde que entré a Pragma hasta hoy. Que me grabes diciéndolo a cámara. Y que luego pongas mi declaración a buen resguardo. En un lugar infranqueable. Con copia en escribano, en organismos internacionales, donde vos consideres que hay gente que no puede ser comprada por Rovira. Y recién cuando tengamos eso le haría una propuesta. Me comprometería a no decirle a nadie todo lo que sé y que está allí guardado a cambio de que me libere, que me deje ir. Que nos deje ir a los dos, a Joaquín y a mí. Le doy mi silencio a cambio de mi hijo. Pero que tenga claro que si alguna vez nos pasa algo, los que guardan el material sabrán que habrá llegado el momento de que esa historia salga a la luz.

—¿Te das cuenta de que le estás diciendo a una periodista que le vas a contar en exclusiva una primicia que, si todo sale bien, no va a poder publicar íntegramente? —pregunta la China.

—Me doy cuenta. Aunque no se lo pido a «una periodista», te lo pido a vos...

—Voy a traer unos mates —dice Adolfo, que nota que en esa parte de la conversación está de más, y con discreción se va hacia la cocina.

—¿Qué te hace pensar que no usaría la información que me vas a dar si es muy buena? —pregunta la China.

Román se toma un instante antes de contestar, deja los ojos clavados en los de la China. Entre los dos cuerpos se reinstala la misma tensión de aquella vez en el punto ciego.

—Lo que siento —dice Román—. Lo que siento desde hace un tiempo.

—¿Qué sentís?

—Muchas cosas. Ganas de besarte, por ejemplo —dice, y se incorpora como para hacerlo.

La China también se acerca a él, pero en ese instante Joaquín se despierta llorando como si hubiera tenido una pesadilla. Entonces Román detiene el movimiento y se queda en el sillón acariciándole la cabeza hasta que vuelve a dormirse. Le hace un gesto a la China para que se acerque. Ella se acomoda en el sillón junto a ellos, apretados los tres. Él le pasa el brazo por arriba del hombro. Por sus cuerpos, así pegados, corre la electricidad que la China tanto conoce. Entra Adolfo desde la cocina con el mate, Román saca el brazo, la China se endereza y, mientras su tío avanza hacia ellos, pregunta:

—¿Se te ocurren lugares seguros donde podríamos dejar copia de este material, China, porque...?

Adolfo se detiene, se da cuenta de que cayó en el peor momento. O en el mejor momento. No sabe qué hacer. La China lo ayuda.

—Se me ocurre —contesta ella tratando de disimular, aunque todavía un poco perturbada por la conversación anterior, el beso frustrado y la electricidad de los cuerpos—. Quiero elegir bien. Tengo buenos contactos en asociaciones de periodismo, de derechos humanos, colegas intachables, tenemos que repartirlo en tres o cuatro lugares estratégicos.

—Gracias —dice Román, y la mira de una manera que quiere decir mucho más que eso—. Cuando quieras sacá tu teléfono y yo empiezo a contar mi historia a cámara.

—Okey —dice la China.

—¿Puedo quedarme a escuchar la versión completa? —pide Adolfo.

—Claro, tío. Vos tenés que saber. Ahora sí.

La China busca su teléfono. Chequea la batería, tiene menos de la mitad, así que por las dudas lo conecta a la corriente eléctrica. Estima que el relato de Román puede ser largo y filmar un video consume un alto porcentaje de batería. Busca el ícono de la cámara, luego la opción video y hace un gesto que indica que está por iniciar la grabación.

—¿Listo? —pregunta ella.

—Listo —responde Román, espera unos segundos y luego habla—. Mi nombre es Román Sabaté. Y quiero dejar registro de lo que sé por haber estado los últimos años de mi vida junto a Fernando Rovira, líder de Pragma.

Román se detiene, marca con un breve silencio el corte entre ese encabezado y lo que está por decir. Después, como si supiera de memoria lo que contará, arranca con decisión:

—Alguien puede llegar a la política por muchos motivos. Unos más legítimos, otros menos. También por error, por desidia, por no saber decir que no. Por estar en el lugar preciso, en el momento preciso. O en el lugar equivocado, en el momento equivocado. Porque de algo hay que vivir, y ése sí que era para mí un motivo legítimo en aquel entonces, cinco años atrás...

29

Fernando Rovira apura un cuarto de clonazepam con los restos de un whisky que se sirvió cuando volvió de la reunión con Vargas y su madre, y que interrumpió por la llegada de Enrique Zanetti. No le parecía bien que el empresario lo viera con un «escocés en las rocas» a esa hora de la tarde. Él no suele beber tan temprano, pero lo necesitaba. Así que lo escondió en un cajón del escritorio cuando su secretaria le anunció que Zanetti estaba allí. Más que un cuarto, se tomaría medio clonazepam o hasta uno, aunque no quiere abusar y que luego le bajen demasiado los decibeles. En cuanto termine con Arturo Sylvestre saldrá para San Nicolás y tiene que llegar lúcido, con los sentidos a pleno, en alerta. No puede creer que Román Sabaté haya hecho lo que hizo. Él puede soportar muchos defectos, pero nunca una deslealtad. Y Román fue desleal con él. Le jugó sucio. Se escapó creyendo que lo que lleva consigo le pertenece. No es así. Y no está pensando sólo en Joaquín. A Román Sabaté no le pertenece ese hijo, y tampoco nada de la vida que tiene. Si se va, no tiene dónde caerse muerto. Caerse muerto. Qué poco entendió Román de lo que estaba pasando a su alrededor. Lo que es hoy lo consiguió en Pragma, junto a él, porque él quiso. Debe estar convencido de que si llegó donde llegó es porque lo vale, por mérito propio. Desleal, arrogante y estúpido. Eso es lo que hoy piensa de Román Sabaté. No ve la hora de pararse delante de él y escupirle la cara. Y luego pegarle. Hasta que tome conciencia de lo que es y de lo que hizo. Pero, sobre todo, de lo que nunca volverá a ser.

Se tomaría otro whisky; no lo hace porque ya no tiene hielo y no le gusta si no está bien frío. No sabe cómo pudo sostener la reunión que acaba de tener con Enrique Zanetti con la cantidad de problemas que tiene en la cabeza. Pero era importante hablar con él. Sumamente importante. Zanetti, a pesar del buen encuentro que tuvieron en la parrilla junto al hipódromo, no hizo esa tarde el aporte convenido con el sector de finanzas del partido. Les dijo que lo esperaran unos días, que estaba con una inspección de la AFIP y le costaba sacar algunos pagos. Había que hacer algo de inmediato, era la primera vez que luego de una reunión cara a cara entre Zanetti y él, el empresario demoraba un pedido concreto del encargado de finanzas del partido. Es cierto que habían pasado poco más de veinticuatro horas de aquel encuentro, sin embargo Fernando Rovira no estaba dispuesto a sentar precedente. En la reunión que acaban de tener, no mencionaron el tema porque Fernando no va a cambiar su posición en cuanto a no hablar con él ni con nadie de aportes de campaña. No es necesario presionar a Zanetti en forma directa. Hay otros modos. Lo llamó con la excusa de informarle con urgencia sobre una nueva ley a punto de ser aprobada y que podría perjudicar directamente a su laboratorio. A Zanetti le sorprendió porque se habían visto el día anterior y no había mencionado nada. Pero Rovira le dijo que era información caliente, recién salida del horno, que se enteró hablando con un senador en la rueda de prensa de esa mañana y que consideró importante que lo supiera. En ese punto se detuvieron Zanetti y Rovira: en lo grave que sería para el laboratorio si al proyecto de ley le dan vía libre en el Congreso. Y en que Fernando Rovira hará todo lo posible para evitarlo. En contrapartida, la lealtad incondicional de Enrique Zanetti, que en este caso significa —aunque ninguno lo diga— que de inmediato autorice el pago y mande los fondos acordados. Se necesitan uno al otro, eso sí le dijo. Y luego Fernando aprovechó para mencionar lo crucial que es afianzar la idea de dos Buenos Aires sustentables por una Buenos Aires imposible. Los intendentes dijeron que lo van a apoyar, aunque la mayoría se fue dando el sí pero pidiendo algo a cambio. Todos tienen que poner la energía y los recursos en eso. Él, Zanetti, quien sea. Es el momento, la oportunidad. En política no se puede dejar pasar una oportunidad sin riesgo de salir de circulación para siempre. Sobran los ejemplos, y Fernando Rovira no dejará que lo sumen a esa lista. Él será el gobernador de Vallimanca, y luego el presidente de la República. Para eso necesita fondos, más fondos que nunca.

Cree que Zanetti lo entendió, que por más inspección de la AFIP que tenga en sus laboratorios va a conseguir los fondos. Aportar a Pragma es una inversión a futuro, Zanetti lo sabe. De cualquier manera, Rovira es consciente de que llegó la hora de repartir los huevos en distintas canastas, tendrá que salir a seducir a otros aportantes. Era cómodo manejarse casi en exclusiva con él. Pero demasiado riesgoso para un proyecto que cada día crece más. Su futuro político no puede depender del devenir de los laboratorios de Enrique Zanetti. De eso se va a ocupar, va a ser su prioridad, va a poner allí el máximo esfuerzo, en cuanto resuelva el asunto con Román y la calma vuelva a las oficinas de Pragma.

Se abre la puerta y Fernando Rovira se apura a recibir a Arturo Sylvestre. Se equivoca, no es él quien entra sino su secretaria:

—Llamó el señor Sylvestre y dice que en dos minutos está acá. ¿Lo hago pasar cuando llegue o le aviso antes? —pregunta la chica.

—Lo hacés pasar de inmediato.

—Okey, lo hago pasar —repite, y anota en su libreta—. Pregunta Vargas qué auto quiere que prepare para el viaje.

—El blindado.

—Okey, le digo. ¿Algo más?

—Sí, que te vayas a hacer lo que tengas que hacer, ya. Que desaparezcas.

La chica se perturba, sale tan rápido como puede. Fernando Rovira va hacia la ventana y mira la calle, los árboles, la vereda de enfrente. Desde esa misma ventana eligió a Román Sabaté varios años atrás. Tan parecido a él, alto, morocho, de ojos claros que no se llegaban a ver a esa distancia pero se intuían. No puede creer que se haya equivocado tanto. En la calle, Vargas mueve ahora la camioneta blindada hasta estacionarla justo delante del edificio. Vargas. Él, en cambio, no mostró nunca una señal de deslealtad. Es propia tropa, como dijo su madre. Así le gusta que sea la gente que lo rodea: incondicional a Fernando Rovira. Desde el cadete a su mano derecha, el equipo entero. Aunque nunca lo terminó de convencer, en Pragma se impuso la palabra «equipo» que ya venían usando otros partidos antes que ellos, y con tanto éxito. Él intentó encontrar otra, para diferenciarse: «*Team*» no le gustaba por extranjera, «grupo» le sonaba a encuentro social, «selección» a fútbol y algo elitista. Tuvo que reconocerle a Sylvestre que era mejor copiar a otros que insistir con una opción peor. Equipo. Lo acepta, pero definitivamente no le gusta. Porque, a no confundirse, Fernando Rovira no forma parte de ese equipo, Fernando Rovira tiene un equipo que lo sirve, que trabaja para él. Y cuando esto no está claro es que empiezan los problemas. Como pasó con Román Sabaté.

Ahora sí se abre la puerta y entra Arturo Sylvestre.

—Gracias por venir... —dice Rovira, que se adelanta a saludarlo.

—Por favor, Fernando. Me dijiste que no era un tema para hablar por teléfono.

—En este país nada se puede hablar por teléfono. Román Sabaté se fue. Y se llevó a Joaquín.

—¿Hiciste la denuncia?

—No, primero quiero encontrarlo yo. No quiero que tome estado público sin tener el control de la situación.

—Muy bien pensado.

—Tengo miedo de lo que pueda decir Román Sabaté si alguien le abre un micrófono delante.

—¿Y qué puede decir?

—Que es el padre de Joaquín.

—¿Lo es?

—Sí. Sabés que yo no puedo tener hijos, hablamos en su momento de que la adopción podía tener sus ventajas pero Lucrecia la rechazaba. Y que, más allá de la confidencialidad, por otras cuestiones de gusto personal, familiar y de la pareja que me reservo, no podíamos recurrir al banco de semen.

—Lo recuerdo, sí.

—Finalmente Lucrecia quedó embarazada y yo nunca te dije cómo fue que lo logramos.

—Vos no me dijiste, yo no pregunté.

—No era necesario que supieras, hasta ahora. Creí que el asunto estaba totalmente controlado.

—Pero no...

—No. Román Sabaté hizo un pacto conmigo, un contrato de palabra. Él embarazó a Lucrecia, ése fue el pacto. Tuvieron sexo para que quedara embarazada y estaba claro que el hijo era nuestro y él se olvidaba del asunto. Sin embargo, parece que Sabaté no es un tipo de palabra. Confié en él y no honró esa confianza.

—¿Y qué es lo que pide?

—No lo sé, hasta ahora nada. No dio señales de vida. Pero se llevó al chico. Supongo que se quiere quedar con él. No es un tipo de grandes ambiciones. Lo voy a saber pronto, sé dónde está y vamos a ir con mi gente a buscarlo. Te convoqué con esta urgencia porque quiero estar preparado para saber qué decir o qué hacer si él habla antes. Si él dice en público que es el padre de Joaquín yo tengo que saber cómo actuar.

—Sí, claro... Mirá, estoy pensando en voz alta. El asunto me toma desprevenido así que voy tirando ideas sobre la marcha, si te parece bien.

—Sí, por supuesto.

—Por lo que me decís, a la larga no vamos a poder negar la paternidad de Román. Puede llevar un tiempo, pero con esta cosa del ADN no va a tardar tanto en comprobarse que él es el padre biológico. Se podría manipular la cuestión sólo hasta cierto punto y con riesgo de que si sale a la luz sea peor aún.

—Eso es lo que pensé.

—Lo que sí podemos manipular es la circunstancia de cómo es que resultó ser el padre biológico de Joaquín. Ahí tenemos que contar la historia como más te convenga a vos. En un extremo, está la verdad, que hicieron un «pacto sexual», por llamarlo de la manera como titularían los diarios. Y eso sin dudas sería de un efecto muy negativo en tus votantes. En el otro extremo, podemos decir que él, por ejemplo, violó, forzó o engañó a Lucrecia, y que vos como caballero que sos te hiciste cargo del embarazo, con comprensión y amor hacia tu mujer y hacia ese chico. Sigo pensando en voz alta. No me tomes textualmente.

—Sí, sí, entiendo que es una aproximación, está muy bien.

—En el medio de estas dos opciones, infinidad de variables. Vamos a hacer lo siguiente, dejame ver cómo funcionan un par de alternativas en un *focus group* y yo te mantengo al tanto. ¿Vas a estar en el celular?

—Sí, salgo ya para San Nicolás a dar con él, pero llamame las veces que sean necesarias.

—Sería muy importante que antes de que Román hable, hablemos nosotros. Si se comunica, primero que nada y pida lo que pida, poné esa condición: la versión oficial la das vos.

—Okey.

—Una pregunta, ¿estás dispuesto a dejarle al chico?

—¿Vos qué decís?

—¿En qué sentido?

—Mirá, yo nunca pude establecer un buen vínculo con Joaquín. No sé, lo intenté, después de la muerte de Lucrecia me resultó más difícil aún. Tal vez haya sido mi error. Como sea, las cosas se dieron de esa manera.

Rovira se queda pensando un instante y luego pregunta sin eufemismos:

—¿Qué pensás? ¿Cuánto me afectaría?

—Habría que verlo.

—Yo, desde el punto de vista de mi vida política, no me siento cómodo cargando con un chico, me siento atado. Siempre voy a depender de alguien que lo cuide, si no es Román será otro. Me arriesgaría a nuevas deslealtades. Entiendo que en algún momento evaluamos que la gente vota padres, y que mi carrera política necesitaba un hijo. Estuve de acuerdo. Pero creo que en los últimos años cambiaron algunos paradigmas. El de la paternidad, por ejemplo.

—Puede ser, pasaron tres o cuatro años de aquella conversación. Yo también noto que hay un cambio de ola en ese sentido. Fijate en las series que son el sello de la época. Frank y Claire no pueden tener hijos y mirá a dónde llegaron.

—¿Quiénes?

—Los Underwood, protagonistas de *House of Cards*. ¿No me digas que no la viste?

—Ah, sí, sí. Empecé a verla y después no me hice el tiempo...

—Tenés que verla, es extraordinaria. Te voy a preparar un retiro de fin de semana con el equipo de Pragma para analizar la serie. Ya me lo anoto, inmersión en algún lugar tranquilo, estancia, campo, y la desmenuzamos a *full*—Sylvestre se toma un instante para apun-

tarlo en su teléfono—. Ahora volvamos a lo nuestro.
Dejame que vea con el *focus group* el efecto de que le
dejes al chico.

—Si te parece que vale la pena...

—Claro que vale. Voy a medir cómo repercutiría
cualquiera de las alternativas en tu imagen y en tu intención de voto, que no es lo mismo. Fijate... sigo pensando
en voz alta... se resuelva como se resuelva, esta cuestión
te va a poner en la tapa de todos los diarios y, lo que es
mejor, en programas de actualidad o de chimentos. El
famoso «repiqueteo» del que habla mi colega que trabaja con la oposición, lo habrás oído nombrar... Eso va a
incidir directamente en el nivel de conocimiento que la
gente tiene de vos. ¿Se entiende?

—Perfectamente.

—Imaginemos a un tipo en un pueblito perdido
de La Quiaca que nunca escuchó nombrar a Fernando
Rovira pero vota. Ese tipo, después de esto, sabe quién
sos. Pensemos en grande, Fernando: a largo plazo puede
ser que esto que hoy ves como una debilidad lo convir-
tamos en una fortaleza. Para eso me contratás, eso es
lo que sé hacer. Vamos a tratar de construir a futuro,
no digo sólo pensando en Rovira Gobernador sino en
Rovira Presidente.

Fernando no responde, sin embargo asiente con
sumo interés.

Sylvestre logró entusiasmarlo. Se felicita por haberlo
llamado antes de salir a buscar a Román Sabaté.

—Me pongo a trabajar en esto. En un par de horas
te confirmo todo. Así nos quedamos tranquilos.

—Llamame.

—Te llamo.

30

—¿Debió haberme matado? ¿Cuándo? ¿Al principio? ¿O cuando asesinaron a Bonara y ella ya no estaba para reclamar mi asistencia? ¿Seguía siendo yo imprescindible para Rovira aun sin Lucrecia? ¿Por qué? Me hice estas preguntas y me las sigo haciendo. ¿Será capaz de matarme ahora que lo traicioné? No lo sé. Tal vez no, tal vez simplemente Fernando Rovira no sea un asesino.

A segundos de terminar el relato de Román suena el timbre. La China se sobresalta.

—Tranquila. Tiene que ser algún vecino. Cerrás el boliche y creen que igual pueden llamar como si nada —trata de calmarlos Adolfo—. No creo que haga falta abrir, seguro...

Vuelve a sonar el timbre. Esta vez es un timbrazo sostenido, que no se corta hasta después de un rato largo. Adolfo quiere mostrarse sereno, sin embargo es obvio que tanta insistencia le da mala espina.

—Voy a ver quién es. No debe de ser nada importante, pero si no contesto no nos van a dejar tranquilos. Ya vuelvo...

Román y la China quedan expectantes. Ninguno quiere mostrar su preocupación, aunque tampoco saben disimularla. Joaquín se despereza en el sillón. Se escucha que Adolfo habla con alguien, primero es un murmullo pero luego alza la voz hasta terminar a los gritos. Román no sabe si ir a ayudarlo o buscar dónde ocultarse. La China agarra a Joaquín y lo lleva para el cuarto. El chico se queja, llora. Ella le grita a Román, «escondete ya mismo». En medio de esa confusión entra Sebastián Petit seguido por Adolfo.

—¡Fuera de mi casa! ¿Cómo se atreve a entrar así?

—Decile quién soy, Román, decile que está todo bien...

Román duda. Adolfo agarra a Sebastián de un brazo e intenta sacarlo.

—Tío, tranquilo, soltalo, es Sebastián Petit, un compañero de trabajo...

—¿Te mandó ese hijo de puta para el que trabajás? —pregunta Adolfo.

—No, no me mandó nadie. Pero «ese hijo de puta» viene en camino, así que mejor es que nos vayamos cuanto antes —contesta Sebastián, y luego se dirige a su amigo—: Román, es urgente que te lleve a un lugar seguro.

—¿Vos le vas a hacer caso a este tipo? —pregunta la China, que viene por el pasillo con Joaquín en brazos—. ¿Cómo sabemos que no lo mandó Rovira? ¿Cómo sabemos que no vino a entregarte?

—Vos no tenés cómo saber —le dice Sebastián—. Pero Román sí. Él me conoce y sabe que no miento.

—Yo no te creo una palabra —dice la China.

—Hacé o creé lo que te parezca. Bastante mal olfato tenés para ser periodista —le contesta, y antes de que la China pueda responder a su agravio, sigue—: Román, Fernando Rovira salió para acá un par de horas después que yo, viene con Vargas, dejame que te ponga a salvo.

Román duda, su cabeza piensa a mil kilómetros por hora. La China se muere por cachetear a Sebastián, que a su vez no puede quedarse quieto y se mueve a un lado y a otro. Adolfo sigue la acción con recelo, y dice:

—Yo tampoco confío en él, si estuviéramos en mejores circunstancias ya habría llamado a la policía.

—Pero las circunstancias son éstas y las opciones pocas —le responde Sebastián, luego le habla a Román—: Vos me conocés. Sabés quién soy. A vos no te importa lo que te digan. Ni te importa lo que uno parezca por fuera, vos ves más allá, donde otros no pueden. Te metés debajo de esas capas que nos ponemos para protegernos y sabés cómo somos de verdad. Sos único. Sos el único amigo que no se espantó de mí y de mis altibajos. Nos ves ahí donde ni nosotros mismos nos podemos ver. Ésa es tu maldición.

—Tal vez no sea una maldición sino un talento —dice Román, que escuchó con atención el alegato de Sebastián—. Y sí, sé quién sos. Sé que no me harías daño. Al menos no intencionalmente.

—Gracias —dice Sebastián, aliviado y hasta emocionado por su respaldo.

La China y Adolfo no insisten, aunque todavía no terminan de confiar en él. Román sí.

—Tenemos que irnos ya, Román. No podemos perder tiempo. Rovira puede llegar de un momento a otro. Tenés que ponerte a salvo hasta que arreglemos esto —trata de convencerlo.

—Tengo demasiado para contar que no le gustará que salga a la luz, sé que puedo negociar con Rovira. La China ya tiene un video con la información y se la va a pasar a gente que la pondrá en lugar seguro —explica Román.

—Háganlo ya. No pierdan tiempo. Mándenla ahora mismo.

—¿En serio pensás que hay tanta urgencia? —pregunta ella, preocupada, empezando a prestarle atención.

—Sí. Es muy urgente.

—Mandá el material ahora, por favor —le dice Román a la China—. Creo que tiene razón —ella se aparta a hacer los llamados.

—Y usted —le dice Sebastián a Adolfo— llame a su novia y dígale que Román se va vía Iguazú a la Triple Frontera.

—¿Qué novia? —pregunta Román.

—¿Qué tiene que ver Mónica en esto? —pregunta Adolfo, confundido.

—¿A la Triple Frontera? —pregunta la China, tapando la bocina del teléfono—. Hola, sí, ¿Marcos?

—Vamos exactamente en dirección contraria, pero a ella dígale que vamos para allá. Quiero mantener alejado a Rovira de nosotros hasta que estemos a resguardo. Es probable que por esa vía le llegue la información.

—¿Usted está insinuando que Mónica trabaja para Rovira?

—No, aunque cometió una infidencia que llegó hasta él. Usted también cometió una infidencia.

—¿Qué dice? —se ofende Adolfo.

—Usted le dijo a ella que Román estaba acá. Ella se lo dijo a la madre de Román. Y la madre de Román a una amiga de Facebook que resultó ser la madre de Rovira.

—¡Cuánta madre! —dice la China mientras sigue manipulando su teléfono.

—Yo no te puedo creer que hasta mamá se enteró de que estoy acá... —reta Román a su tío.

—¡Qué lengua larga!, le pedí el coche, me juró que no decía nada... —se queja Adolfo.

—Listo, Marcos ya tiene la grabación. Sigo con los otros —dice la China—. Cuando puedan explíquenme de qué hablan porque no entiendo nada...

—Disculpen la prepotencia —interrumpe Sebastián—, pero no traten de entender, yo tampoco entiendo completamente todo, no es fácil juntar toda la información ahora. Háganme caso: vos terminá de poner los archivos a resguardo, usted llame a su novia y dígale que Román se va a la Triple Frontera. Y nosotros dos vayámonos ya.

—Nosotros tres. Joaquín viene conmigo, es mi hijo —dice Román.

—Lo sé, pero no vamos a poder cuidarlo —responde Sebastián.

—No hay opción, viene conmigo.

—Entonces que venga alguien a atenderlo, vamos a necesitar asistencia, nosotros tenemos que tener las manos libres —propone Sebastián.

—¿Para qué? —pregunta Román.

—Para lo que sea —le responde.

—Yo voy, por supuesto —dice la China.

—Y yo, a mí no me dejan afuera de ésta... —se suma Adolfo.

—No sé si es conveniente, tío... —dice Román.

—Esto no se discute, yo voy... —insiste Adolfo.

—Okey, salgamos ya —acepta Román.

—De verdad, es urgente que nos vayamos —dice Sebastián.

—¿Pero adónde vamos? —pregunta Román.

—A la única ciudad donde seremos más que él, la única ciudad donde Rovira puede sentir miedo —responde Sebastián.

—A La Plata —dice la China, que empieza a entender.

—Sí, a La Plata —confirma Sebastián Petit.

31

Apuntes para La maldición de Alsina

7. La Plata: ¿La ciudad soñada?
TÍTULO TENTATIVO DEL CAPÍTULO: LA CIUDAD SOÑADA.
OTROS TÍTULOS POSIBLES: LA CIUDAD PLANIFICADA.
LA CIUDAD DIBUJADA. CIUDAD DE DISEÑO. LA CIUDAD COPIADA
A JULIO VERNE. LA CIUDAD MALDITA.

La Plata representa un modelo de planificación urbana. Creada, diseñada, copiada de la literatura o soñada, es una de las pocas ciudades en el mundo que fue pensada y trazada antes de que nadie hubiera puesto un solo ladrillo en el lugar, ni habitante alguno viviera en ese sitio. La ciudad surge esplendorosa donde antes no había nada. Sin embargo, en ese trazado soñado se filtraron secretos, misterios, tergiversaciones, malas y buenas intenciones. Hasta la literatura. Todo eso, más el azar, hicieron de La Plata lo que es, un lugar de encantamiento.

LA PLATA ES LA CIUDAD DE TODAS LAS MALDICIONES DE
FERNANDO ROVIRA.

¿PERO ES UNA CIUDAD MALDECIDA O, POR EL CONTRARIO,
EL LUGAR DONDE ALGUIEN PUEDE PROTEGERSE DEL MAL?

La ciudad es una obra maestra del pensamiento racionalista que se impuso con la Revolución Francesa, la Revolución Industrial y la ciencia positivista. Representa las ideas imperantes en la época en su mayor esplendor.

BUSCAR CITAS BIBLIOGRÁFICAS PARA ESTOS MOVIMIEN
TOS ARQUITECTÓNICOS. CONSULTAR CON CANTÓN SI LAS ILUS
TRACIONES VAN A SALIR EN DOSSIER. ¿PAPEL ILUSTRACIÓN?

El plano de la ciudad se le atribuyó por muchos años a Pedro Benoit, jefe del Departamento de Ingenieros, quien de hecho firmó el mapa de la ciudad que se presentó en la Exposición Internacional de París en 1889, con motivo del centésimo aniversario de la Revolución Francesa. En realidad se trataba de un plano dibujado originalmente por el ingeniero Carlos Glade, quien tomó como base la ciudad alemana de Karlsruhe trazada alrededor del palacio de Baden, y un plano que el arquitecto Juan Manuel Burgos le había presentado a Dardo Rocha tiempo antes, realizado en Europa con el objetivo de que así fuera la nueva capital de Italia. Producto de esa mezcla y con la firma de Benoit llegó el plano de La Plata a París. En aquella Feria que le dejaría a Francia la Torre Eiffel, La Plata compitió como ciudad del futuro y sacó la medalla dorada. En los considerandos del acta de premiación el jurado se refiere a La Plata como «la ciudad de Julio Verne». ¿Por qué? ¿Es cierto que Benoit se inspiró en France-Ville, la ciudad descripta por Verne en su novela Los quinientos millones de la Begún?
VER SI ES HALLABLE ESTA NOVELA.

Algunos antecedentes sostienen esta hipótesis. Se sospecha que Verne y Benoit se conocieron. Se dice que Julio Verne viajó a Buenos Aires en 1870 para participar de un congreso de masones. Ahí habría conocido a Pedro Benoit, quien unos años después lo contactó en Europa. Efectivamente, hay párrafos enteros del libro donde Verne describe France-Ville de forma tal que parecería que está describiendo la ciudad de La Plata. También es cierto que varios de los asesores del equipo de Benoit que ayudaron en el diseño de la nueva capital de la provincia eran médicos higienistas que conocían la ciudad imaginaria de Hygeia («A city of Health») creada literariamente por Benjamin Ward Richardson, en la que a su vez se habría basado el mismo Verne para crear France-Ville. BUSCAR EN BANCOS DE IMÁGENES ILUSTRACIÓN O MAPA. Una ciudad que copia a otra ciudad que copia a otra ciudad. Literatura y racionalidad en un mismo trazado. La cuadrícula perfecta, las diagonales, la plaza central, los muchos espacios verdes, los higienistas recurrían a estos elementos porque propiciaban una mejora en la salubridad de las ciudades que ayudara a evitar enfermedades y epidemias.

¿Todo es consecuencia de Julio Verne y los higienistas? Seguramente no. Dicen que tanto a Dardo Rocha como a Pedro Benoit los atraían las ideas del orden y el progreso, las ciencias positivas, el racionalismo y, aquí está el punto, la masonería. Hay quienes ven simbología masónica en cada detalle del trazado de la ciudad, en sus monumentos, en la forma numérica que se usó para nombrar las calles. ¿EXAGERAN?

Empecemos por los símbolos escondidos en el trazado. Si observamos el plano de La Plata podemos encontrar con facilidad el símbolo de la masonería por antonomasia: la escuadra y el compás. El compás lo forman las diagonales 77 y 78 y la escuadra las diagonales 73, 74, 79 y 80. Y hay otros símbolos ocultos en ese plano. «El árbol de la vida», llamado árbol de las esferas porque cada una representa el lugar que ocupan los integrantes de mayor rango dentro de las logias, compuesto por diez puntos que se corresponden con distintas plazas de la ciudad. El número áureo o la divina proporción que se encuentra en la naturaleza y que el hombre copió en sus mayores obras: pirámides de Egipto, el Partenón, alguna sinfonía de Beethoven. En La Plata está representado por el rombo formado por las cuatro diagonales centrales de la ciudad: 75, 76, 77 y 78. Y por último, múltiples combinaciones de números 13 y de números 6. Sin embargo, el significado de estos números nada tiene que ver con el que popularmente se le atribuye, el 13 como mala suerte y el triple 6 como el demonio. En el caso del trazado de La Plata hay que buscar el significado en el que le dan los masones. Para ellos el 6 es el símbolo de la masculinidad, el alma del hombre y el macrocosmos. El 13 la transformación, representa la resurrección y la inmortalidad.

INCLUIR MAPA CON ESTAS REFERENCIAS Y UN BILLETE DE 1 DÓLAR. SEÑALAR LAS 13 HILERAS DE LADRILLOS, EL ÁGUILA QUE LLEVA 13 FLECHAS EN LAS GARRAS, 13 HOJAS DE UNA RAMA DE OLIVO CADA UNA CON 13 ACEITUNAS, 13 BARRAS Y 13 ESTRELLAS. ¿POR QUÉ SI CAMBIÓ LA CANTIDAD DE ESTADOS DE LA UNIÓN EL NÚMERO 13 PERMANECE INALTERADO?

Más curiosidades numéricas. A pesar de que las calles de La Plata no llevan nombre sino número y esos números son correlativos, entre la 51 y la 53 no está la calle 52. El lugar en que debería estar esa calle lo ocupa el Eje Monumental de La Plata. Sobre ese eje y sus alrededores están los monumentos fundacionales de la ciudad. El antiguo Regimiento 7, la Catedral de La Plata, la Escuela Normal 1, el Palacio D'Amico (arzobispado), el Colegio San José, el Teatro Argentino, el Palacio Municipal, la Legislatura, la Casa de Gobierno, el Ministerio de Seguridad, el Ministerio de Salud.

BUSCAR EN BANCOS DE IMÁGENES FRENTES DE ESTOS EDIFICIOS.

Algunos dicen que la calle 52, por lo tanto, no existe. Otros que sí, pero sepultada a siete metros por debajo de los mencionados monumentos, uniendo unos con otros a través de túneles secretos. Como no se autorizó nunca la excavación para confirmar o desechar esta hipótesis, es cuestión de creer en ella o no. En otras calles de la ciudad hubo hundimientos y aparecieron túneles; eso confirma la hipótesis de que el túnel de la calle 52 existe, aunque no se pueda ver. ¿Por qué elegir el número 52 para que coincida con esa calle misteriosa? Tal vez porque 52 es 4 veces 13. La avenida 13 cruza el cuadrado central en el medio y marca el lugar (52 y 13) donde está la piedra fundacional. La letra 13 en el alfabeto es la ele, letra con la que empieza La Plata, la libreta de enrolamiento de Dardo Rocha era la número 13, ETC. ETC. ETC. BUSCAR MÁS EJEMPLOS.

El otro número que se repite en el trazado de la ciudad, el 6, es el que determina la aparición de avenidas:

cada seis calles hay una avenida. Y en cada cruce de avenidas una plaza. O sea que cada seis cuadras, vaya uno en la dirección que vaya, encontrará un espacio verde.

Sigamos con las estatuas. Las estatuas no se pueden atribuir a los fundadores porque se instalaron en la ciudad mucho después, aunque sin duda encontramos en ellas simbología masónica. Las estatuas de Las cuatro estaciones *de la Plaza Moreno miran a la Catedral como controlando a la institución católica, y la estatua que representa el invierno le hace cuernos al emblema de esa religión en La Plata. El* arquero divino, *obra del escultor Troiano Troiani, a pesar de que perdió el arco, sigue apuntando con su flecha imaginaria al rosetón mayor en el centro de la Catedral. Los jarrones con cabezas de fauno en la misma plaza son para algunos símbolos de abundancia, fertilidad y buena suerte, y para otros representan al diablo y están estratégicamente ubicados para custodiar la piedra fundacional (avenida 13 entre 51 y 53).*

Si invadida por esta simbología La Plata maldice o protege, será la conclusión a que tendrá que llegar cada uno.

ESTÁ CLARA LA OPCIÓN QUE ELIGIÓ FERNANDO ROVIRA. PERO NO TODOS PENSAMOS COMO ÉL.

Apuntes para un nuevo proyecto:
Preguntarle a Eladio Cantón si le interesa una biografía familiar de los Benoit.

Leer «La escalera de mármol», de Manuel Mujica Láinez, en Misteriosa Buenos Aires, *texto en el que Manucho hace literatura con la historia de los Benoit.*

Es imprescindible contar con un nuevo proyecto de escritura antes de terminar el anterior. Hablar mañana mismo con Eladio.

Pedro Benoit era hijo de Pierre Benoit. ¿Y quién era Pierre? Una respuesta no tan sencilla. Nada menos que uno de los hombres que se creyó que podía ser Luis XVII, el Delfín, hijo menor de María Antonieta y Luis XVI. Llegó a la Argentina en 1818, era marino, ingeniero y arquitecto, profesiones que heredó su hijo Pedro. Usaba el apellido de su familia adoptiva y siempre daba una fecha distinta de nacimiento. Durante años se dijo en secreto que pertenecía a la familia real Borbón y que se había salvado de la muerte después de la Revolución Francesa por un cambio de identidad. Alimentaba esta leyenda su cultura, el hecho de que hablaba varios idiomas, su refinamiento, y que guardaba en secreto una trenza de cabello rubio que algunos aseguraban había sido de su madre, María Antonieta. Pero uno de los motivos principales que confirmaba su identidad era que Pierre no hablaba de eso, si le preguntaban callaba. Cuando enfermó de gravedad, se presentó un médico francés en su casa; la familia, sin saber de dónde vino ni quién lo había mandado, lo dejó pasar. El médico lo revisó, habló con él en francés; cuando salió de la habitación de Benoit dijo que lo dejaran descansar, que se había quedado dormido, y por fin se fue. A las pocas horas Pierre murió. Se creyó que fue muerte natural. Dicen que una autopsia posterior reveló que había sido envenenado con arsénico. Las circunstancias de su muerte abonaron la teoría conspirativa: Pierre Benoit era efectivamente el Delfín. Sin embargo, a fines del siglo XX se hizo un estudio de ADN de un corazón conservado en formol en Francia y se determinó que pertenecía al verdadero Luis XVII, que murió por malos tratos en la torre donde estaba prisionero. Eso puso fin a las especulaciones acerca de la identidad de los Benoit. Aunque no necesariamente puso fin a lo que pueda hacer la literatura con él.

FERNANDO ROVIRA NO SABE LO QUE SE PIERDE AL QUERER SACARSE DE ENCIMA LA PLATA.

32

La China se sienta adelante, junto a Sebastián, que insiste en que él manejará todo el camino de San Nicolás a La Plata. Ella preferiría ir atrás, para estar cerca de Román, pero además porque con Sebastián Petit no se siente cómoda. A pesar del malestar, no dice nada; entiende que es lógico que ella viaje adelante, levanta menos sospecha una pareja en los asientos delanteros. Una familia que va de paseo, con el nene, el tío y el abuelo detrás. O algo así, en el imaginario del lugar común en una ruta. Nunca cuatro temerarios que escapan con un niño de tres años, apostando a que todo va a salir bien. Antes de arrancar, la China pide un minuto para ir a dejar las llaves del auto que le prestaron debajo del asiento. Y colgar del espejo retrovisor la bombacha que está en la guantera. Lo de la bombacha no lo menciona, sólo habla de las llaves. Pero ya que está... Es importante dejar las llaves escondidas aunque a mano, por si Iván quiere mandar a buscar su auto cuando ella le informe —no ahora sino en cuanto las circunstancias se lo permitan— que está estacionado a 237 kilómetros de donde él vive. Cuando regresa, al cabo de sólo dos minutos, Sebastián le hace una exhibición de fastidio por el retraso. La China lo ignora; es evidente que a él no le gusta ella, pero a ella tampoco él. Así que están a mano.

Román y Adolfo se acomodan en el asiento trasero. Román volvió a ponerse la gorra y los anteojos. Joaquín va en medio de ellos; el auto no tiene una silla especial para chicos así que Román le ajusta el cinturón todo lo que puede hasta sentir que está seguro.

—¿Listos? —pregunta Sebastián.

—Listos —le responden los demás.

—Quiero pensar que *todos* sacaron el localizador del teléfono.

—Yo no tengo teléfono, le saqué la batería y el chip antes de salir de Buenos Aires —dice Román.

—Bien hecho —le responde Sebastián.

—Sin localizador —dice la China mientras lo quita, simulando que no era necesaria la advertencia de Sebastián.

—Yo tengo un Nokia viejito que anda fenómeno pero lo uso exclusivamente para llamados y mandar mensajes de texto —advierte Adolfo—. ¿Dónde busco el localizador ese?

—No, dejá, no te preocupes —le contesta Sebastián, que con sólo mirar el teléfono de reojo confirma que es anterior a cualquier tecnología sofisticada—. Pongámonos en marcha —dice, y arranca.

Unas cuadras después, ya estarán en la ruta camino a su destino. El viaje es tenso; pero aunque en ese auto hay temor, también hay esperanza. Nadie lo dice, sin embargo los cuatro tienen la disparatada ilusión de que el futuro puede ser mejor. Joaquín, para quien a su edad todo es presente, es el único que viaja inconsciente del peligro que corren, moviendo las piernitas como si bailara y riendo porque sí.

Apenas salen a la ruta y ya no tiene que preocuparse por buscar el camino correcto, Sebastián comienza a hablar sin parar, casi maníacamente. Les da una clase magistral sobre la ciudad de La Plata y su historia. Cada tanto la China logra acotar algo relacionado con la fundación de la ciudad. Pero sobre todo toma nota mental de detalles desconocidos que aporta Sebastián y le servirán para incluir en *La maldición de Alsina*. Luego de breves intercambios él indefectiblemente vuelve a acaparar la conversación.

—Fui yo el que les mandó las copias del cuadro de Quincio Cenni.

—Ah, mirá. Me había ilusionado con que tenía un admirador anónimo —dice la China—. ¿Y qué era lo que nos querías advertir con ese cuadro?

—No demasiado, lo que se ve en la imagen, que a la fundación faltaron las estrellas de la política y Dardo Rocha las agregó para la posteridad. Hizo ficción. El relato no es nuevo en nuestra historia. La política que manipula la realidad a su antojo, que te enseña la foto trucada. Lo mandé como un anónimo, con marcas de agua y frases confusas para que Román se entusiasmara con el misterio y se pusiera a investigar de dónde venían esas pistas. Fue después del asesinato de Lucrecia Bonara, cuando estuvo recluido y nada lograba ponerlo en marcha otra vez. Aunque tengo la sensación de que el cuadro no le impactó en lo más mínimo. ¿No, Román?

—No tengo idea de qué hablas —responde él.

—Mis métodos pueden fallar —advierte Sebastián con ironía.

—Espero que hoy no... —dice Adolfo.

—A mí me sirvió, sumó un capítulo más a mi libro. Lo que no es poco —confiesa la China, y es su manera de empezar a hacer las paces con él.

—Me alegro —dice Sebastián.

Y otra vez corta la conversación y vuelve a su monólogo, que no deja espacio para que intervenga ningún otro pasajero, mientras se desplazan a alta velocidad por una ruta casi desierta, hacia una ciudad que Rovira cree maldita. Román lo agradece, él no tiene ganas de hablar y siente que, por ser el protagonista de esa aventura, si se produce un silencio es el responsable de romperlo. Así que cada tanto dice alguna frase para incentivar a Sebastián a que cuente más. Y él lo hace con precisión de enciclopedia, habla del trazado original de La Plata, de los símbolos masónicos, de los mitos platenses, de la numeración de las avenidas, del algoritmo para calcular entre qué calles se encuentra determinada dirección. Y en particular, de por qué está tan seguro de que Rovira tendrá terror de acercarse a esa ciudad.

—Escuché lo que hablaba con la madre y con Vargas. Ese tipo está loco. Estoy seguro de que su aversión a La Plata va más allá de una simple superstición. Parece cuerdo pero está loco.

—Como tantos políticos que andan por ahí gobernando naciones. El mundo manejado por una manga de dementes. Así de triste y así de cierto —dice Adolfo.

—¿Y si armamos un partido y nos presentamos a las elecciones? —pregunta Sebastián, y está claro que su propuesta no es un chiste.

—A mí no me agarran para otro partido político ni loco —contesta Román, y tampoco es chiste.

—A mí, menos —se suma la China.

—Yo soy radical —dice Adolfo—, y un radical muere radical.

—Sobran ejemplos de radicales que cambiaron de partido —corrige Sebastián.

—Esos no eran radicales —se enoja Adolfo—, no lo fueron nunca, nos usaron de plataforma para dar el salto. Oportunistas de comité. ¡Tránsfugas de ocasión!

Lo dice con tanta firmeza que nadie se atreve a contradecirlo. Siguen unos kilómetros en un silencio que esta vez él mismo rompe.

—Lo que sí, si armás algo serio, un partido como la gente, con ideas, con proyecto político, con propuestas concretas, avisame, que puedo hacer el intento de gestionar una alianza en la próxima convención nacional.

—Te agradezco el ofrecimiento, Adolfo —dice Sebastián—. Pero, ¿a ustedes todavía les siguen quedando ganas de armar alianzas?

Adolfo se incomoda, se controla para no decir lo primero que le viene a la cabeza y a los gritos. Respira profundo, es casi un suspiro. Recién entonces habla.

—Tenés razón. Mejor no. Cuando tenés razón, tenés razón.

—Si ninguno me acompaña, todavía me queda Joaquín. A lo mejor en unos años lo convenzo... —dice Sebastián.

—Sobre mi cadáver —interrumpe Román—, no te olvides de que soy el padre —agrega, y se ríen por primera vez en lo que va del camino.

Se detienen en Escobar a cargar nafta. Ya es de noche. Román les pide que vayan al baño, compren bebidas y algo para comer, que aprovechen para estirar las piernas. Prefiere no hacer otra parada hasta llegar a La Plata. Quiere que cuando estén listos, se reúnan junto al auto para organizar lo que sigue. Le preocupa que aún queden varias tareas pendientes y otras de las que deben confirmarse los resultados. Lleva a Joaquín al baño a pesar de que el niño insiste en que no tiene ganas y se lo ve más entusiasmado con correr por la estación de servicio. Sebastián se ocupa del auto y la China va por unos sándwiches y unas gaseosas. Adolfo se acerca al surtidor, donde Sebastián controla la carga.

—¿Te doy una mano con esto?

—No, gracias, ya está todo.

—¿Vamos bien, no?

—Sí. Vamos a llegar de madrugada. Antes de entrar a La Plata buscamos un lugar seguro donde descansar un rato y nos instalamos en la plaza con luz de día. Vamos a necesitar dormir un par de horas. Deberíamos turnarnos y descansar mientras uno se queda de guardia.

—Perfecto, yo hago la primera —dice Adolfo, y mientras Sebastián paga la nafta lo acompaña, buscando la oportunidad para sacarse las dudas que le quedan.

—Decime, eso que nos contaste en el viaje acerca de La Plata, ¿cómo sabés tanto? ¿Vos sos masón?

—No. Soy un tipo estudioso, leo de todo lo que me interesa y más también. ¿Y si fuera masón?

—No, nada. Curiosidad, es que nunca terminé de entender bien qué es la masonería.

—Dicen que la masonería sólo la entiende un masón.

—Por eso, vos la entendés bastante bien...

—Apenas a grandes rasgos. Como cualquier sociedad secreta, se reservan muchas cosas. A los masones los guía el racionalismo. Son formadores de líderes, quieren poner masones en lugares de poder para transformar el mundo. Y se definen como una organización filosófica, filantrópica y progresista, sin religión aunque tolerante. Ustedes tienen correligionarios famosos entre sus miembros.

—¿Por quién lo decís?

—Leandro N. Alem, Hipólito Yrigoyen.

—Tengo mis dudas, lo oí por algún lado, sí... Andá a saber...

—Napoleón, José de San Martín, Arthur Conan Doyle, Isaac Asimov, Phil Collins... Massera, Pinochet... De todo...

—Puta que sí...

Llegan Román y Joaquín, que vienen del baño. Al rato se les une la China. Román se queja de que el chico no quiso hacer pis, que está tan excitado a pesar de la hora que no hubo forma, lo único que quiere es jugar. Sebastián le dice que no se preocupe, que si hace falta vuelven a parar. Y de inmediato propone que arranquen con la reunión de estrategia y logística; quiere volver a la ruta cuanto antes. Román le pide a la China que confirme que sus contactos recibieron ya el archivo con su historia. En cuanto ella tenga esa información, él mismo mandará una copia a Fernando Rovira vía WeTransfer y le dejará en claro que hay copias del archivo en varios lugares infranqueables y con instrucciones de ser usadas en el caso de que le pase algo a cualquiera de ellos. No nombrará personas pero sí alguna de las instituciones que tienen sus declaraciones para que Rovira se dé cuenta de que habla en serio. Sebastián le sugiere que cuando lo haga le advierta que ya dejaron San Nicolás y que volverá a comunicarse con él para decirle dónde está. Le pide a la China que llame al canal y gestione un móvil urgente para la Plaza Moreno de La Plata y que convoque a otros colegas.

—A mi modo. Cada uno en lo que sabe. Voy a pedir el móvil, eso dalo por hecho. Pero yo no soy jefe de prensa de nadie para convocar a colegas. Sería raro, llamaría la atención. Cómo conseguir que vaya prensa dejámelo a mí. Voy a hacer algo mejor —dice la China.

¿Qué, si no es indiscreción? —pregunta Sebastián.

—Es indiscreción, pero te lo voy a contar igual: les voy a decir a un par de colegas inescrupulosos si me pueden reemplazar en una clase que supuestamente tengo que dar en la facultad porque mañana en la Plaza Moreno me salió en exclusiva la nota de mi vida y no me la puedo perder, que tengo que hacerla a primerísima hora porque después se le van a ir todos los medios encima a mi entrevistado. Se van a excusar de sustituirme en la clase, jamás conseguí que me hicieran un favor. Pero apuesto que esos son los primeros en llegar a la plaza...

—Todos contra todos por una primicia... —dice Román.

—No falla —contesta la China—, me han cagado históricamente cada nota que pudieron. Imaginate si les aviso. También voy a poner en un grupo de WhatsApp que tengo con algunos colegas de gráfica: «¿Alguien sabe cuál es la bomba que explota mañana en Plaza Moreno de La Plata?, ¿con llegar a las siete estará bien o hay que estar antes?». Con eso nos garantizamos varios periodistas más.

—Perfecto. Necesitamos que cuando salga el sol esa plaza esté repleta de gente y de cámaras —dice Román—. La gente alrededor nuestro es el escudo. Va a ser nuestra protección.

—Yo les puedo pedir a los radicales del comité de La Plata que llenen la zona de militantes y de pancartas, si sirve. No va a hacer falta que les explique el motivo. Con algunos tengo una relación de años, confianza ciega. Si les digo que hay que ir van y llevan a su gente. Lo mismo haría yo.

—Sí, sirve —dice Sebastián—. Cuantos más testigos haya, más difícil será que Rovira mande a alguien a hacernos lo que sea. Yo no tengo dudas de que no se va a atrever a ir él mismo, pero seguro encuentra quien quiera hacer el trabajo en su nombre. Medios y militantes es una buena protección.

—¿Te parece que ya le escriba a Rovira? ¿O lo llamo? —le consulta Román a Sebastián.

—Rovira habrá llegado a San Nicolás. O estará yendo a la Triple Frontera si funcionó el chasqui del Facebook. En cualquier caso, en cuanto le mandes el video se va a detener. Creo que deberías escribirle apenas la China confirme que los videos llegaron a destino. Después de eso le mandás una copia, le damos un tiempo para que lo procese, y ahí sí lo llamás, le decís tu propuesta y que lo esperás en La Plata, sobre la piedra fundacional. Lo invitás a que vaya casi como un reto a duelo. No va a aceptar. Pero jugará su pieza. Y nosotros ya estaremos en La Plata jugando las nuestras.

—Pongámonos en marcha, quiero que esto termine de una vez por todas —pide Román.

—Iniciamos una etapa que sin duda será difícil —dice Adolfo—, porque tenemos todos la enorme responsabilidad de asegurar hoy, y para los tiempos, la democracia y el respeto por la dignidad del hombre en la tierra argentina.

La China y Sebastián lo miran sin entender a qué va con una frase tan rimbombante. Román no tiene dudas.

—Tío... —lo reta.

—Primeras palabras de Alfonsín al asumir la presidencia, en su discurso ante el Congreso —aclara Adolfo.

—Todos los contactos confirmaron la recepción del video —dice la China, que acaba de chequear su celular.

—Ahora sí, es tu turno, Román —confirma Sebastián.

Román le pide el teléfono a la China. Ella se lo da con cierta solemnidad, como quien entrega un tesoro, algo valioso, consciente de lo que significa. Los demás quedan en tensión, esperando que él haga lo que está por hacer, expectantes a pesar del temor. Román se dispone a enviarle el video que grabó a Fernando Rovira; le toma un tiempo. El sonido de los camiones que cada tanto pasan por la ruta es el único indicio de que el mundo sigue su marcha mientras ellos esperan.

—Enviado —dice Román, por fin.

—*Alea jacta est* —dice Adolfo—. Ésa no es de Alfonsín.

33

Fernando Rovira recibe el video que le manda Román precisamente cuando está estacionando frente a la mueblería de Adolfo Sabaté. Lo quiere ver de inmediato, íntegro, a solas. Aunque no cree que todavía estén allí, le pide a Vargas que revise a fondo la mueblería y la casa por si aparece algo que les pueda servir. Y que luego vaya a dar una vuelta por la zona. Una vuelta larga. Sospecha que ese video no debe de durar poco. Rovira le da *play*. Lo escucha completo de una sola pasada, sin detenerlo aunque se le pierden algunas palabras. Lo escucha, más que mirarlo, porque no soporta ver el rostro de Román Sabaté; quisiera atravesar la pantalla y golpearlo. Apenas puede con su voz. Cuando termina, lee otra vez el mensaje de Román que acompaña el video: «Hay varias copias a buen resguardo, en breve me comunicaré para plantear mis condiciones».

«Mis condiciones», no lo puede creer.

Un fugitivo que pone sus condiciones. Un arrogante, desleal e imbécil fugitivo creyendo que podrá con él. Llama a Arturo Sylvestre. Le explica con medias palabras, le dice que recibió «correo» y que no son buenas noticias. Que lo espera en las oficinas de Pragma dentro de tres horas. Aunque estima llegar incluso antes. Sale ya y va a poner el auto a máxima velocidad. Arturo Sylvestre le dice que viaje tranquilo, que el *focus group* dio bien. Que hay buenas perspectivas en ese sentido. «Vamos a ir por el mismo lado que fuimos cuando quedaste viudo. Viudo con un bebé. Eso subió la intención de voto como cinco puntos. Le vamos a entrar por lo sensible, lo emotivo, al corazón del votante. Vas a ver que convertimos una debilidad en fortaleza». Fernando Rovira trata de calmarse pensando en eso, en que lo van a dar vuelta a su favor. Aun así no logra controlar el enojo que le recorre el cuerpo. Más que enojo, está empezando a odiar a Román Sabaté.

Efectivamente, dos horas y media después llega a las oficinas de Pragma. Nunca hizo un viaje tan inútil como ése. Amanece. No pegó un ojo todavía, sin embargo se siente entero, sin sueño, podría seguir de largo como si hubiera dormido. Le avisan por teléfono que Arturo Sylvestre está en el edificio y se dirige a su oficina. Justo antes de que llegue suena su celular. Es un número extraño, que no conoce. No hay ninguna posibilidad de que reconozca el celular de Adolfo, a quien nunca se cruzó en su vida. Él jamás atiende una llamada de un número desconocido. Pero intuye que esta vez debería hacerlo, y lo hace. Del otro lado de la línea está quien esperaba: Román.

—Te escucho —le dice Rovira, seco. No va a dejar que el enojo se le note en el tono, aprendió hace tiempo que es mucho más efectivo torcer la voluntad del otro con voz calma.

—Lo único que quiero es quedarme con Joaquín. Ésa es mi condición —a la voz de Román, en cambio, se le nota la ansiedad.

—¿Qué más? —pregunta Rovira.

—Nada. Sólo Joaquín a cambio de mi silencio.

—¿Y qué te hace suponer que puedo aceptar que te quedes con mi hijo?

—No es tu hijo.

—Nos podría llevar años discutir eso en un juicio de filiación.

—Es que no vamos a esperar que esto se resuelva en ningún juicio. Vos vas a dejar que Joaquín viva conmigo y sea mi hijo a todos los efectos, hasta que podamos arreglar los aspectos legales.

—Vuelvo a preguntar, ¿qué te hace creer que yo aceptaría una cosa así?

—¿Qué otra alternativa tenés?

—¿Pegarte un tiro?

—Vení. Te estoy esperando. Vení a pegarme un tiro donde estoy. En la Plaza Moreno, en La Plata. Podés prender el televisor y me vas a ver. Ya lo están transmitiendo en vivo en TvNoticias. Y vienen otros móviles en camino. Estaba esperando hablar antes con vos, para luego hacer el anuncio oficial. Se va a armar un gran revuelo en la provincia. ¿Venís para acá, o voy largando yo?

Se hace un silencio. Rovira, de verdad, quisiera que alguien le pegara un tiro a ese traidor. Él no lo haría, él no se siente asesino. Pero si otro lo hace lo festejaría. ¿Desearle la muerte a alguien, incluso hasta el punto de que un tercero crea que debería matarlo en su nombre, lo convertiría en asesino? Sin dejar el teléfono, enciende el televisor de su oficina y comprueba lo que acaba de decirle Román. La cámara hace un paneo general pero está claro que ese muchacho que se distingue sobre la piedra fundacional con un nene al hombro, moviendo su teléfono en alto a modo de saludo, es Román Sabaté. Fernando Rovira siente que algo le va a explotar adentro de la cabeza. No puede creer lo que ve. Se pregunta si su madre lo estará viendo, si lo habrá reconocido, si estará tratando de ayudarlo con sus dones y por qué no funcionan. Tal vez, se responde, porque en ese lugar desde donde Román Sabaté tiene el tupé de desafiarlo se concentra toda la energía que existe en su contra. Y ni una madre puede con eso. Una plaza en la que hay demasiada gente para la hora que es. Repleta de enemigos. ¿Pancartas radicales? ¿Román insiste con los radicales? Absurdo, necio. El zócalo anuncia: «En minutos, *en vivo,* el caso de filiación que tiene en vilo a la política argentina». Sobre la misma piedra fundacional: Román, Joaquín, un hombre que no conoce. La China Sureda que debe de estar allí cubriendo la noticia, piensa, y se equivoca. Y Sebastián Petit. ¿Sebastián Petit también resultó ser un desleal?, se pregunta azorado en el momento en que entra Arturo Sylvestre.

—Increíble —dice el asesor de Pragma apenas se para delante del televisor—. Vos tranquilo —le dice a Fernando, que a su vez le explica con señas que está hablando con Román.

—Okey —dice Fernando al teléfono—. Entiendo la situación. No creo que sea necesario que yo vaya para allá. Dame dos horas y te doy mi respuesta.

—Una hora —corrige Román—. Si en una hora no me llamás para que acordemos detalles ponete otra vez frente a un televisor que tengo algo para decirte en cámara.

—¿Me estás amenazando?

—Tomalo como te parezca.

—Quién te ha visto y quién te ve, Román Sabaté... Parecías otra cosa.

—¿Qué parecía?

—Un perdedor.

—Miraste mal...

—En una hora vas a tener noticias mías.

—Las espero —dice Román, y corta.

Fernando Rovira no ve en la pantalla que a Román Sabaté le tiemblan las piernas y le sudan las manos. Apaga el televisor y se sienta frente a su escritorio. Sylvestre se ubica del otro lado.

—Dale el chico. Es el menor daño posible. Redacté una carta para publicar en tu Facebook, les avisamos a los medios en cuanto la publicamos y de ahí la levantan de inmediato. La leyeron en el *focus group*. Éxito total. El treinta y cinco por ciento de las mujeres casadas además lloraron. Y el cuarenta y seis por ciento de las solteras. Tranquilo, Fernando, el daño será mínimo.

Fernando Rovira asiente y toma el texto que le pasa su asesor.

Mientras lo lee, se pregunta en qué se equivocó cuando decidió que Román Sabaté era *la* persona.

301

34

Página de Facebook
Fernando Mario Rovira
Hace 12 minutos

Muchas veces les hablé por este medio para contarles proyectos, propuestas o acciones concretas de mi partido político, Pragma, en busca de un país mejor.

Hoy, en cambio, vengo a ofrecer mi corazón, como dice aquella canción que tanto le gustaba a Lucrecia Bonara, mi mujer. Vengo a abrir mi corazón delante de ustedes.

Sepan disculparme, pero es necesario.

Todos saben que soy viudo y que tengo un hijo. Eso es lo que siento: tengo un hijo. Sin embargo, no es un hijo de mi sangre. Su padre biológico, hace unos pocos días, se arrepintió de no haber aceptado reconocerlo cuando nació. Me pide que lo ayude a enmendar su gravísimo error. ¿Cómo negarle a una persona que quiere reparar el peor error de su vida la posibilidad de hacerlo?

Sigo enamorado de mi mujer, Lucrecia Bonara. Su muerte, ejecutada por mafias asesinas, no logró separarnos. No importa que ya no esté entre nosotros, la sigo llevando conmigo, dentro de mí. En algún momento yo cometí un error, la desatendí, dejé de mirarla, estaba tan preocupado por sacar esta provincia y este país adelante que me olvidé de ella y de cuánto la quería. Lucrecia era una mujer muy sensible, y también cometió un error. O no, ¿se la puede juzgar por haber buscado refugio en otro hombre cuando sintió que yo la dejé sola? No soy machista, no les exijo a las mujeres lo que no les exigimos a los hombres, no la juzgué

302

entonces ni la juzgo ahora. Yo la amo, simplemente eso. Porque la amo y la amé siempre, cuando me vino a decir con lágrimas en los ojos que había tenido un romance y me pidió perdón, yo, aun con dolor, la perdoné. Nos abrazamos, lloramos juntos. A partir de nuestros propios errores nos amamos más que nunca porque tomamos conciencia de que podríamos haber perdido al otro, ella a mí y yo a ella. Había pasado el mal trago, habíamos aprendido del error. Y nada más habría sucedido, ni ustedes se habrían enterado de un asunto tan íntimo si ese desliz no hubiera tenido consecuencias. Al poco tiempo, Lucrecia se dio cuenta de que estaba embarazada. Fue muy difícil. Por supuesto se lo dijimos a Román Sabaté, el padre biológico de Joaquín, pero en esos días él era un chico muy joven, inexperto, no estaba preparado para asumir esa paternidad. No quiso hacerlo. Lo comprendimos, lo aceptamos y decidimos, los tres, que yo sería el padre de Joaquín. Lo anotamos como hijo nuestro, tal como dice la ley: un hijo nacido dentro del matrimonio se presume del matrimonio. Lucrecia murió feliz de que tuviéramos ese hijo. Joaquín creció feliz en nuestra casa. Y si no fuera por el vil asesinato de mi mujer, yo habría sido el hombre más feliz del mundo con ellos. Con la muerte de Lucrecia vino el dolor mayor, a pesar de eso Joaquín y yo aprendimos a seguir adelante, como padre e hijo. Hasta ayer, seguíamos aprendiendo cómo serlo. Pero resulta que Román Sabaté creció y empezó a sentir su propio dolor, el de ser padre sin tener a su hijo. Ver a este muchacho desgarrado por la culpa de haberlo abandonado, de haberlo negado, fue muy impactante para mí. Me dije, ¿tengo derecho a negarle la oportunidad de enmendar su error? Lo pensé mucho. Y me respondí que no. Que Román Sabaté merece, como yo, una oportunidad. Tener este hijo que por fin puede querer y sentir suyo. Así decidimos entre los dos que Joaquín lleve su apellido y que viva con él, porque es sangre de su sangre. Aunque seguirá teniendo dos papás, Román y yo. Joaquín es mi hijo del corazón.

Y lo será siempre. Así como Lucrecia seguirá siendo mi amor aunque no está más en este mundo. Amo a mi hijo, amo a Lucrecia, amo a las mujeres, entiendo lo que sienten cuando se enamoran, entiendo cuando sus emociones las llevan a cometer un error, lucho cada día por sus derechos.

Yo no juzgué.

Espero que ustedes no me juzguen a mí.

Hago lo mejor que puedo.

Amo lo mejor que puedo.

Hasta acá esta carta.

Perdonen que los haya involucrado en un tema tan personal.

Espero escribirles pronto por este medio para contarles nuevas propuestas.

Vamos por dos Buenos Aires sustentables, para dejar atrás una Buenos Aires imposible.

#NiUnaMenos

Fernando Rovira

Me gusta   Comentar   Compartir

35

Irene termina de leer la carta abierta de Facebook que su hijo publicó hace minutos en su página oficial. Si le hubiera avisado antes de publicarla, ella le habría sugerido dos o tres cambios que la habrían mejorado mucho. Pero en el tema de la comunicación Fernando cree ciegamente en Arturo Sylvestre, mal que le pese. Así que aprendió a aceptar. Que Sylvestre se ocupe de la comunicación entonces, que ella tiene otros asuntos de su hijo tanto o más importantes de los que ocuparse. Le agradece, sí, que la haya llamado para avisarle que acababa de publicar la nota, no le habría perdonado enterarse por los medios como cualquier hijo de vecino. O por un amigo de Facebook. Ella es la madre, a nadie le puede dar más prioridad. Con respecto a la nota, le pareció excesivo tanto ensalzamiento a su difunta nuera, tanta demostración de amor de su hijo hacia ella. Un poco está bien, lo entiende, pero Sylvestre terminó escribiendo una carta melosa, cursi, que empalaga al tercer párrafo, y ése no es el estilo de Fernando. En fin, ahora lo que hay que hacer es mirar para adelante. Al nene lo va a extrañar, eso sí, aunque si pudo superar no ver más a su hijo Pablo que vivió con ella hasta los veinte años y es sangre de su sangre, va a superar rápidamente no ver a ese chico. Si en definitiva no es su nieto sino el hijo de su difunta nuera y el concebidor. La única sangre de su sangre a la que hoy le debe todo su apoyo es Fernando.

Apaga el televisor, las imágenes que vio le parecen patéticas: esa plaza llena de gente, el nene en esa especie de altar improvisado rodeado de gente oscura, sin luz. No quiere saber nada más de ellos. Menos que menos del concebidor. No quiere ni escuchar lo que seguramente saldrá a decir en unos minutos. Con respecto a ese punto, el concebidor, también habría preferido otro camino, algo más en el orden del ajuste de zapatos de Vargas. Ahora ya es tarde, ya los vio el país, sus imágenes están en todos los canales como si fuera una cadena nacional. A lo hecho, pecho. O a lo no hecho. El foco en el futuro. Sí se propone reflexionar con dedicación para descubrir en qué se equivocó. Porque algo falló, y no necesariamente fallaron los chequeos que hizo de la energía del candidato. Se ocupó personalmente de muchos pasos relacionados con el embarazo, no sólo con la selección del concebidor. El primero y fundamental, convencer a Fernando de que nada bueno saldría de una jeringa llena de semen que alguien le mete en la vagina a su mujer para derramarle el contenido adentro. Así tal cual se lo dijo. Con esfuerzo, cuesta encontrar las palabras adecuadas. En un método como ése no hay lugar para el amor, no hay magia, no hay buena energía. Pero sobre todo, y esto es lo más importante: rompe el aura del niño en camino. Cuando le contó, su hijo ya venía con dudas personales acerca de la inseminación artificial, básicamente por la manipulación de la información y la cantidad de gente que estaría enterada de su infertilidad en el trámite que llevaría ese embarazo. Irene se montó sobre la paranoia de Fernando, sobre su horror a que se filtre la noticia, y fue por más. Le confirmó sus sospechas, «dicen las runas que si usan el método de la jeringa se va a enterar medio país». Aunque su trabajo más preciso fue motivarlo con argumentos propios: que el niño por venir necesitaba tener un aura limpia, buena, brillante, que era necesario que fuera el fruto de un acto natural donde estuvieran presentes el amor, la magia y la luz. Ella propuso un trío. Se lo dijo a su hijo sin miramientos: para que funcione, de a tres. Tal vez ahí estuvo el error, en que como Lucrecia, que siempre fue medio reprimida, se opuso terminantemente a esa modalidad, hubo que recurrir al sexo clásico y limitarse a que Fernando espiara con una cámara. Fue difícil hablar con su hijo de estos detalles, lo recuerda y vuelve a sentir aquella incomodidad. Es tan difícil hablar de sexo con un hijo. Pero era necesario, así que lo hizo. Insistió con el trío. «Si en esa cama hay dos hombres con Lucrecia y ella queda embarazada podemos suponer que la embarazó cualquiera de los dos. Uno arriba, otro abajo, después cambian de posición, la penetra uno, la penetra el otro. Que me venga a decir alguien que ese hijo no es tuyo. ¿Sabés el aura que tendría un bebé concebido por dos hombres?» Fernando se convenció, a pesar de que pensarse en una cama con otro hombre lo inquietaba. El problema fue que no pudo convencer a Lucrecia. Y no dejó que Irene hablara con ella. Su madre tuvo que aceptar la opción del *voyeur*. Fernando le confesó que no sería la primera vez que observaría a su mujer a través de una cámara. «Masturbate mientras los mires, sentí que estás ahí, que tu semen está ahí, eyaculá, eyaculá y eyaculá, derramate vos también, hijo, igual que si estuvieras dentro de ella», le dijo. «Me masturbo siempre que la miro, mamá», le respondió él, rotundo. Y ella, más allá del impacto de una confesión tan íntima, se quedó tranquila. Pensó que con eso sería suficiente, que el mecanismo alternativo garantizaba de alguna manera la presencia de Fernando en esa cama. Resultó que no. Ahí estuvo el error. Tal vez.

De todos modos eso ya no tiene importancia. Ahora lo único que le importa a Irene es el futuro. Dos Buenos Aires sustentables para terminar con una Buenos Aires imposible. Eso es lo que trascenderá más allá de este episodio. Hay que dar vuelta la página. Ella nunca estuvo de acuerdo con Sylvestre respecto de que era imprescindible que Fernando tuviera un hijo para consolidar su carrera política. Mucho menos estuvo de acuerdo con su nuera, que con la maternidad quería consolidarse ella, «sentirse plena». Esa chica nunca se habría sentido plena, piensa Irene, si lo que le faltaba no era un hijo sino un hervor, una gracia, lo que sea. Tampoco tiene sentido seguir dándole vueltas a la muerta. Ahora es el tiempo de pensar sólo en la carrera política de Fernando. Y ella estará muy atenta a todo lo que se haga de acá en adelante para que su hijo no sólo llegue a ser gobernador de Vallimanca sino presidente de la Nación. Ella va a estar allí, ella va a ser parte. Serán la Santísima Trinidad versión femenina: Madre, hijo y Espíritu Santo. En el caso de ellos el Espíritu Santo serán los dones de Irene, la energía que ella trae consigo desde siempre, su poder de sanación, su luz.

Irene va a controlar cada acción de su hijo, cada nuevo proyecto, cada ley que quieran proclamar.

Va a gobernar con él Vallimanca y luego la República toda.

No sólo será una ayuda invalorable para su hijo.

Lo será, fundamentalmente, para su país.

36

Habían entrado hacía menos de una hora por la diagonal 74 directo a la Plaza Moreno. Los planes de descansar por turnos quedaron en la nada. La ciudad aún dormía. Pero de a poco los convocados fueron llegando al lugar fijado para el encuentro. Como previó la China, los colegas a los que les había pedido que dieran la clase por ella ya estaban allí con sus propias cámaras. Enseguida se sumaron otros periodistas a los que les llegó el dato por distintas vías —la China no lo sabe, pero Sebastián hizo también un par de llamados que consideraba imprescindibles—. Estaban todos los medios gráficos locales y algunos de los principales medios nacionales. Una larga bandera de la Juventud Radical de La Plata los recibió desplegada a unos metros del centro de la plaza, hacia el lado de la Catedral. El móvil de TvNoticias entró a la zona casi junto con ellos. La China tomó contacto, les hizo armar el set de transmisión junto a la piedra fundacional, y de inmediato agarró el micrófono y se calzó los auriculares. Ella misma dictó el zócalo que pidió que apareciera cada vez que estuvieran en pantalla: «En minutos, *en vivo*, el caso de filiación que tiene en vilo a la política argentina». Un colega se le acercó a pedirle más datos. Ella lo despachó sin más trámite, pero manejando un conveniente suspenso.

—Es mi exclusiva. Primero voy yo, después el resto. Códigos son códigos, amigo.

Nadie en esa plaza sospechaba que Román Sabaté y el chico que llevaba dormido en el hombro fueran los protagonistas de la historia. Apenas si los miraban. Román seguía con la gorra y los anteojos negros, sólo se los sacó cuando habló por teléfono con Rovira, para salir en cámara y demostrar lo que le decía: que estaba allí, esperándolo. Algunos que reconocieron a Sebastián Petit como quien había estado en la rueda de prensa del día anterior se le acercaron para preguntarle si era él quien haría el anuncio. Y aunque lo negó, unos cuantos se quedaron dando vueltas a su alrededor como moscas. Perdido por perdido, Sebastián lanzó algunos *hashtags* desde su cuenta de Twitter, para que rebotaran en otras cuentas y sumaran curiosos: #Escándalodefiliación #Política #PlazaMorenoLaPlata #Urgente. Adolfo se juntó con los jóvenes de la Juventud Radical, les agradeció el compromiso sin dar detalles ni aclarar dudas y los hizo desplazarse hacia el centro de la plaza, junto a la piedra fundacional y el set desde donde transmitiría la China. Necesitaban que Román y Joaquín estuvieran rodeados, protegidos.

Todo fue así, hasta hace apenas unos minutos. La plaza respiró esa tensa calma y Román y Joaquín disfrutaron su último rato de anonimato hasta el momento en que Fernando Rovira subió su carta a Facebook. El revuelo que se armó desde que empezó a correr la noticia de las declaraciones en la página oficial del líder de Pragma es aún imparable.

Muchas veces les hablé por este medio para contarles proyectos, propuestas o acciones concretas de mi partido político, Pragma, en busca de un país mejor. Hoy, en cambio, vengo a ofrecer mi corazón...

Todo sucede al mismo tiempo. Hay corridas, exclamaciones de asombro, gritos. Se enseñan el texto unos a otros; los camarógrafos y técnicos hacen un alto en su trabajo para leerlo. Están los que abren los ojos como platos, los que explotan en una risa nerviosa, los que niegan con la cabeza. Algunos, como había previsto Arturo

Sylvestre, lloran. Parece que sonaran cientos de celulares en simultáneo; desde los estudios centrales llaman a sus periodistas para que saquen al aire, ya mismo, a Román Sabaté. Todas las miradas van a él, como si recién lo descubrieran.

Su padre biológico, hace unos pocos días, se arrepintió de no haber aceptado reconocerlo cuando nació. Me pide que lo ayude a enmendar su gravísimo error. ¿Cómo negarle a una persona que quiere reparar el peor error de su vida la posibilidad de hacerlo?

Pero la China lo tiene protegido en su set de transmisión en vivo y no deja que nadie se le acerque demasiado. Que roben cámara si quieren, que levanten sus teléfonos celulares o sus micrófonos, pero códigos son códigos y el entrevistado —que ya tiene puestos los auriculares de TvNoticias— es suyo. Sus compañeros de móvil la ayudan a contener los empujones. Ella no abre el audio todavía. Apenas pudo recomponerse después de que Sebastián Petit les leyera en voz alta el posteo de Rovira.

Román Sabaté merece, como yo, una oportunidad. Tener este hijo que por fin puede querer y sentir suyo.

La China recibe por WhatsApp un interminable mensaje de voz de Eladio Cantón y se repliega a un costado para poder escucharlo. Está absolutamente excitado por haberla descubierto en la pantalla de su televisor. «Chinita, esto es una joya absoluta, todo va directo a tu libro, todo, anotá, grabá, sacá foto, todo. Pensemos si el título sigue siendo *La maldición de Alsina* o cuadra más algo como *Los malditos, Malditos todos, Política maldita, Estirpe maldecida*. No sé, pensémoslo. Insisto con el asesinato de Bonara, ¿no se puede sugerir que entre Román Sabaté y Fernando Rovira hubo algún tipo de pacto, un acuerdo extra para sacársela de encima? Si pueden arreglar ahora quién se queda con el chico, bien pudieron haber arreglado antes cómo se libraban de la madre. No digo que haya sido así, trato de darle más tensión dramática a lo que ya se sabe. El lector lo va a agradecer. Y a mí me gustan los lectores agradecidos. Yo sé que hay una versión oficial. Pero quisiera sembrar una duda, una inquietud literaria, al lector le va a gustar que lo dejemos ponerse en abogado del diablo. Plantealo de manera hipotética, usando el condicional, por supuesto. No quiero comerme ningún juicio. Un par de frases, un parrafito que se deslice en el texto como para tensar la cuerda. ¿Cómo lo ves, Chinita? ¿Me llamás? Llamame.» La China quisiera contestarle que lo ve como la mierda y que cómo se le ocurre que es momento para llamarlo. Borra el mensaje. En ese instante entra un WhatsApp de Perales, que no necesita de tantas palabras como Cantón para transmitir lo que quiere: «¡¡¡Sacalo ya!!!». No es el único que pide que hable Román Sabaté; una colega le avisa que la carta de Rovira está en cada noticiero del país como flash de «Último momento» y le sugiere que Román dé su versión de inmediato, le advierte que nadie puede sostener en pantalla la placa de «Urgente» ni un minuto más, «Liberalo de una vez, China, o te van a romper el cerco».

Perdonen que los haya involucrado en un tema tan personal.

Espero escribirles pronto por este medio para contarles nuevas propuestas.

Vamos por dos Buenos Aires sustentables, para dejar atrás una Buenos Aires imposible.

—No hay más tiempo, Román —dice la China, preocupada—. Perales está furioso y mis colegas imparables. No se conforman sólo con sacar tu imagen con Joaquín. Se está poniendo difícil seguir posponiendo tu declaración. No tenemos margen.

La China espera su aprobación, él asiente. Ella abre el micrófono, pide aire y anuncia a cámara: «Después de conocer el texto que Fernando Rovira publicó en su página de Facebook, con nosotros: Román Sabaté, en exclusiva para TvNoticias». Román se acomoda frente a la cámara de TvNoticias. Sigue con Joaquín en brazos, no deja a ese chico desde que llegó a la plaza. Los flashes disparan sin descanso sobre ellos; ya es de día pero amaneció nublado y los fotógrafos se quejan de que no hay luz suficiente para una buena toma. Saben que «El escándalo de filiación en la política nacional» irá a la tapa de los diarios. Joaquín se acurruca en su hombro para protegerse de esas luces y de tanto alboroto. Por azar, ese movimiento oculta su rostro y evitará futuros problemas legales por la fotografía de un menor. Román hace un último esfuerzo y se dispone a hablar frente al micrófono que sostiene la China Sureda:

—El país conoce las declaraciones de Fernando Rovira, ahora lo escuchamos a usted, señor Sabaté.

—No tengo mucho más por decir. Tal como acaba de anunciar Fernando Rovira, soy el padre de Joaquín, que nació hace tres años de una relación extramatrimonial con Lucrecia Bonara. Cometí errores, me reservo cuáles. Amo a mi hijo y a partir de ahora voy a hacerme cargo de él gracias a la comprensión de Fernando Rovira, que acaba de facilitar el camino legal para poder anotar a Joaquín como hijo mío. Este niño que cargo se llama Joaquín Sabaté. Gracias.

Apenas la China cierra la nota, sus colegas se abalanzan. Román se sube a la piedra fundacional. Los militantes radicales la rodean, aleccionados por Adolfo. Arman una ronda impenetrable a su alrededor. Los periodistas se quejan, no les alcanza su declaración anterior, quieren más detalles. Tiran preguntas al aire que él no contesta. La China trata de interceder, les dice que en unos días Román dará una conferencia de prensa, miente. Pero los periodistas no se resignan, no quieren abandonar la plaza sin más declaraciones, no pueden, arden sus teléfonos, les piden desde estudios centrales que ahora que terminó el vivo de TvNoticias Román Sabaté salga al aire para todos. Hay empujones e insultos fuera de micrófono. Román sólo se ocupa de proteger a Joaquín, pero se mantiene firme: no hará declaraciones. Deja que le saquen todas las fotos que quieran, que lo filmen, pero no habla. Los periodistas empiezan a comprender, de mala gana y a su pesar, que no podrán sacarle una palabra más.

De todos modos, pasan los minutos y nadie se mueve de la plaza. Los canales siguen transmitiendo como flash de noticias. Para ellos la historia continúa. Para Román y sus amigos por fin empieza a terminar. Sebastián ya está pensando en estrategias para poner en marcha el nuevo partido que espera presentar en las próximas elecciones. La China se saca los auriculares —y los zapatos, que la están matando desde hace rato— y se sube a la piedra fundacional para acompañar a Román. Ya no está trabajando, ahora es la otra, la del punto ciego. Adolfo se cae de sueño; superadas preocupaciones mayores, lo inquieta no tener en claro cómo volverá a San Nicolás ni cuándo. Román, en voz muy baja por si alguien dejó un micrófono abierto, le pide a la China sitio en su departamento para él y para Joaquín, «hasta que encontremos dónde vivir». Ella concluye que se está poniendo vieja porque ante ese pedido, en lugar de latirle el cuerpo entre las piernas, se le cierra la garganta y se le llenan los ojos de lágrimas. Joaquín le dice algo a Román que él no llega a entender.

—¿Qué pasa, campeón? Hablá más fuerte.

—Pis...

—¿Cómo?

—Pis...

—No te entiendo...

El chico se separa del cuerpo de Román, lo mira a la cara y repite con voz más fuerte:

—¡¡¡Pis!!!

—Ah, ¿querés pis? Al fin, me tenías preocupado. Vamos a buscar un baño... —dice, y mira alrededor eligiendo el camino menos congestionado.

—No, pis, ahora... —insiste el chico.

—Parece apurado... —dice la China.

—Es que desde que salimos de San Nicolás no hace.

—¡¡¡Pis!!! —grita Joaquín, y se mueve a un lado y a otro intentando soltarse.

Román lo baja, le da la mano y trata de correrlo de la piedra fundacional. Joaquín no quiere, se deshace de él, se queda firme allí donde se encuentra y manotea el pantalón para quitárselo. El niño, no hay dudas, está decidido.

—Okey, tranquilo —dice Román, y lo ayuda a bajarse la ropa, mientras lo cubre tanto como puede para preservar su intimidad.

Así, cuando la ciudad de La Plata empieza a despertar y suelta los restos de la noche, Joaquín, ignorante de cualquier ceremonia anterior, orina sobre su piedra fundacional. Exactamente en el Escudo Municipal de La Plata estampado sobre ella: el sol naciente, el río, caballos, una oveja, una vaca, campos sembrados. Derrama un orín claro, inodoro, el de un nene de tres años. Sin embargo, es un chorro largo, que no termina nunca. Todos los flashes y las cámaras otra vez sobre Román y el chico.

—¿Vos estás pensando lo mismo que yo? —le pregunta Adolfo a Sebastián.

—Yo no creo en maldiciones —se anticipa él.

—Yo tampoco —responde Adolfo.

—Ni yo —dice la China, que se alejó de Román y el niño para acercarse a ellos—. No creo en maldiciones pero sí creo en símbolos. Y esto es un símbolo: una generación que recién arranca, nueva, hija de lo peor y de lo mejor de la política, virgen aún de todos nosotros, que orina sobre la piedra fundacional de ésta y todas nuestras maldiciones, mientras lo mira el país entero. No me digan que no es un gran símbolo...

Los tres se quedan en silencio, contemplando la escena.

—Ojalá —dice al rato Adolfo.

—Ojalá —repite Sebastián.

Román, de espaldas a ellos, no escucha nada de lo que hablan. Alza a Joaquín, pero esta vez lo pone a caballo sobre sus hombros. Luego gira y queda así, frente a sus amigos y a las cámaras. Levanta la mano de Joaquín, la deja en alto, es el gesto que imita la imagen de un boxeador que acaba de ganar una pelea por el título.

—¿Este campeón no se merece un aplauso? —les pregunta.

—Eso y mucho más —dice la China.

Los tres aplauden. De a poco, se suman al aplauso los periodistas, los camarógrafos, los fotógrafos, los que pasan de casualidad porque esa plaza es su camino, los que quedaron enrollando sobre el piso sus banderas. Hasta parecería que aplauden a ese niño las estatuas de *Las cuatro estaciones* y el *Arquero divino*.

Joaquín, sobre los hombros de su padre, sonríe.

Ajeno al significado.

Protagonista de la historia que comienza.

Agradecimientos

A Ricardo Alfonsín y Eduardo Duhalde, que se prestaron a esta ficción aceptando la entrevista de la China Sureda incluida en la novela.

A Ricardo Gil Lavedra y Tomás Saludas, que leyeron por entregas.

A Miriam Molero, que leyó con minuciosidad y dedicación.

A Débora Mundani, Karina Wroblewsky, Andrea Jáuregui y Marcelo Moncarz que leyeron como lo hacen siempre, con cariño y rigurosidad.

A Rosa Montero, Lucas Llach, María O'Donnell, Eduardo Sacheri, Luis Pousa, Berna González Habour y Claudia Aboaf, por las charlas que permitieron aclarar distintos puntos relacionados con *Las maldiciones*.

A Flavia Pittella, Sofía Scattini, Daniel Barenes y Leopoldo Brizuela, porque me contaron mucho de lo que saben de La Plata.

A las docentes del Colegio Calvario de Santa Fe que me llevaron a recorrer el camino que hizo la madre de Román Sabaté, desde esa ciudad a Paraná. Al director del Hospital Cullen, Juan Pablo Poletti, que con amabilidad y profesionalismo me mostró las instalaciones y me contó cómo se trabaja allí.

A Julieta Obedman, Julia Saltzmann, Juan Boido, Pilar Reyes, María Fasce, Guillermo Schavelzon, Bárbara Graham, Flor Ure, Paula Etchegoyen y sus equipos, por cuidar de este texto. Y de mí.

A mis hijos.

Este libro se terminó
de imprimir en
Móstoles, Madrid,
en el mes de
octubre de 2017